JN042689

ムス・P・ホーガン

木星最大の衛星ガニメデで発見された2500万年前の宇宙船。その正体をつきとめるべく、総力をあげて調査中のハント博士とダンチェッカー教授たち木星探査隊に向かって、宇宙の一角から未確認物体が急速に接近してきた。隊員たちが緊張して見守るうち、ほんの5マイル先まで近づいたそれは、小型の飛行体をくり出して探査隊の宇宙船とドッキングする。やがて中から姿を現わしたのは、2500万年前に出発し、相対論的時差のため現代のガニメデに戻ってきたガニメアンたちだった。前作『星を継ぐもの』の続編として、数々の謎が解明される！

登場人物

ヴィクター・ハント……原子物理学者
クリスチャン・ダンチェッカー……生物学者
グレッグ・コールドウェル……国連宇宙軍本部長
ガルース
シローヒン……ガニメアン
ゾラック……ガニメアンのコンピュータ

ガニメデの優しい巨人

ジェイムズ・P・ホーガン
池　央　耿　訳

創元ＳＦ文庫

THE GENTLE GIANTS OF GANYMEDE

by

James Patrick Hogan

Copyright 1978 in U.S.A.
by James Patrick Hogan
This book is published in Japan
by TOKYO SOGENSHA Co., Ltd.
by arrangement with Spectrum Literary Agency
through Japan UNI Agency, Inc., Tokyo

日本版翻訳権所有
東京創元社

ガニメデの優しい巨人

若草は、たとえ日陰に生《お》い出《い》でようとも丹精によってきっと育つものだと教えてくれた妻リンにこの書を捧げる

プロローグ

イスカリスⅢ（第三惑星）の赤道近くに設けられた科学観測基地の指揮官ライエル・トーレスは最後のページを読み終えて分厚い報告書を閉じると、ほっと溜息《ためいき》をついて椅子の背に凭《もた》れた。新しい姿勢に従って椅子の形が変わると彼はしばらくそのまま体を沈めてゆったりとした解放感を味わった。一息ついてから彼は体を起こし、背後の小さなテーブルに用意されたガラスの容器から飲みものを注いだ。飲みものはよく冷えて、心が洗われるようだった。この二時間あまり根《こん》をつめているあいだにたまった疲れはたちまち嘘のように消え去った。もう少しの辛抱だ、と彼は思った。あとふた月我慢すれば、この焼けただれた岩ばかりの不毛の惑星に永久に別れを告げることができる。故郷に向かって、星屑《ほしくず》の降るあくまでも清浄な無窮の暗黒に飛び立つのだ。

彼は自分の個室をひとわたり見回した。夥《おびただ》しいドームや観測棟、林立するアンテナに囲まれて、彼は二年間この部屋で過ごした。明けても暮れても決まりきった、変化のない生活に彼はほとほとうんざりしていた。プロジェクトそのものは壮大でやり甲斐《がい》があった。それを認めるのにやぶさかではない。とはいうものの、もうたくさんだという気持ちは隠しようもない。彼個人としては、一日も早く帰還の途に就《つ》きたかった。

彼は部屋の一方の端にゆっくり足を運び、ひとしきり何もない壁面を見つめた。と、彼はじっと壁に視線を据《す》えたままふり向きもせずに意識に上《のぼ》るところを声にした。「ヴュウ・パネル。透視モード」

壁はたちどころに素通しのガラスに変わって眼前にイスカリスⅢの眺望が開けた。建物や各種の機器が雑然とかたまった基地をはずれると、その向こうは見渡す限り赤茶けて乾燥した単調な岩石平原が拡がり、やがて荒々しく引き裂かれたようなスカイラインが視野を限って、その背景はさながら無数の星を縫い取った黒ビロードの垂れ幕であった。目を上げるとイスカリスは火の玉を思わせる非情な輝きを発して中空に浮かんでいた。イスカリスの光に照らされて、室内は赤橙《あかだいだい》色《いろ》に染まっていた。荒涼たる衛星の風景を眺めやるうちに、彼はやみ難《がた》い郷愁の念が胸中に衝《つ》き上げてくるのを覚えた。青空の下を歩き、吹く風に頰《ほお》や髪をなぶられながら新鮮な空気を胸いっぱいに吸い込む喜びを思っただけで、彼はもう矢も楯もたまらない気持ちだった。もうたくさんだ。一日も早くここを出発したい。

どこからともなく声が響いて彼の想念は絶たれた。

「マーヴィル・チャリソーが通話を求めています。指揮官。大至急と言っています」

「わかった」トーレスは答えた。彼は反対側の壁をほぼ占領する大きなヴュウ・スクリーンに向き直った。スクリーンが瞬《また》いて、観測所の機器試験室から呼びかけている主任物理学者チャリソーの姿を映し出した。物理学者はただならぬ表情を浮かべていた。

「ライエル」チャリソーは挨拶《あいさつ》抜きに切り出した。「すぐこっちへ来てくれないか。問題が起きた……容易ならぬ事態だ」チャリソーの声を聞けばそれが嘘や冗談ではないことが知られた。チャリソーがこれほどうろたえるからには、よほどのことが持ち上がったに違いない。

「すぐ行く」言うより早く、トーレスはドアのほうへ歩き出していた。

五分後に、トーレスは物理学者のいる試験室に着いた。チャリソーはかつてない動揺を示していた。彼はずらりと並んだ電子装置の前面のモニターにトーレスを案内した。今一人の科学者ゴルダーン・ブレンザーが深刻な顔つきで表示装置のスクリーンに現われた波形とデータ分析の結果を睨《にら》んでいた。トーレスが近づくと、ブレンザーは厳しい表情でうなずいた。

「光球に強い発光線が出ている」彼は言った。「吸収線は急速に紫方偏移している。もはや疑問の余地はないな。恒星の核内の平衡が大きく崩れたんだ。拡散がはじまっている」

トーレスはチャリソーをかえりみた。

「イスカリスは新星《ノヴァ》に変わろうとしているのだよ」チャリソーが説明を加えた。「プロジェクトはどこかで手違いがあった。それで星は爆発を起こしたのだよ。光球は非常な速さで拡散しつつある。ざっと計算したところでは、あと二十時間そこそこでここも呑み込まれる。基地を捨てて脱出するしかない」

トーレスは呆然《ぼうぜん》として科学者を見つめた。「そんな馬鹿な」

科学者は両手を拡げて肩をすくめた。「気持ちはわかるがね、事実は事実だよ。どこで手違いが生じたかはあとでゆっくり時間をかけて気の済むまで糾明すればいい。今は、とにかく一刻も早く脱出することだ……もう猶予はならない」

トーレスは思いつめた二人の科学者の顔を窺《うかが》いながら、胸の底のどこかで彼らの言葉を拒もうとする気持ちが働いていた。彼は二人の肩越しに、一千万マイルの宇宙の彼方《かなた》から送られてくる映像を示している大きな壁面スクリーンを見やった。そこには三基ある巨大なGビーム・プロジェクターの一つが映し出されていた。直径三分の一マイル、長さ二マイルにおよぶ筒型のプロジェクターはイスカリスから三千万マイル離れた円周軌道上に置かれ、それぞれの放つビームは正確に恒星の中心を狙っていた。プロジェクターの黒い影の向こうに輝くイスカリスの光円は常と少しも変わらぬように思われた。が、それを見つめる彼の意識の中で、イスカリスはほとんどわからぬほど徐々に、そして不気味に脹《ふく》らみはじめた。

一瞬、彼の胸にこもごも感情が満ち溢《あふ》れた。突如目の前に立ちはだかった障害の大きさに対する恐懼《きょうく》。さし迫った事態を前に筋道立った思考もままならぬ焦燥《しょうそう》。二年間の努力が水泡に帰した絶望……。が、それらの感情は湧き起こる傍《そば》から消え去って、彼の中の指揮官は責任に目覚めた。

「**ゾラック**」彼は凜《りん》とした声で言った。

「指揮官」彼の私室に響いたあの同じ声が応答した。

「直ちに〈シャピアロン〉のガルースに連絡しろ。緊急事態の発生を告げて、直ちに遠征隊全指揮官の会議を招集する必要があると伝えろ。ガルースから非常呼集を発して、今から十五分以内に会議チャンネルに接続するようにしてもらいたい。それから、基地内全域に警報を発して、追って指示があるまで全員非常待機のことと伝えろ。わたしは中央観測ドーム十四号室のマルチコンソールから会議に接続《リンク・イン》する」

十五分あまり後、トーレスと二人の科学者は壁面にずらりと並んだスクリーンに映し出されている幹部たちと向き合った。遠征隊総司令官ガルースはイスカリスⅢの上空二千マイルに漂駐する母船〈シャピアロン〉号の司令室に二人の副官に挟《はさ》まれて坐っていた。ガルースは途中一言も発することなく、じっと事態の報告に耳を傾けた。船内の別の一室から科学局長は〈シャピアロン〉号のセンサーがほんの数分前、イスカリスⅢ表面基地の計器が捉えたと同じデータを検知し、コンピュータの分析結果も基地のそれに符合していると報告した。Gビーム・プロジェクターは予期せぬ作用をおよぼし、イスカリス内部の安定を決定的に破壊した。恒星は今や刻々にノヴァへと変わりつつあった。いたずらに評定《ひょうじょう》に時間を移している場合ではない。基地を捨てて脱出する以外に道はない。

「全員退避だ」ガルースは言った。「ライエル、現在基地にいる舟艇とそれによって輸送可能な人員を大至急確認しろ。輸送能力に不足があれば、直ちにシャトルを派遣して残りの人員を救出する。モンチャー……」彼は隣のスクリーンの副官に呼びかけた。「最高速度で十五時間以遠の空間に出ている船はいるか？」

「いえ、それはありません。現在最も遠方に出ているのは第二号プロジェクター付近の一機です。十時間強で戻れます」

「ようし、直ちに呼び帰せ。最優先緊急命令だ。今報告にあった数字が正確だとすれば、われわれとしては〈シャピアロン〉号のメイン・ドライヴに賭けるしか脱出の見込みはない。各舟艇の到着時刻を計算して、受け入れ準備に万全を期せ」

「かしこまりました」

「ライエル……」ガルースは観測ドーム十四号室のスクリーンに視線を戻した。「使用可能全舟艇を待機させて撤退準備にかかれ。今から一時間後に情況を報告しろ。手荷物は各人一個に制限する」

「一つ問題がありますが、司令官」〈シャピアロン〉号の機関長ログダー・ジャシレーンが機関室から発言した。

「何だ、ログ?」ガルースはスクリーンの中で傍らに向き直った。

「メイン・ドライヴ・トロイドの主減速機構はまだ修理が終わっていません。このまま発進したら、減速は自然の比率に任せなくてはならないことになります。制動装置は全部分解したままです。故障箇所を突き止めて修理するどころか、ただ組み立てるだけでも二十時間ではとうてい無理です」

ガルースはしばらく思案した。「しかし、発進はできるな?」

「それはできます」ジャシレーンはきっぱりうなずいた。「ただ、ドーナツ環内部でブラックホールが渦を巻きはじめると、その角運動量は桁はずれに大きくなります。減速システムが働きませんから、機関を停止できるところまで推力が減衰するには何年もかかります。その間は手の打ちようもありません。本船はずっとメイン・ドライヴで飛び続けることになります」彼は投げやりに肩をすくめた。「行きつく先がどこになるか、わかったものじゃありません」

「とはいえ、他に道はない」ガルースは決然として言った。「飛ぶ《フライ》か焼け死ぬ《フライ》かだ。ともあれ母星《ホーム》に針路を定めて、太陽系を周回しながら推力の減衰を待つ。それしかないだろう」

「ログの言いたいことはわかるがね」科学局長が口を挟んだ。「ことはそう単純ではないのだよ。メイン・ドライヴが生み出す速度で何年も飛び続けるとだね、本船内部では、イスカリスや太陽の動きに比べて、相対的に時間が途方もなく延長されることになる。〈シャピアロン〉号は加速運動をしているわけだから、本船上の時間より、母星上の時間のほうが極端に長くなるのだよ。行き先が〈どこ〉かという点は問題ない。ただ、〈いつ〉そこへ行きつくかとなると、何とも判断しかねるね」

「理屈はそういうことですがね、実際はそんな生やさしいものじゃありません」ジャシレーンが説明を加えた。「メイン・ドライヴは時空に局所的な歪《ゆが》みを起こします。宇宙船はその歪みの中をどこまでも落ち込む格好で前進します。そうすると、そこでも独自に時間の遅滞《ディレイション》が生じるわけです。だから、結果として両方の遅滞効果が重なることになるんです。どういうことかと言いますとね、メイン・ドライヴで減速せずに何年も飛び続ければ……いや、ちょっと想像がつきませんね。おそらく、これまでに例のないことですから」

「正確に計算したわけではないがね」科学局長が言った。「ざっと暗算したところ、両方の遅滞効果が重なると、時間のずれは百万年単位になるだろうね」

「百万年単位？」ガルースは目を丸くした。

「ああ」科学局長はスクリーンの中から深刻な目つきで、一同を見渡した。「ノヴァから脱出するのに必要な速度から本船は何年もかかって減速していくわけだけれども、その一年に対して母星では百万年という時間が経過する計算だよ」

長い沈黙が続いた。やがて、ガルースは重々しく厳しい声で言った。「そうだとしても、生き延びるためにはやむを得まい。命令は変わらない。ジャシレーン機関長、ディープ・スペース航行に備えてメイン・ドライヴ始動用意だ」

二十時間後、〈シャピアロン〉号は全速で恒星間空間に向けて飛び立った。拡散するノヴァの熱気が崩れかかる波頭のように船体を襲った。背後で、それまでイスカリスⅢであった石炭殻の塊のような惑星は一瞬にして霧消した。

1

宇宙の長い一生のうち、心臓の一鼓動にも満たぬ僅《わず》かな時間で人類という驚異の生きものは木から降り、火を発見し、車輪を発明し、飛ぶことを覚えて惑星探検に出発した。

人類出現以降の歴史は、その煮えくり返るような雑多な行動、そして飽くなき冒険と発見の連続であった。それまでは、悠久の時の流れの中で、ただ緩慢に静かな進化の過程が繰り返されるばかりだった。

いや、少なくとも、長いあいだそれが事実と考えられていたのだ……

ところが、しだいに行動の範囲を拡げて人類がついに木星最大の衛星ガニメデに降り立った時、そこに待ち受けていたのは止《とど》まるところを知らぬ探究心によって宇宙の神秘が次々にあばかれた数世紀を通じてなお根強く生き延びた数少ない信仰の一つを完全に葬り去る事実であった。その事実とは、宇宙にあって人類は唯我独尊ではないということだった。二千五百万年以前、人類が現在までに達成し得たすべてを上回る高度な技術文明を築いた別の種族が存在していたのである。

二十一世紀初頭の二〇年代に人類は第四次有人木星探査隊を派遣した。探査隊は木星の衛星上に初の恒久基地を建設し、いよいよ本格的な外惑星探検時代の幕が上がった。ガニメデの軌道に打ち上げられた探査衛星は、この木星の月を厚く覆う氷の下に大量な金属が集積していることを検知した。特にそのために調査基地が設けられ、地殻内部の異常を解明すべく立坑《シャフト》が降ろされた。

かつて融けたことのない氷の墓場に埋もれて、一隻の巨大な宇宙船が発見された。船内に残された白骨から地球の科学者たちは身長八フィートの巨人の姿を復原した。その巨人種が築き上げた技術文明は、地球の文明より一世紀あまりも進んでいると思われた。科学者たちは発見の場所に因《ちな》んでその巨人種を〈ガニメアン〉と命名した。

ガニメアンはかつて火星と木星の間に位置し、その後破壊された惑星ミネルヴァで進化した。ミネルヴァを形作っていた物質の一部は太陽系の辺境に飛び去り、極度に離心率の高い軌道を描く惑星、冥王星《プルートー》になった。残りの物質は木星の潮汐《ちょうせき》効果を受けて散らばり、小惑星帯となった。小惑星帯から収集された資料を宇宙線照射試験をはじめあらゆる角度から分析調査したところ、ミネルヴァはガニメアンが太陽系を自由に飛び回っていたと考えられる時代より遙か下って、約五万年前に破壊されたことが疑問の余地なく明らかにされた。

二千五百万年前に今よりも進んだ技術を持つ種族が存在したこと自体、人々の興奮を誘わずにはおかぬ現実だったが、それ以上に特筆すべきことはガニメアンが地球を訪れているという事実であった。もっとも、それは必ずしも驚異とするには当たらなかったかもしれない。ガニメデで発見された宇宙船は、人類が目にしたこともない夥《おびただ》しい種類の動植物を積んでいた。それらの動植物は漸新世《ぜんしんせい》末期から第三紀中新世《ちゅうしんせい》初期にかけての地球生物界の断面図を示すものであった。金属容器に保存されているものがある一方、宇宙船が難破した時、明らかに檻《おり》や囲みの中で生きていたに違いないものもあった。

第五次木星探査隊の七隻の宇宙船はガニメアン発見当時、月の軌道上で建造中であった。やがて出発した探査隊に一団の科学者が同行した。ガニメアンの投げかけた大きな謎に惹《ひ》かれて、より深い真実の探究に逸《はや》る科学者集団であった。

ガニメデ上空二千マイルの軌道に浮かぶ探査隊司令船、全長一マイル四分の一の〈ジュピター〉Ⅴが格納するコンピュータ・コンプレックスのデータ処理プログラムは演算の結果をメッセージ・スケジューリング・プロセッサーに送った。情報はレーザー通信でガニメデ基地本部の送受信機《トランシーヴァー》に伝えられ、そこから一連のリピーター・ステーションを経て北方に中継された。瞬時にして、七百マイル遠方のピットヘッド基地のコンピュータはメッセージの宛先を読み取り、生物学研究所の小さな会議室に設置された表示スクリーンに信号を出力した。遺伝学者が染色体の内部構造を表わす時に使う複雑な記号と図形がスクリーンに浮かんだ。窮屈な会議室のテーブルを囲んだ五人はじっとディスプレイ・スクリーンに目を凝《こ》らした。

「これだ。概論はとばして、すぐ詳細な議論に入ろうということなら、まずこれを見てもらいたい」話しているのは長身瘦軀《そうく》の禿《は》げ上がった男で、実験用の白衣をまとい、やや時代遅れな金縁の眼鏡をかけていた。男は一同の前に立ってスクリーンを指さし、片方の手で軽く白衣の襟を摑《つか》んでいた。国連宇宙軍生命科学局の下部機構、ヒューストンのウェストウッド生物学研究所に籍を置くクリスチャン・ダンチェッカー教授は〈ジュピター〉Ⅴでガニメデにやってきた生物学者グループの中心人物で、ガニメアン宇宙船で発見された初期の地球動物の研究に取り組んでいる。テーブルを囲んだ科学者たちがひとしきりスクリーンを見つめるのを待って、ダンチェッカーはあらためて過去一時間の議論を総括した。

「今さらわたしの口から言うまでもないことと思うがね、ここに出ているのはある酵素に特有な分子構造を図式化したものだ。これまでに〈ジュピター〉Ⅳの研究室で分析を行なった結果、多種の動物の体組織から採った試料にこの特徴を示す酵素が発見されている。いいかね、たくさんの、それも異なる種類の生物がこの特徴を備えた酵素を持っているのだよ」ダンチェッカーは両手を白衣の襟にかけて、何やら期するところある目つきで一同を見渡した。ほとんど囁《ささや》くばかりに声を落として彼は言った。「ところが、これといかなる意味においても類似ないしは関連を示すものを、現存の地球生物のどれを取っても見出《みいだ》すことができない。というわけで、諸君、今われわれが直面する問題は、要するにこの不思議な事実をどう説明するか、ということなのだ」

この場においては最年少で白面金髪のポール・カーペンターはテーブルから体を離し、両の掌《てのひら》を返して不審げに左右を見やった。「どうしてそれが問題なのか、そこがどうもわかりかねますね」彼は悪びれずに言った。「この酵素は二千五百万年前に生きていた動物の体内にあったものでしょう……そうですね？」

「その通りよ」テーブルを隔てて女性科学者のサンディ・ホームズが小さくうなずいた。

「だったら、二千五百万年の間にいろいろな変異があって、今ではもとの形を留めていないと考えれば不思議はないんじゃありませんか。時間が経てば何だって変わります。酵素だけが例外であるはずはありませんよ。この特徴を承《う》け継いだ子孫は今でもあちこちで生きているんじゃありませんか？　ただ見た目にはまるで変わっていて……」彼はダンチェッカーの表情に気づいてふっと口をつぐんだ。「違いますか？　……いったい何が問題なんですか？」

教授は底無しの忍耐を窺《うかが》わせて吐息を洩《も》らした。「もうその話はさんざん出たあとだよ、ポール。少なくとも、わたしはそのように理解しているのだがね。もう一度要点だけ繰り返すと、この数十年のあいだに酵素学は長足の進歩を遂げている。まずほとんどの酵素は分類整理されてカタログに登録されているね。ところが、そのどこを探しても今ここに表示されているようなものはない。これは現在われわれが知っているいかなる酵素とも、まったく性質を異《こと》にするものだよ」

「議論を吹っかけるつもりはないですがね……でも、本当にそう言いきれますか?」カーペンターは納得しなかった。「ですから、その……ほんのここ一、二年のあいだにも、新たにカタログに加えられたものがあるでしょう。サンパウロのシュネルダーとグロスマンが発見したP273B類とその傍系……イギリスのブラドックが発見した……」

「いやいや、きみは全然問題を取り違えているよ」ダンチェッカーは彼を遮った。「たしかに、今きみの言った酵素は新しいものだよ。しかし、いずれも基本的な構造は既存の類別にぴったり当て嵌《は》まる。反応の形式や化学組成を見れば、みな既存のどの類別に属すかは明らかだ」ダンチェッカーはスクリーンを指さした。「ところが、これはどの類別にも当て嵌まらない。まったく新しい酵素だよ。わたしは、これはこれで独立した類をなすものだと思う。他の酵素にはない固有の機能を持った一族だね。これまでに知られているいかなる生物の新陳代謝にも例のない作用をこの酵素は果たしていたはずなのだよ」ダンチェッカーは額を寄せ合った科学者たちをぐるりと見回した。

「ありとあらゆる動物は、必ず何らかの系統に属しているね。類縁関係を持つ種もある。系統を辿《たど》って遡《さかのぼ》れば祖先もわかる。これは顕微鏡レベルの世界でも同じことが言えるのだよ。過去の経験から、われわれはたとえこの酵素が二千五百万年前のものであろうとも、その固有の特性を突き止めて、現存する酵素の特性との類縁を探り当てることができなくてはならないはずなのだ。ところが、それができない。だからわたしとしてはここに問題を嗅《か》ぎつけずには済まないのだよ」

ダンチェッカー一派の重鎮ヴォルフガング・フィヒターが懐疑的な目つきでスクリーンを睨《にら》みながら顎をさすって言った。「可能性としては極めて低い、というのはわかるがね、クリス。しかし、絶対にあり得ないと言いきれるものだろうか？　何しろ二千五百万年だからね。環境の変化によって酵素に変異が起こったために、それ以前との関連が絶たれたということは考えられはしないかね？　何とも言えないが、例えば、餌《えさ》が変わったとか……それに類する条件はいろいろあるだろう」

ダンチェッカーはきっぱりとかぶりをふった。「いや、それはあり得ない」彼は手を上げて指を折りながら一つ一つ論拠を明かした。「まず第一に……仮に変異が生じたとしても、例えば脊椎《せきつい》動物の基本的な属性はどこまでも貫かれているのと同じで、酵素の構造なり組成を解明すれば、本来これがどの系統のどの類別に属するものかはおのずから明らかになるはずだ。ところが、この酵素はどうやっても、どこにも当て嵌まらない。

「第二に……もしこの酵素が漸新世のある特定の動物一種に限って見られるものであれば、

わたしとしてもこれから変異が生じて現存の多様な特性が形作られたことを認めるにやぶさかではない。言い換えれば、これは現存のあらゆる種類の共通の祖先ということだね。それが事実なら、非常に大きな変異が生じて、もとの形とそれ以降の形を関連づける鎖が断ち切られたという考えも成り立つだろう。しかし、この場合は違う。問題の酵素は漸新世の多くの異なった動物、それも、類縁関係のない種から同時に発見されているのだよ。きみの論法でこれを説明しようとすれば、ほとんどまぐれとでもいうべき特殊な過程が、数多い別種の動物において、個々独立して、しかも同時に繰り返されたと考えなくてはならない。もとよりそんなことはとうていあり得ないね」

「でも……」カーペンターが何か言いかけたが、ダンチェッカーは構わず続けた。

「第三に……現存のあらゆる動物を微量化学的に調べても、このような酵素を見出すことはできない。にもかかわらず、動物は現在の地球の環境に完璧に適応している。現存の動物の多くはガニメアン宇宙船に積まれていた漸新世動物の直系の子孫だよ。中には代を経る過程で、環境や食餌《しょくじ》の変化に順応して急速に進化したものもあるし、また、そうでないものもある。漸新世の祖先から現在まで、進化が緩慢でほとんど昔のままという例もいくつかある。われわれはガニメアン宇宙船に残された漸新世動物と、その直系の子孫であることがわかっている現存の動物から試料を採って微量分析の結果を比較した。果たせるかな、両者の間にはさしたる変化は見られなかった。漸新世の動物とその子孫である現存の動物の間には明らかな繋《つな》がりが認められるのだね。祖先の体内の微量化学的領域に見出されるあらゆる機能は、ほとんどそのまま、場合によっては何ら変化の跡もなく、そっくり子孫に承け継がれている」ダンチェッカーはちらりとフィヒターをかえりみた。「進化の時間の尺度では、二千五百万年はさして長いことではないのだよ」

誰もあえて口を開こうとはしないと見て、ダンチェッカーはさらに続けた。「ところが、いずれの場合も一つだけ例外がある。それがこの酵素だ。祖先がこの酵素を持っていたとすれば、子孫の体内からもこれと同じもの、あるいは極めてこれに近いものが検出されてしかるべきだね。しかし、現実にはどの動物を見ても、子孫はこの酵素を持っていない。そんなことはあるはずがない。が、そのあるはずがないことが現に起こっているのだよ」

一同はしばし沈黙のままダンチェッカーの言葉を頭の中で繰り返した。ややあって、サンディ・ホームズが発言した。「やっぱり、激しい変異で、ただ、それが逆の形で生じたのだとは考えられませんか?」

ダンチェッカーは眉《まゆ》を寄せた。

「どういうことだ、逆の形というのは?」カーペンターの隣に席を占めた今一人の古参の生物学者アンリ・ルソンが尋ねた。

「ですから、その……」女性学者は答えた。「宇宙船に乗っていた動物は全部ミネルヴァにいたものです。そうですね? つまり、ガニメアンが地球から運んだ動物を祖先としてミネルヴァで生まれたものと考えていいはずです。ですから、ミネルヴァの環境が何らかの変異を誘って、この酵素が出現したということはあり得るんじゃありませんか? そう考えれば、少なくとも現在の地球動物がこの酵素を持っていない理由は説明されます。地球動物はミネルヴァの環境を知りませんし、ミネルヴァで進化した動物の子孫でもないんですから」

「それでは問題の解決にならんね」フィヒターが頭をふって低く言った。

「問題？」ホームズは首を傾《かし》げた。

「類縁関係のない漸新世のたくさんの動物からこの同じ酵素が発見されているという事実だよ」ダンチェッカーが引き取って言った。「たしかに、ミネルヴァの新しい環境が変異を誘って、地球から運ばれた動物がこの特殊な酵素を獲得したということはないとは言えない」彼は今一度スクリーンを指さした。「しかしだよ、地球から運ばれた動物は多種にわたっている。それぞれ独自の代謝機構を持っているし、酵素もそれに従ってみな特性が違う。今、仮にミネルヴァの環境が作用してその酵素……幾種類もの異なる酵素に変異が起こったとするとだよ、それぞれの違った酵素が独自に変化して、しかも最終的にまったく同じものができあがったことになるわけだけれども、まさかきみはそんなことを本気で考えていはしまいね」彼はちょっと言葉を切った。「つまり、われわれはそこで壁にぶつかっているのだよ。ガニメアン宇宙船には多種にわたる動物の標本が保存されていた。そのどれを取っても、必ずこの同じ酵素が検出される。というわけで、きみの意見は今一考を要するね」

女性学者はしゅんとしてテーブルを見つめていたが、やがて諦め顔に肩をすくめた。「なるほど、そう言われてみれば、全然説明になっていませんね」

「わかってくれたようだね」ダンチェッカーは無表情にうなずいた。

アンリ・ルソンは手を伸ばしてテーブルの中央のピッチャーから自分のグラスに水を注いだ。彼がゆっくりと咽喉《のど》を潤すあいだ、他の者たちはむっつりと黙りこくって壁や天井を睨んでいた。

「もう一度ふり出しに戻って、順を追って考えてみよう」ルソンは言った。「ガニメアンがミネルヴァで進化したことはわかっている。これはいいね？」一同はそれぞれにうなずいた。「ガニメアンが地球を訪れたこともわかっている。それ以外に宇宙船に地球動物が乗っていたことを説明する事実はないからね。さらに別の異星人種が一役買ったという仮定を設ければ話は別だが、今ここでそんなことを持ち出しても意味がないから、それはひとまず措《お》くとしよう。それから、もう一つわかっているのは、ガニメデで発見された宇宙船はミネルヴァからやってきたということ。地球からガニメデに直行したものではない、ということだね。宇宙船がミネルヴァからやってきた、ということは、つまり地球動物も同じくミネルヴァから来たことを意味する。これは、ガニメアンが何らかの理由で地球のありとあらゆる生物をミネルヴァに運ぼうとしていたらしいというわれわれの考え方の根拠でもある」

ポール・カーペンターが手を挙げた。「ちょっと待って下さい。あの氷に埋まっている宇宙船がミネルヴァから来たものだというのは、どうしてわかるんです？」

「植物だよ」フィヒターが脇から言った。

「ああ、植物ね。そうでした……」カーペンターは引きさがった。

ガニメアン宇宙船の動物の檻《おり》や囲いには飼料の草が残されており、船内の空気が氷結して湿度が失われたために床の敷物と共に完全な状態で保存されていた。ダンチェッカーはそれらの飼料や床に敷いた草から種を集めて栽培することに成功した。育成された植物は地球の草木とは似ても似つかぬものだった。ミネルヴァ原産と考えられるそれらの植物は葉の色が濃く、ほとんど黒に近かった。そして、太陽光を可視光線のスペクトル全域にわたって貪欲《どんよく》に吸収した。この事実は、まったく別の証拠から得られた結論、すなわちミネルヴァが太陽から非常に遠い惑星であったとする断定に合致した。

「ところで」ルソンは質問の形で言った。「ガニメアンが地球動物を全種残らずミネルヴァに運ぼうとした理由については、どこまで推定できるのかな?」彼は両手を大きく拡げた。「何か大きな理由があるはずだね? それについて、今までにどの程度説明されているのかな? 何とも言えないけれども、この酵素もどこかでその理由と関係があるのではないかね?」

「よかろう。その理由について、これまで考えられてきたところをざっとふり返ってみよう」ダンチェッカーはスクリーンの傍《そば》を離れてテーブルの端に浅く腰を乗せた。「ポール、今のアンリの質問にきみはどう答えるね?」カーペンターは項《うなじ》のあたりをさすりながらちょっと顔を顰《しか》めた。

「ええと……」彼は言った。「まず、魚の問題があります。魚はミネルヴァ原産であることが証明されています。同時に、魚は惑星ミネルヴァとガニメアンを結ぶ鎖の環です」

「結構」ダンチェッカーはうなずいた。最前《さいぜん》の生徒をいびる教師のような態度はどこかに消え失せていた。「それで？」

カーペンターは金属容器に保存されて完全な姿を留めていた魚を引き合いに出した。魚はミネルヴァの海中で進化したものであることが証明された。ダンチェッカーは魚の骨格と、ピットヘッド基地の厚い氷の下に閉じ込められていたガニメアン宇宙船の乗員の骨格の間に認められる相同を指摘した。相同は、例えば人間とマンモスの骨格に見られる関係に等しいものであった。この事実から、ダンチェッカーは問題の魚とガニメアンは同じ進化の系統に属していることを論証した。すなわち、魚がミネルヴァ原産であるとすれば、ガニメアンもまたミネルヴァで進化した人種に相違ないことが明らかにされたのだ。

「魚の細胞の化学組成をコンピュータで分析した結果」カーペンターは先を続けた。「この魚は二酸化炭素を含む一連の毒素に対して非常に耐性が低いことが判明しました。それで、ダンチェッカー先生は、この耐性の低い体質は、魚からさらに進化の系統を溯ってミネルヴァの歴史の初期に発生した祖先から承け継がれたものであろうと推定されましたね」

「その通り」ダンチェッカーは大きくうなずいた。「それから？」

カーペンターはちょっと口ごもった。「ですから、ミネルヴァの陸棲《りくせい》動物はおしなべて二酸化炭素に対して耐性が低いと考えることができます」彼は探るように言った。

「それはどうかな」ダンチェッカーは首を傾げた。「それは少々結論が飛躍しているね。他に誰か……」彼はドイツ人をふり返った。「ヴォルフガングは？」

「二酸化炭素に対して耐性が低い性質は、非常に遠い祖先から承け継がれたという仮定をもう一つ明確にしなくてはいけないのだよ。つまり、その遠い祖先というのは、ミネルヴァにまだ陸棲動物が出現する以前まで溯るということだね」フィヒターは一呼吸置いて言葉を続けた。「それを断っておけば、その遠い祖先というのが、後世の陸棲動物および水棲動物に共通のものであると言うことができる。この魚もそうだ。その仮定を一段置いた上で、耐性の低い性質は後に現われた陸棲動物のすべてに承け継がれたと考えるなら議論の筋は立つ」

「仮定を積み重ねることを怠ってはいけないよ」ダンチェッカーは我が意を得た顔で言った。「科学史上の問題は多くの場合この些細《ささい》な誤りに根を発しているのだよ。ここでもう一つ、考えなくてはならないことがある。もし、二酸化炭素に対する低い耐性が、事実ミネルヴァにおける進化のごく初期の段階から根強く承け継がれてこの魚にまで伝わったとすればだね、地球の進化に照らしてみても、これ自体非常に安定した性質であると見るべきだということだよ。そう考えれば、この共通の性質が進化の過程を繰り返しながら多様な種類にわかれていった陸棲動物すべてに承け継がれて、しかも長い時間を経た後までも変わらずに温存されていたことも充分に説明される。ちょうど脊椎動物が何億年ものあいだに姿形や大きさはいろいろに変わりながら、基本的な構造だけは一貫して変化しなかったようにね」ダンチェッカーは眼鏡をはずしてハンカチで拭《ふ》きはじめた。

「ここまでのところは、これでいいね」彼は言った。「以上の仮定を推し進めていくとどういうことになるかな？　今から二千五百万年前、ガニメアンが出現した頃には、すでにミネルヴァの地表に夥しい種類の動物があふれていた。それぞれに固有の性質を帯びていただろうけれども、共通して言えることは、ミネルヴァ原産の動物はみな二酸化炭素に対して耐性が低かった、ということだ。ところで、他に当時ミネルヴァで何が起きていたか推定する材料は何かあるかな?」

「ガニメアンは惑星を捨ててどこかへ移住しようとしていました」サンディ・ホームズがすかさず言った。「おそらく、別の恒星系を目指していたはずです」

「ほう、そうかね」ダンチェッカーはにやりと笑って歯を覗《のぞ》かせ、もう一度眼鏡に息をかけた。「どうしてそれがわかるのかな?」

「それは……まず第一に、この基地の氷の下には宇宙船が埋まっています」彼女は答えた。「宇宙船の積荷と、その厖大《ぼうだい》な量はこれが片道旅行の植民船だったことを、暗に物語っています。それに、あの宇宙船がどうしてまた選《よ》りに選ってガニメデに飛んできたかです。つまり、内惑星間を航行していたものではあり得ないということじゃありません?」

「でも、ミネルヴァの軌道より外側には植民地になるような惑星はないですよ」カーペンターが口を挟《はさ》んだ。「太陽系から外へ出ない限りはね」

「その通り」ダンチェッカーは女性学者に向かって厳しい声で言った。「きみは今いみじくも、ガニメアン宇宙船の積荷はそれが植民船であったことを暗に物語っていると言ったね。いいかね、実際、われわれが現在までに知り得たことは、きみが暗に物語ると言った通り、あくまでもその推定を導く材料でしかないのだよ。それ以上のものでは決してない。それ自体は何を証明してもいないのだよ。今では大方の人間が、ミネルヴァの大気中の二酸化炭素濃度が、まだ解明されてはいない何らかの理由で上昇したために、ガニメアンは太陽系を捨てて別の惑星に新天地を求めたという仮説を事実と受け取っているがね。たしかに、さっきから話していることが本当なら、ガニメアンはミネルヴァの陸棲動物の例に違《たが》わず二酸化炭素に対して耐性が低かったはずだ。大気中の二酸化炭素濃度が上がるというのは彼らにとって死活の問題だったろうね。しかし、今も言ったように、果たしてそういう事実があったかどうかわれわれは知らない。ただ、一、二の情況から、あるいはそう解釈することもできるのではないか、と臆測しているにすぎないのだよ」教授はカーペンターが何か言いたそうにしているのに気づいて言葉を切った。

「でも、それだけじゃあないんじゃないですか?」カーペンターは疑義を呈した。「約二千五百万年前のある時期に、ミネルヴァの陸棲動物が掻《か》き消すように絶滅したのは動かぬ事実です。ところが、他の動物が全滅したのに、ガニメアンだけは生き残りました。これから考えても、二酸化炭素の濃度が上がったという解釈は仮定の域を越えているんじゃありませんか? 他の動物はそれに対応できなかったんですよ。そう考えれば辻褄《つじつま》は合います」

「ポールの言う通りだと思います」サンディ・ホームズは勢いづいた。「辻褄が合うし、それに、ガニメアンが何故地球動物をミネルヴァに運んだかについても、わたしたちがこれまで考えてきた通りの説明が成り立つことになります」彼女は、あとの説明は任せるという表情でカーペンターをふり返った。

例によってカーペンターは誘われるまでもなく自分から発言した。「ガニメアンの究極の目的は、二酸化炭素を吸収して酸素を放散する葉緑素を持った地球の植物で惑星表面を覆って、大気中の二酸化炭素の濃度をもとの水準に下げることでした。動物は、植物がよく育つようにエコロジーのバランスを保つために一緒に運ばれたんです。サンディが言った通り、これで全部説明がつきます」

「きみはすでに自分が達した結論を裏づけるように、証拠のほうを合わせようとしているよ」ダンチェッカーはたしなめるように言った。「もう一度はじめに帰って、確認された事実と、臆測にすぎない証拠とを区別して考えてみよう」ダンチェッカーが議論を導き、科学的な演繹《えんえき》と論理的な分析の原則に照らしながら話はさらに続いた。そのあいだ、テーブルのスクリーンから一番遠い端に座を占めた男は一言も発さず、ただ静かに煙草《たばこ》をくゆらせながらじっと皆のやりとりに耳を傾けていた。

ヴィクター・ハント博士もまた、三か月前に〈ジュピター〉Vでガニメアン宇宙船の調査にやってきた学者集団の一人であった。これまでのところ、まだ刮目《かつもく》に値する発見はないが、異星人の宇宙船の構造や設計についてはすでに山のようなデータが蓄積されていた。毎日、新しく装置機械の類《たぐい》が宇宙船本体から取りはずされ、衛星上の実験室や、軌道上のJ4、J5両司令船内の実験室で試験されていた。個々の試験結果は極めて些細《ささい》なものであったが、その積み重ねから徐々にガニメアン文明の実態と、二千五百万年前の謎の出来事の真相に迫る手がかりが浮かび上がりつつあった。

この謎の解明こそはハントに課された任務であった。数理原子物理学を専門とする理論物理学者であるハントは国連宇宙軍UNSAの招きでイギリスからヒューストンに移り、宇宙軍の科学者集団を代表する立場に就《つ》いた。彼らはガニメデと地球で同時に進行する各専門領域の調査研究の結果を統合する役割を負っていた。専門家が嵌《は》め絵の齣《こま》を塗り、ハントのグループがその齣を並べて一枚の絵を完成する趣向であった。この作業手順はハントの直属の上司であり、ヒューストンに司令部を持つUNSA航行通信局（ナヴコム）の本部長であるグレッグ・コールドウェルの考案になるもので、すでに惑星ミネルヴァの存在とその末路を解明したことで集団思考の有効性は立証されていた。

ハントは生物学者たちの議論が一巡して、そもそも議論の発端となった未知の酵素に再び焦点が絞られるまで発言を控えて聴き役に徹していた。

「いや、それは違うね」ルソンの質問に答えてダンチェッカーが言った。「今のところその目的について、われわれは何もわかっていない。反応式から推して、この酵素がある種の蛋《たん》白質《ぱくしつ》の分子を変化させ、あるいは分解する働きを持っていることは想像されるのだがね、具体的に何の分子に作用するのか、それが何のための働きか、ということになるとまだ確実なことは言えないのだよ」ダンチェッカーは発言を促すように一同を見回したが、誰も口を開こうとはしなかった。室内はしんと静まり返った。近くのジェネレーターの微《かす》かな唸《うな》りが急に耳につくようになった。

しばらくして、ハントは煙草を揉《も》み消し、両肘《りょうひじ》を椅子の腕に乗せて背もたれに寄りかかった。「なるほど、どうやらそのあたりが問題だな」彼は言った。「酵素についてはわたしは門外漢だよ。これは全面的に諸君にお任せするしかあるまいね」

「ああ、きみがまだ付き合ってくれているとは嬉《うれ》しいね、ヴィック」ダンチェッカーはテーブルの端に目を向けた。「この席ではまだひと言も発言がないようだけれども」

「皆の話を聞いて勉強させてもらったよ」ハントは意味ありげに笑った。「わたしはあまりお役に立ちそうもない」

「妙にもったいぶるじゃないか」フィヒターが目の前の書類をかさかさとめくりながら言った。「生活の知恵というやつかな？　きみにも赤い表紙の語録があるんじゃあないのか。例の中国の指導者の、ええと、あれは千九百何年ごろだったかな……」

「そんなものはないさ。何事につけても、あまり余計な知恵は持たないほうがいい。結局は自己矛盾に陥って、人から信用されなくなるからね」

フィヒターはにやりと笑った。「つまり、この始末の悪い酵素の問題について、きみならではという観方、考え方はないわけだ」

ハントはすぐには答えず、果たして秘密を打ち明けていいものだろうかと思案するふうに口をすぼめて首を傾げた。「そうだねえ」ややあって、彼は言った。「何しろ今のままだって、きみたちはこの酵素のことで頭がいっぱいだろうし」さりげなく相手をかわす口ぶりだったが、水を向ける響きは誰の耳にも明らかだった。部屋中の視線は一斉にハントに集まった。

「ヴィック、焦《じ》らしっこなしよ」サンディが短気に言った。「意見を聞かせて」

ダンチェッカーは堅く唇を結んだまま挑むような目つきでハントを見つめていた。ハントはうなずいて片手を伸ばし、すぐ前のテーブルの縁に埋め込まれたキーボードに指を走らせた。上空ガニメデの裏側で〈ジュピター〉Ⅴに搭載されたコンピュータがハントの呼び出しに応じた。会議室のスクリーンの映像が変わって、縦横にぎっしりと数字が並ぶ図表になった。

ハントは一同にスクリーンをとくと眺める時間を与えてから言った。「これは最近J5の実験室で行なわれた一連の定量分析の結果だよ。今話題になっている動物、つまり、ガニメアン宇宙船に積まれていた動物のいくつかの器官から細胞を採って、その化学組成を分析したものだ」彼はちょっと間を置いてから即物的な口ぶりで続けた。「この数字を見ると、ある種の元素の組み合わせが繰り返し登場していることがわかる。しかも、組み合わせの比率は常に一定だ。その比率は諸君もよく知っている放射性物質の自然壊変のプロセスを示すものと見てどうやら間違いなさそうだね。すなわち、酵素生成の過程で放射性同位元素《ラディオアイソトープ》が選択的に取り入れられているらしい、ということだよ」

科学者たちがその言葉を理解して眉を顰《ひそ》めるまでにはやや時間がかかった。ダンチェッカーが真っ先に尋ねた。「じゃあ、酵素が自身の構造の中にラディオアイソトープを組み込んだというのか……選択的に？」

「その通り」

「それはおかしいよ」教授は言下に否定した。話にならないという口ぶりだった。ハントは肩をすくめた。

「事実は事実だからね。何よりも、この数字がそのことを示している」

「しかし、どう考えてもあり得ないことじゃあないか」ダンチェッカーは納得しなかった。

「そうとも。ところが、現にそういうことが起こっているんだ」

「純粋な化学過程でラディオアイソトープと普通のアイソトープが区別されるはずはないよ」ダンチェッカーはいきり立った。「酵素の生成は純粋な化学的プロセスだよ。そこでラディオアイソトープが選択的に取り入れられるなどというのはとうていあり得ないことなんだ」ハントはダンチェッカーが彼の示唆を頭から拒絶するであろうことを予期していた。二年あまり一緒に研究に携わって、ハントは教授が何事によらず異端の説に遭遇するとたちまち確立された権威の陰に寄って身を守ろうとする傾きがあるのを知っていた。しかし、充分に検討の時間を与えれば、ダンチェッカーはこの会議室に顔を揃《そろ》えた年下の科学者に劣らず、新しいものを受け入れる柔軟な頭を持っている。そんなわけで、ハントはすぐには論駁《ろんばく》せず、あらぬ方を見やって節もなく微かに口笛を吹きながら、指先でテーブルを小さく叩いていた。ダンチェッカーは時間とともにますます苛立《いらだ》ちを募らせるようであった。「化学的なプロセスでラディオアイソトープが区別されるはずはないよ」やがて彼は同じことを繰り返した。「だから、きみの言うような形ではいかなる酵素が生成されることもない。よしんば仮にそのようなことがあったとしても、それはおよそ意味がないね。化学的には、酵素はその中にラディオアイソトープを持っていようといまいと、まったく同じ反応を示すはずだよ。きみとしたことが、ずいぶん奇妙奇天烈《きてれつ》なことを言い出したものだね」

ハントは吐息を洩らし、うんざりした様子でスクリーンを指さした。
「わたしが言っているのではないよ、クリス」彼はたしなめるように言った。「数字に出ているんだ。これは間違いない。何なら自分で調べてみるといい」ハントはテーブルに身を乗り出して首を傾げ、同時に何やらふと気に懸《か》かる様子で眉を寄せた。「ついさっききみは、すでに自分が達した結論を裏づけるように証拠の方を合わせようとしているということを言ったね。あれは何の話だ?」

2

ヴィクター・ハントは十一歳の時、ロンドンはイーストエンドの貧しい家を出てウースターの叔父夫婦のもとに身を寄せた。ハント家の醜い家鴨《あひる》の子であった叔父は、さる大手コンピュータ製造会社の研究所に務める設計技師だった。この叔父の薫陶《くんとう》よろしきを得てハント少年は神秘と魅惑に満ちたエレクトロニクスの世界に目を開いた。

数年後、ハント少年は憑《つ》かれたように学んだ形式論理の法則と論理回路設計の技術を実地に試すことを思い立った。彼は自ら単機能演算装置を設計し、ワイアをハンダ付けしてハードウェアを完成した。一五八二年のグレゴリオ暦採用以降の任意の年月日を与えるとその曜日を1から7の数字で表示する装置であった。彼は期待に胸をときめかせながら完成した装置のスイッチを入れた。装置はうんともすんとも言わなかった。調べてみると、彼は誤って電解キャパシターを逆に接続していた。ために電源がショートしたのであった。

この経験から彼は二つの教訓を学んだ。大方の問題はこれを正しい角度から眺めればいたって単純な解決を見出《みいだ》すことができる。そして、問題を解決し得た時の喜びはそれまでの努力に報いて余りあるものである。彼はまた、優れた発想と見えるものの正否を明かす唯一の確実な方法は実地に試験をすることであるという、それまでの直観的定見に一層自信を深めた。長ずるにおよんでエレクトロニクスの専門家となり、さらに理論物理から核物理へと領域を拡げる間もこの信念は一貫して彼の精神構造の盤石《ばんじゃく》の土台であった。学究の徒として、また技術者として過ごした三十年、彼は決定的に重要な実験の準備が整い、まさに真実の瞬間が迫ろうとする時の興奮に満ちた緊張感に一度として酔わなかった例《ためし》がない。

今しも彼は陶酔のうちに、ヴィンセント・カリザンがパワー・アンプリファイアに最後の調整を加えるさまを見守っていた。ピットヘッド基地のエレクトロニクス試験室におけるこの日の呼びものは、ガニメアン宇宙船から回収された一個の装置であった。それはほぼドラム罐《かん》ほどの大きさの円筒型の装置で、いくつか出入力端子がある他はさして複雑な機構とは思われなかった。より大きく込み入ったシステムのコンポーネントではなく、それ自体が独立した機能を持つ単体の装置であることは一見してそれと知れた。

とはいうものの、果たしていかなる機能を持つかについてはいっさい臆断の外であった。ピットヘッド基地の技術者たちは入力端子を電源接続のためのものと判断した。使用されている絶縁材や電圧制御回路、調整回路、フィルター群を調べることから、彼らはその装置の作動に適する電流の定格を算出し、その結果に基づいて変圧機や周波数変換装置を用意した。そして今日、いよいよ装置に通電して何が起きるかを調べることになったのだ。

ハントとカリザンの他に試験室では二人の技術者が各種の計測器の操作に当たっていた。カリザンが満足げにうなずいてアンプリファイアのパネルから一歩退《さが》るのを見てフランク・タワーズが尋ねた。

「オーバーロード・チェックの準備はいいか?」

「いいぞ」カリザンは答えた。「一発やってみてくれ」

タワーズは傍らのパネルのスイッチを倒した。パネルの裏側のどこかで鋭い音がして遮断機が落ちた。

制御卓の前に控えたサム・マレンがざっとリードアウト・スクリーンに目を走らせて言った。「遮断機作動異常なし」

「遮断機を戻して電圧をかけてくれ」カリザンが言うと、タワーズは制御装置の二、三のボタンを押し、あらためてスイッチを入れてマレンのほうをふり返った。

「リミット五〇」マレンは言った。「いいな?」

「いいぞ」タワーズは答えた。

カリザンはハントをふり返った。「さあ、準備完了だ、ヴィック。まずはリミッター回路を通して電気を流すがね、仮に何かが起こったとしてもこっちの機材は安全だよ。賭を引っ込めるなら、これが最後のチャンスだぞ」

「変える気はないね。これは楽器だよ」ハントはにやりと笑った。「言うなれば、電動式の手回しオルガンだな。どんどんやってくれ」

「コンピュータは？」カリザンは横目使いにマレンを見た。

「稼動中だ。データ・チャンネルすべて異常なし」

「ようし」カリザンは両手を擦り合わせた。「じゃあ、本番行こう。通電するぞ、フランク。実験予定第一段階だ」

張りつめた沈黙の中でタワーズは再び操作卓のボタンを押し、スイッチを倒した。パネルに組み込まれた数字表示装置のスクリーンがめまぐるしく瞬いた。

「通電」タワーズは確認した。「パワーを食っているな。電流はリミッターいっぱいだ。まだまだ行きそうだぞ」室内の視線はコンピュータの出力スクリーンを見つめるマレンの顔に集まった。マレンはスクリーンに目を据えたまま首をふった。

「何も出ないな。これにくらべたら、寝呆けたうすのろだって炎の人だぜ」

耐震ゴムの上に鋼鉄の枠に固定されたガニメアンの装置にはアクセラロメーターが取りつけてあったが、装置の内部に機械的な動きが生じている気配はなかった。ケーシングに取りつけられた高感度マイクも、音波帯域と超音波帯域とを問わず、何ら波動を検知することはなかった。ヒート・センサー、放射線探知機、電磁波探知機、シンチレーション・カウンター、ガウスメーター、可変アンテナ等の計測機器が装置を監視していたが、いずれも何ら変化を捉えることがなかった。タワーズは入力の周波数を試験帯域よりやや高目に変えてみたが、やはり何の変化も起こらなかった。ハントはマレンの肩越しにコンピュータの出力を覗《のぞ》いたが、口を開こうとはしなかった。

「もうちょい、電圧を上げてみたほうがよさそうだな」カリザンが言った。「第二段階だ、フランク」

タワーズが電圧を上げた。マレンの前のスクリーンに一連の数字が現われた。

「チャンネル7に何か出たぞ」マレンは報告した。「音波だな」彼は操作卓のキーボードに手早く指令を入力して、補助ディスプレイに映し出された波形を睨《にら》んだ。「周期がある。極めて正確な純音型の圧力変化を示しているな……振幅は大きくない……基準周波数は七十二ヘルツと言ったところだ」

「それは供給電源の周波数じゃないか」ハントは低く言った。「どこかで共振しているんだろう。大して意味はないな。他に何かないか?」

「いや」

「もうひとつ電圧を上げてみろ、フランク」カリザンが言った。

彼らはしだいに慎重になり、次々に新しい条件を加えてテストを続けた。やがて、入力する電流の特性から、彼らはそれが装置の設計値に適《かな》ったものであり、装置は定常状態で作動していなくてはならないはずだと判断した。しかし、非常な電力を消費しているにもかかわらず、僅《わず》かに低い唸りを立てて、ケーシングの一部が微《かす》かに熱を帯びた他は夥《おびただ》しい計器類には依然として何の変化も示されなかった。一時間後、ハントとＵＮＳＡの三人の技術者は試験を中断して、さらに詳細にわたって装置そのものの構造を調べることにした。そのためには装置を解体することも辞さぬ覚悟だった。ナポレオンと同様、彼らは幸運な人間は往々にして自ら機会を設けて幸運を招き寄せるものであると考えていた。とにかく、やってみるだけのことはありそうだった。

実を言えば、ガニメアンの装置によって惹起《じゃっき》された擾乱《じょうらん》現象は、彼らの準備したいかなる計測装置をもってしても捉えられぬ性質のものであった。一連の、非常に強度でかつ局所的な時空の歪《ゆが》みを包含する球面波がピットヘッド基地から光の速さで太陽系全域に伝播《でんぱ》したのである。

七百マイル南方のガニメデ本部基地に設置された地震計は針がふりきれたが、ロギング・コンピュータのデータ有効性確認プログラムはシステムの故障を告げようともしなかった。二千マイル上空にいた〈ジュピター〉Ｖ司令船のセンサーは異常発生源をピットヘッド基地と読み取り、当直監視官に警告を伝えた。

ピットヘッド基地の装置に容量いっぱいの電流が通じてから三十分あまり後、ハントが煙草《たば》《こ》を揉み消すのをきっかけにタワーズは電源を切って深い溜息《ためいき》とともに椅子に沈んだ。

「まずはこれまでだな」タワーズは言った。「これ以上いくらやってもどうにもならんよ。いっそのこと全部ばらしてみたほうがいいかもしれないな」

「十ドルだぞ」カリザンが勝ち誇ったように言った。「そうだろう、ヴィック。音楽は鳴らなかった」

「他も全部はずれじゃあないか」ハントは言い返した。「だから、賭は御破算だ」

制御卓でおよそ見るべきものもない試験データを記憶ルーティンに移し終えたマレンがコンピュータの電源を切って三人のほうへ寄ってきた。

「あれだけのパワーがいったいどこへ吸い込まれるのかねえ?」彼は眉《まゆ》を顰《ひそ》めて言った。「あの程度の熱じゃあ全然勘定が合わないし、他は何も起こらないんだからね。どこか狂ってるな、こいつは」

「この中にブラックホールがあるんだ、きっと」カリザンが出まかせを言った。「そうだ、そうに違いない。つまり、こいつは塵屑籠《ちりくずかご》だよ。究極の塵屑籠なんだ」

「それに十ドル賭けるよ」ハントはすかさず言った。


ガニメデから三億五千万マイル離れた小惑星帯でUNSAのあるロボット探査体は、ひとしきり小刻みな波状の重力異常を検知した。探査体のマスター・コンピュータは、いっさいのシステム・プログラムを一時中断して事故診断ルーティンを発動した。

「いや、本当の話……まさにウォルト・ディズニーそのままの世界なんだ」ハントはピットヘッド基地の酒保《しゅほ》でテーブルを隔てた技術者たちに言った。「わたしはあんなものを見たことがない。ガニメアン宇宙船のその部屋には、そういう動物の絵が壁にたくさんかかっているんだよ」

「妙な話だな」サム・マレンは胡散臭《うさん》い顔つきをした。「何だろう、それは？　ミネルヴァの動物かね？　それとも、どこか他の生きものだろうか？」

「地球動物でないことだけは確かだよ」ハントは言った。「あるいは何でもないのかもしれない。つまり、想像上の動物ということだね。クリス・ダンチェッカーは本物ではあり得ないと言いきっているよ」

「本物、というのはどういう意味かね？」カリザンが尋ねた。

「だから、その、とうていそんなものが生きていたとは思えないんだよ」ハントは眉を寄せ、両手で目の前の空気を掻《か》き回すような格好をした。「何しろけばけばしい色をしていてね……見るからに鈍重で、ぶざまな形なんだ。正当な進化の過程を経て出現したものとは、どう見ても考えられない」

「いたとしても淘汰《とうた》されただろう、ということか？」カリザンは探るように言った。ハントはしきりにうなずいた。

「ああ、まさにその通り。生存のための適応が見られないんだよ。擬態だの、敵に追われて逃げきるだけの脚力だの、およそその種の能力や性質を備えていそうもないんだ」

「ふうん」カリザンは興味を惹《ひ》かれながらも面食らった様子だった。「で、多少とも筋の通った解釈はあるのか？」

「まあ、ないこともないね」ハントは言った。「おそらく、あの部屋はガニメアン宇宙船内の保育園か、それに類する場所だったと考えて間違いないだろう。そう思って見れば不思議はないよ。動物は架空の、言うなれば漫画のキャラクターさ」ハントはちょっと言葉を切って思い出し笑いした。「ダンチェッカーが、その動物のどれかにネプチューンというのがいやあしないか、と言ってね」二人の聞き手は揃《そろ》って首を傾げた。「つまり、当時まだ冥王星《プルートー》はなかったはずだから、そこで下界の王プルートーではなくて海神ネプチューンだよ」

「海王星《ネプチューン》か」カリザンはとんとテーブルを叩いた。「なるほどねえ……ダンチェッカーがそういう気のきいたことを言うとは知らなかったね」

「どうしてどうして」ハントは真顔で言った。「知り合ってみるとなかなか味のある人物だよ。最初は取っつきの悪いところがあるがね、根はいい男なんだ。それはともかく、あれはぜひ見ておくべきだよ。そのうち写真を持ってこよう。全身真《ま》っ蒼《さお》で、横っ腹にピンクの縞《しま》があるなんていうのがいるよ。それがまるで肥満した豚でね。おまけに象みたいに鼻が長いんだ」

マレンは顔を顰《しか》めて目を覆った。

「ううっ……考えただけでも食欲がなくなるね」彼はサーヴィス・カウンターのほうをふり返った。「フランクはどこへ行ったのかな?」それに答えるかのように、タワーズはコーヒー・カップを四つ並べた盆を手にしてマレンの後ろに立った。タワーズはテーブルに盆を降ろし、窮屈な椅子に腰かけて皆にコーヒーを配った。

「ミルクと砂糖が二つ、ミルクだけが一つ、砂糖だけが一つと、これでいいんだな?」彼はほっと息をついてハントが勧める煙草を吸いつけた。「御苦労さま。今カウンターのところで聞いたけど、休暇を取るんだって？　本当かい？」

ハントはうなずいた。「ほんの五日ばかりね。明後日、本部基地からJ5で出かける予定だよ」

「一人で？」マレンが尋ねた。

「いや、五、六人一緒だよ。ダンチェッカーも行く。仕事は留守になるがね、正直に言ってそれを残念とは思わないよ」

「天気がもっといいがねえ」タワーズがちょっと当てこするように言った。「ホリデー・シーズンを逃したらつまらないものな。ここにいるとマイアミ・ビーチがどれだけ楽しいところだったかと、つくづくそう思うよ」

「マイアミじゃあ、氷というのはスコッチを飲むためにあるんだからな」カリザンは遠くを見る目つきで言った。

テーブルに影を落として立つ者があった。彼らは顔を上げた。濃い髯《ひげ》を生やし、逞《たくま》しい大きな体をタータン・チェックのシャツに包んでジーンズを穿《は》いたピート・カミングスだった。ハントやダンチェッカーと一緒にガニメデにやってきた建築技師である。カミングスは椅子の向きを変えて跨《また》がり、じっとカリザンの顔を覗いた。

「どうだった？」彼は尋ねた。カリザンは眉を寄せてかぶりをふった。

「全然だよ。ちょっと熱を帯びて、低い唸《うな》りを発しただけで……収穫と呼べるほどのものは何もない。びっくり箱は空っぽだったよ」

「そいつは残念だったな」カミングスはわざとらしいところのない態度で同情を示した。

「じゃあ、例の騒ぎはお宅たちのせいじゃあなかったわけだ」

「例の騒ぎ?」

「知らないのか?」カミングスは意外な顔をした。「さっきJ5から連絡が来たんだよ。何でも、衛星面《サーフィス》から妙な波動が起こったらしいんだな。その発生源がこのあたりらしいと言うんだ。司令官は基地中に電話をかけまくって原因調査におおわらわだよ。司令塔じゃあ鶏小屋に狐が潜り込んだみたいな騒ぎだぜ」

「試験室を出る時、電話が鳴っていたのはそれだな」マレンが言った。「だから、大事な電話かもしれないって言ったじゃあないか」

「そんなこと言ったたって、こっちだってコーヒーのほうが大事な時というのがあるからなあ」カリザンが言い返した。「いずれにしろ、われわれは犯人じゃあないんだ」彼はカミングスに向き直った。「とにかく、そういうわけなんだ、ピート。またそのうち、何か手応えも摑《つか》めるかもしれないが、きょうのところは骨折り損さ」

「それにしても、おかしなことがあるものだな」カミングスは髯面をさすった。「あれだけ方々調べても原因がわからないというんだから」

思案顔で煙草をくゆらせていたハントがひときわ濃い烟《けむり》を吐いてカミングスをふり返った。

「いつの話だ、それは、ピート?」彼は尋ねた。カミングスは眉を顰めた。

「ええと、あれは……そう、まだ一時間も経ってないな」彼は傍《そば》のテーブルを囲んだ三人の男に声をかけた。「おい、ジェッド。J5が正体不明の波動を捉えたのはいつだったか、わかるか？」

「現地時間十時四十七分だ」ジェッドは答えた。

「現地時間十時四十七分」カミングスはテーブルの一同に向かって繰り返した。

ふいに張りつめた沈黙がハントを中心とする一座を覆った。

「どうだ、皆、今のを聞いたろう？」タワーズが言った。そのさりげない口ぶりも、彼の驚愕《きょうがく》を隠しはしなかった。

「偶然の一致ということだってあるからなあ」マレンは確信のない声で言った。

ハントは技術者たちの顔を順に見回した。明らかに、彼らの考えていることは同じだった。結論も一致していた。数呼吸の後、ハントは皆に代わってそれを声に出した。

「わたしは、偶然の一致というのを信じない」


五億マイル離れた月の裏側の電波光学観測所で、オットー・シュナイダー教授は助手に呼ばれてコンピュータ製図室へ急いだ。助手は教授に宇宙重力放射測定機の捉えた異例のデータを示した。測定機は特に銀河系の中心から発散されると考えられている放射を検知するように設備されていた。装置は確実に信号を捉えていた。ところが方角がまるで違っていた。重力放射の発生源は木星付近であった。

ガニメデではそれからさらに一時間が過ぎた。カミングスの話を聞いたハントたちは最前《さいぜん》の試験結果をあらためて分析評価するべく実験室に取って返し、基地司令官に情況を報告して、再度ガニメアンの装置を綿密にテストするための準備に取りかかった。タワーズとマレンが午前中のデータを検討する間に、ハントとカリザンは基地内を歩き、あるいは懇請し、あるいは強要して、従来の計測機器に加えて使用する地震探知機を捜し回った。機材倉庫の奥で彼らはやっと実験に適する探知機を見つけだした。基地から三マイルのところにある地震観測所の予備機材として用意されたものだった。ハントと技術者は早速午後の実験計画を練った。興奮は刻々に高まったが、それ以上に彼らは好奇心に逸《はや》っていた。装置が重力パルス発生機であるとしたら、果たしてそれが何の目的に使われたものか、その点に彼らの関心は集まっていた。

ガニメデから十五億マイル離れた天王星の平均軌道に程近いところで、ある通信システムのサブプロセッサーは監視コンピュータの操作を一時中断した。コンピュータは信号変換ルーティンを始動し、最優先メッセージをマスターシステムのモニターに伝えた。

信号は標準型モデル17マーク3Bディストレス・ビーコンを経て受信された。

3

衛星面輸送機《サーフィス・トランスポーター》はピットヘッド基地を死装束のように覆って晴れることのないメタンとアンモニアの霧の上に軽やかに浮かび出ると南に針路を取って水平飛行に移った。氷の上に彫りつけられ、半ば濁った霧の海に沈んだかのような荒涼として変化のない景色を見下ろしながら、トランスポーターは二時間近く飛び続けた。時折、虹の七色を帯びた巨大な木星の穏やかな輝きに妖《あや》しく染まる霧を背景に黒々と突出した岩の露頭が僅《わず》かに眼下の単調を破った。ほどなく、キャビンの壁面スクリーンに、彼方《かなた》の地平線にかたまって聳《そび》えたつ六基ほどの銀の尖塔《せんとう》が見えはじめた。ガニメデ本部基地の守りを固めるかのような銀の塔は、熱核反応推進機構を備える巨大な宇宙連絡船ヴェガであった。

本部基地で一息入れた後、ハントの一行はJ5に連絡するヴェガに乗り込んだ。いくばくもなく、連絡船は宇宙を指して飛び立った。木星は見る間に背後に遠ざかり、やがて形もさだかでない小さな雪の球に変わった。前方に針の目ほどに見えていた光点は近づくにつれて形が変わり、長く大きく脹《ふく》れ上がって、ついには果てしない空間に浮かぶ全身一マイル四分の一の〈ジュピター〉V司令船が堂々たる姿を現わした。〈ジュピター〉Ⅳはすでに前の週、カリストを指して出発していた。カリスト到着の後、同船は永久にその軌道に定着するはずだった。コンピュータとドッキング・レーダーに導かれて、ヴェガは前部の広大な洞窟にも似たドッキング・ベイに静かに降り立った。数分後、ハントの一行は巨大な鋼鉄都市を歩きだしていた。

ダンチェッカーはいちはやくJ5の科学者たちをつかまえてどこかに姿を消した。ピットヘッドから運ばれた地球動物の標本をめぐって彼らと突っ込んだ議論を戦わせているに違いなかった。ハントは誰に気兼ねするでもなく、良心に恥じることもなく、二十四時間、仕事はいっさい忘れて存分に羽を伸ばした。地球を発《た》ってから長い宇宙飛行の間に親しくなったJ5の乗組員たちと飲みかつ語るのはこの上もなく楽しかった。船内の長い通路やがらんとしたデッキをただ当てもなく歩くだけで、忘れかけていた自由の歓《よろこ》びが体中に溢《あふ》れた。彼は歓喜と幸福に酔った。J5に乗っているというだけで、地球に近づき、馴染《なじ》みの場所に帰ったような気がした。故郷の懐しさであった。宇宙の微塵《みじん》にも等しい人工の世界。人間を乗せて空漠の間に漂う光の島は、一年あまり前に月の上空で彼がはじめて搭乗した冷たくよそよそしい鉄の箱とは様変わって、温《ぬく》もりに満ちた居心地のよい場所になっていた。ハントにとって、今や宇宙船は地球の一部であるようにさえ感じられた。

二日目、ハントはJ5の科学者たちに挨拶《あいさつ》回りを済ませ、船内の贅沢《ぜいたく》なジムでひと汗かき、ほてった体をプールで冷やした。運動の後のビールほど美味《うま》いものはない。さて夕食はどうしたものかと思案しているところへ、勤務を終えてほっとひと息といった顔つきの医官がバーへやってきた。シャーリーという女性医師だった。シャーリーがケンブリッジ大学の出身で、ハントの学生時代の下宿から歩いて二分とかからぬところに住んでいたことがわかり、二人は奇縁を喜び合った。彼らはたちまち意気投合した。僅かなきっかけで、それまで何もなかったところに突如友情の花が咲く例は珍しくない。二人は夕食を共にし、時の経《た》つのも忘れて飲んで話して笑い興じた。夜更けには二人とも、もはや切っても切れぬ仲という気持ちになっていた。翌朝ハントは自分でも健全とは思えぬほど長い間胸の中に溜まっていたもやもやしたものがきれいに晴れていることに気づいた。そうやって人を晴ればれとした気持ちにさせることこそ医者の務めではないか、と彼は自分に言い聞かせた。

次の日、彼は宇宙船に乗って以来はじめてダンチェッカーと顔を合わせた。ハントとダンチェッカーが相携えて研究を指導した二年間の成果は今や世界的な賞讃の的である。二人の科学者の名は脚光を浴びて遍《あまね》く知れ渡っている。第五次木星探査隊司令官ジョゼフ・B・シャノンは十五年前世界的な軍縮時代に入るまで空軍大佐の地位にあった男だが、高名な二人の学者が自分の船にいることを知って早速彼らを昼食に招待した。そんなわけでその週日の昼、二人は司令官の食堂で盛大なもてなしを受け、葉巻とブランデーを楽しみながらそれぞれの立場で過去二年間学界を揺るがし続けた大発見、チャーリーとルナリアン文明についてシャノンに講釈した。ルナリアンは人類社会に与えた衝撃の大きさにおいてガニメアンの発見に拮抗《きっこう》するものであった。

時間の順序から言えばガニメアンの発見のほうが遅い。ピットヘッド基地の立坑《シャフト》が氷に閉じ込められた異星の宇宙船に達してはじめてガニメアンの存在が明らかにされたのだ。それより早く、月面調査隊の手で人類より遙か以前に太陽系で繁栄した高度な技術文明の痕跡が発見されていた。発見の場所に因《ちな》んでルナリアンと命名されたその文明が栄えたのは約五万年前、更新世《こうしんせい》最後の氷河時代と判明した。コペルニクスから程近い月面の瓦礫《がれき》に埋もれて、宇宙服のまま良好な保存状態で発見されたルナリアン、チャーリーは後に再構築されたルナリアン文明の歴史を解明する最初の鍵であった。

ルナリアンは体のどこを取ってもすべて人類と少しも変わりがなかった。この動かし難《がた》い事実は、果たしてルナリアンはどこからやってきたのかという疑問を投げかけた。それ以前には夢想だにされなかったことだが、現代人の出現より遙かに溯《さかのぼ》った昔、ルナリアンは地球で進化したものか、さもなければ、どこか別の惑星で進化したのか、その点を解明することが学界に与えられた課題であった。この二つを除いて他に検討に値する可能性はあるはずもなかった。

とはいえ、この二つの可能性も長いことほとんど顧《かえり》みられなかったのだ。もし、かつて地球上に高度な文明が栄えたとするならば、考古学の長い歴史を通じて、そのことを裏づける遺跡、遺物は豊富に発掘されているはずである。一方、もしルナリアンが別の惑星で進化したとするならば、まったくかけ離れた世界で個別に繰り返された進化の末に寸分違わぬ子孫が出現したと考えなくてはならない。これは偶然の変異と自然淘汰《とうた》を原則とする進化論を根底から覆《くつがえ》すものである。地球上で進化したのではなく、他の惑星で生まれたのでもないとすれば、そもそもルナリアンの存在そのものが否定されなくてはならない。が、現にチャーリーは人類の目の前にいるのだ。一見解明不能のこの謎が仲立ちとなってハントとダンチェッカーは邂逅《かいこう》した。数百をかぞえる各界の専門家を動員し、全世界の第一級の研究機関の協力を乞い、二人は陣頭に立って二年間研究調査に没頭した。

「クリスはそもそものはじめから、チャーリーが、ということは全ルナリアンが、われわれ人類と同一祖先から進化したに相違ないという考え方でした」ハントは濃い葉巻の烟《けむり》を透かして言った。シャノンは熱心に耳を傾けていた。「わたしはその点で彼と議論する気はありませんでしたが、ただ、彼の考え方から必然的に導き出される結論にはどうしてもうなずけませんでした。つまり、ルナリアンがこの地球上で進化したということです。もしそうならば、どこかに遺跡があるはずです。しかし、そんなものはかけらもないんですから」

ダンチェッカーはブランデーを口に運びながら曖昧《あいまい》に笑った。「まったく、その通りです」彼は言った。「あの当時、わたしたちは顔を合わせれば、ああ、何と言いますか、思いきった遠慮のない意見をやりとりしたものです」

ダンチェッカーの婉曲《えんきょく》な言い回しに、何か月にもおよぶ激越な論争のさまを思い描いてシャノンはきらりと目を光らせた。

「きみたちの論争についてはあちこちでいろいろ読んだ記憶があるよ」シャノンはうなずいて言った。「ただ、あの頃は新聞だの雑誌だのがてんでんばらばらに勝手なことを書き立てるもので、本当のところ何がどうなっているのか素人のわれわれにはさっぱりわけがわからなかった。ルナリアンが惑星ミネルヴァの住人だったことが確実にわかったのはいつ頃かね?」

「そこへ行くまでが長い話でしてね」ハントは言った。「まったく説明のつかないことだらけで、しばらくはトンネルを手探りで歩いているようなものでしたよ。何か一つ新しいことがわかると、そのためにかえって矛盾が殖《ふ》えるというありさまでしてね。ええと、あれは……」彼はちょっと言葉を切って顎をさすった。「チャーリー以降、ルナリアンの遺物はいろいろと発見されまして、各種の試験が行なわれましたが、その結果について断片的な情報が出回って、世界中の人間が物知り顔にいっぱしのことを言っていたわけですがね。チャーリー本人の遺体、身につけていた宇宙服やバックパック、携帯していた装置道具類……それにタイコ(ティコ)その他で発見された遺物、と調べる対象には事欠きませんでしたが、そうやって少しずつ調査が進むにつれて、各領域で明らかにされた事実を相互に関連づけることができるようになったのです。その積み重ねから、やがて思いもかけなかったミネルヴァの全貌が浮かび上がりました。そうして、ついにはミネルヴァの正確な位置まで割り出すところへ漕《こ》ぎつけたのです」

「きみがナヴコムに来た時、わたしはUNSAのガルヴェストン司令部にいたのだよ」シャノンはハントの話が一段落するのを待って言った。「それについては新聞各紙がかなり大きくスペースを割《さ》いていたね。〈タイムズ〉は『ヒューストンのシャーロック・ホームズ』と銘打ってきみのことを特集したっけ。いや、それはともかくとしてだね、今のミネルヴァの話だけでは問題の解決にはならないのではないかね。ルナリアンがミネルヴァの住人だったというのはいいとして、それでは、平行進化の問題はどう説明されるのかな？　わたしはいまだにその点がもう一つはっきりしないのだがね」

「おっしゃる通りです」ハントは大きくうなずいた。「これまでのところは、要するにかつてそこに一個の惑星があったということでしかないのです。ルナリアンがそこで進化したかどうかの証明にはなりません。御指摘のように、平行進化の問題は依然未解決のままです」

ハントは灰皿に灰を落として、溜息《ためいき》混じりにかぶりをふった。「その点についてはいろいろな仮説が唱えられました。非常に遠い過去の人類がミネルヴァに移住して、何らかの理由で地球との接触を断ったのではないか、という考え方もありました。あるいは、いろいろな条件が重なって低次の生命からミネルヴァ上で人類が進化したという考え方もありましたが、この場合はそこに至るまでの過程がうまく説明できません。……とにかく、諸説紛々として、こっちは頭がこんがらかってしまいそうでしたよ」

「ところが、そこでわたしたちは思いもかけない僥倖《ぎょうこう》に恵まれたのです」ダンチェッカーが話を引き取った。「第四次木星探査隊がこのガニメデで、例の宇宙船を発見しました。そこに積まれていた動物が二千五百万年前の地球生物であることが判明しまして、おのずと一つの説明が浮上したのです。全体の情況を充分論理的に裏づけることができる考え方です。そこから導かれる結論は信じ難いものでしたが、実に辻褄《つじつま》がよく合うのです」

シャノンはすでに理解している答を今一度確認する表情でしきりにうなずいた。

「ああ、動物だね」シャノンは言った。「そこに鍵があったわけだ。ルナリアンの祖先がガニメアンの手で地球からミネルヴァに運ばれた。この事実が確立されない限り、ルナリアンとミネルヴァを結びつけるものは何もない。そうだね？」

「大筋はその通りですが、ただ、そうとは言いきれないのです」ハントが言った。「それ以前から、ルナリアンが何らかの形でミネルヴァと繋《つな》がりがあることはわかっていました。言い換えれば、ルナリアンと惑星の関係は知られていながら、ルナリアンがどうやってミネルヴァで進化したかという点が説明できなかったのです。ガニメアンが遠い過去に動物を運んだことがわかってその問題が解決した、というのはおっしゃる通りですがね。しかし、その前に、まずわたしらとしてはガニメアンとミネルヴァをどう結びつけるか、それを考えなくてはならなかったわけです。何しろ、宇宙船がガニメデで遭難したという事実があるだけで、その宇宙船がどこから来たものか、皆目《かいもく》見当もつかなかったんですから」

「なるほど、その通りだね。その時点ではガニメアンとミネルヴァを結びつけるものは何一つなかった。そうだね？　で、最終的にそこへきみたちが目を向けたきっかけは？」

「これもまた、正直なところ幸運に恵まれたとしか言いようがありませんでね」ダンチェッカーが言った。「ルナリアンの月面基地の廃墟《はいきょ》から、貯蔵された食糧の中に完全な状態で保存された魚が見つかったのです。この魚を調べた結果、それはミネルヴァ原産でルナリアンによって月面に運ばれたものであることがわかりました。さらに解剖学の見地から、魚とガニメアンの骨格の相同が明らかとなったのです。これはつまり、ガニメアンがこの魚と同じ進化の系統に属していることを意味します。魚はミネルヴァ固有のものですから、その魚と祖先を同じくするガニメアンもまた、当然ミネルヴァで進化したはずです」

「すなわち、そこが宇宙船の出発点です」ハントが脇から言葉を足した。

「宇宙船に乗っていた動物もそこから来たことになります」ダンチェッカーも付け加えた。

「では、その動物が何故ミネルヴァにいたか、となるとガニメアンが地球から運んだとしか考えられません」ハントが結論を言った。

シャノンは二人の話を頭の中で繰り返した。「ああ……なるほど」ややあって、彼は言った。「それで全部うまく説明されるわけだね。そこから先はもう誰でも知っている。まったく別の世界に引き離された二組の動物が、一方はそのまま地球上で、もう一方はガニメアンの手でミネルヴァに運ばれて、それぞれの場所で進化を続けることになったわけだ。その中には非常に進んだ類人猿も混じっていた。その後二千五百万年の間に、ミネルヴァでは類人猿から進化を繰り返してついにルナリアンが出現した。それでルナリアンは人類と寸分違わぬ体形を備えている……」シャノンは葉巻を揉《も》み消すと、両手でテーブルを押さえつけるような格好で二人の科学者の顔を覗《のぞ》き込んだ。「ところで、そのガニメアンはいったいどうしてしまったのかね？　二千五百万年前に忽然《こつぜん》と姿を消したということになっているが、きみたち専門家はこれをどう説明するね？　いくらかなりと解明の見込みが立っているものなら、どうかね、予告編といったところを聞かせてくれないか？　わたしとしても大いに関心があるのでね」

ダンチェッカーは両手を拡げて肩をすくめた。

「それは、御希望に沿いたいのは山々ですが、正直なところ、その方面についてはまだ調査研究のはかばかしい進展が見られないのです。おっしゃる通り、ガニメアンは姿を消しました。ガニメアンだけではありません。同じ頃、ミネルヴァ固有の陸棲《りくせい》動物は非常に短い期間に跡形もなく絶滅しています。短い期間というのはもちろん相対的な意味においてですが。ところが、地球から運ばれた動物は未知の環境で生き延びて、その中からついにはルナリアンが出現したのです」教授は今一度肩をすくめた。「ガニメアンはどうなったか？　姿を消すことになった理由は何か？　これは現在まだ謎のままです。……ええ、もちろん、いろいろな説明が試みられてはおります。まあ、それだけいろいろな考え方が成り立つということでしょうか。目下一番有力視されているのは、大気中の毒物、特に二酸化炭素の濃度が高まったのではないか、という考え方です。ミネルヴァ原産の動物はそれに対して耐性が低かったけれども、移入動物は耐性があったために生き延びたと考えられるわけです。しかし、ありていに言って、そうだと結論するにはあまりにも裏づけに乏しすぎます。つい昨日もわたしはこのJ5の分子生物学の人たちと話し合いましたが、最近の彼らの仕事を見て、過去数か月この考え方に対して抱いていた確信が揺るぎかけているほどなのです」

シャノンは軽い失望の色を見せたが、ダンチェッカーにこう言われれば黙って引き下がる他はなかった。彼がさらに何か言いかけようとするところへ白いジャケットのスチュワードがやってきて空のコーヒー茶碗を下げ、煙草《たばこ》の灰やパン屑《くず》の散ったテーブルを拭きにかかった。椅子の背に反り返るようにしながらシャノンはスチュワードに親しげに話しかけた。

「やあ、ヘンリー。どうかね、きょうは？　世界はきみに笑いかけているか？」

「不平を言ったら罰が当たりますよ。わたしはUNSAよりもずっとひどいところで仕事をしていたんですから」ヘンリーは愛想よく答えた。ハントはそのイースト・ロンドン訛《なまり》に耳をそばだてた。「環境が変わるのはいいことです。わたしはいつも自分でそう言っているんですよ」

「前は何をしていたんだね、ヘンリー？」ハントが尋ねた。

「ある航空会社で、キャビン・スチュワードをしておりました」

ヘンリーは隣のテーブルを片づけはじめた。シャノンは二人の科学者の視線を誘うようにスチュワードの方へ軽く顎をしゃくった。

「実に大した男だよ、あのヘンリーというやつは」シャノンは声を落として言った。「地球からこっちへ来る間、一度も会わなかったかね？」二人の学者は揃《そろ》ってかぶりをふった。

「このJ5では無敵を誇るチェスのチャンピオンだよ」

「ほう、それは」ハントは認識を新たにしてスチュワードのほうを見やった。「そんなに強いんですか」

「六つの時からチェスをやっているそうだ」シャノンは言った。「才能があるのだね。プロになっても充分やっていけたろうけれども、自分ではあくまでも趣味でやるところがいいのだと言っているよ。一等航空士がヘンリーからタイトルを奪おうとして目下懸命に差し手を研究しているがね、まあ、わたしらの見たところ、よほどの幸運に恵まれでもしなければとうていヘンリーには敵《かな》うまい。ところが、このチェスというやつはおよそ運に左右されることのないゲームだよ。そうだろう」

「その通りです」ダンチェッカーが力んで言った。「いや、しかし、驚きましたね」

司令官は時計を見上げ、テーブルの縁をなぞるようにして両手を拡げた。お開きの合図だった。

「ああ、きみたち、やっとこうして親しく会えて楽しかったよ。話もとても面白かった。これからは時々いっしょに食事をすることにしよう。わたしはこのあと人に会う予定があるのだがね、本船の司令センターを案内すると約束したことはちゃんと憶えているよ。そっちがよかったら今から行こう。ヘイター機長に紹介するよ。機長に説明役を頼んで、わたしはそこで失礼させてもらう」

カプセルに乗って連絡管路《コミュニケーション・チューブ》を潜《くぐ》り、十五分後に彼らは離れた区画《セクション》の司令センターに着いた。三方の壁を埋めて操作卓や制御装置、監視装置等、夥《おびただ》しい機器が並んでいた。ブリッジに立つと、目の下にJ5司令センターの絢爛《けんらん》たるパノラマが開けていた。いくつかの編成に分かれたオペレーター・ステーション。人工光に輝く制御装置や計器盤。そこは探査隊の全活動と本船の機能を管理掌握する神経中枢であった。地球との交信をつかさどるレーザー・ビームは一瞬たりとも切られることがなかった。データ・チャンネルは衛星上の各施設、および木星系全域に散ったUNSAの探査船と司令船を結んでいた。航行管制システムがあり、推進機構および飛行制御システムの操作卓があった。船内の冷暖房や照明、それに生命維持システムもこの司令センターで制御されていた。補助コンピュータ、予備の機器、その他あらゆる種類の作業がすべてこの先端的な科学と技術の大集積ともいうべき司令センターで統轄《とうかつ》されていた。

ロナルド・ヘイター機長は二人の科学者の背後に控えて、彼らがブリッジからの眺めを堪《たん》能《のう》するのを待った。探査隊の指揮系統では宇宙軍文官衆が最高指揮権を掌握し、いっさいの活動はその監督下に服していた。指揮系統の頂点に立つシャノン司令官の権限は絶対であった。しかし、宇宙船の航行や、未知の環境で進められる各種作業の安全と効率のためには、軍隊式に鍛《きた》えられた専門集団の組織力と一糸乱れぬ統率は欠くことができない。この要求に応えるのが宇宙軍制服部隊である。そして、この組織の成り立ちが冒険に憧れる多くの青年の欲求を平和裡《へいわり》に満たしているのはけだし偶然の結果ではなかった。彼らの世代にとっては大規模な正規軍は過去のものであり、早く忘れ去ってしまうに越したことはなかった。ヘイターはシャノン直属の指揮官としてJ5上の全制服部隊を率いる立場にあった。

「今は割と静かですが、全部動きだしたらとてもこんなものじゃあありません」ヘイターは頃合いを見て二人の間に進み出た。「ごらんの通り、無人のセクションがあちこちにあります。軌道上では操作を停止しているか、ないしは自動制御によっている部署です。現在ここにいるのは必要限度最小の人員だけです」

「向こうで何かやっているようだね」ハントが一連の操作卓が並んでいるあたりを指さして言った。オペレーターたちがせわしげにヴュウ・スクリーンに目を走らせ、時折キーボードを叩きながら、隣同士、あるいはマイクを通じて見えない相手と言葉を交わしていた。「あれは、何をしているところかな？」

ヘイターはハントの指さすほうに目をやってうなずいた。「しばらく前からイオの軌道にいる宇宙巡洋艦と交信しているのです。木星自体の高度の低い軌道にいくつか探査体を飛ばしていますが、これから軟着陸にかかるところです。現在、探査体はイオ上空で待機しています。それを巡洋艦から制御するのです。あそこでスクリーンを見ているのは準備態勢を監視しているにすぎません」機長はさらにずっと右手の奥を指さした。「あそこは航行管制部です……各衛星周辺およびその途中の空間にいるすべての宇宙船、探査体の動きを監視して交通整理に当たっています。目がはなせませんから、あそこはいつも忙しいのです」

ダンチェッカーはしばらく声もなく司令センターを見下ろしていたが、やがて讃嘆の表情を隠さずヘイターをふり返った。

「見事なものだね。おそれいったよ。実に大したものだ。ここへ来る途中、わたしは何度かこの船のことを機械地獄と悪口を言ったがね、どうやらそれは撤回しなくてはいけないようだな」

「何とお呼びになっても結構です、先生」ヘイターはにやりと笑った。「しかし、おそらくこれ以上安全な機械地獄はまたとないでしょう。宇宙船の航行に直接かかわる機能は全部ここで制御されていますが、緊急事態に備えてこれとまったく同じシステムが、ずっと離れた別の場所に作られています。万一この司令センターが破壊されても大丈夫、ちゃんとお二人を地球までお送りしますよ。もし、システムが両方ともやられるような大規模な事故が起きたとしたら……」ヘイターは肩をすくめた。「まず宇宙船そのものが木っ端微塵《こっぱみじん》でしょう。その時は諦めるしかありませんね」

「素晴らしい」ダンチェッカーは感に堪《た》えた声で言った。「ところで、一つ訊《き》きたいのだが……」

「失礼します、機長」すぐ後ろの監視ステーションから当直士官が声をかけた。ヘイターはふり返った。

「何だ、中尉？」

「レーダー士官からの報告です。遠距離哨戒《しょうかい》によって未確認物体が発見されました。急速に接近しています」

「セカンド・オフィサーの監視ステーションに画像を出してくれ。そこで報告を聞く」

「アイアイ・サー」

「失礼」ヘイターは二人の科学者に会釈《えしゃく》し、コンソール前の空いた椅子に腰を下ろすと、メイン・スクリーンのスイッチを入れた。ハントとダンチェッカーは数歩進み出てヘイターの背後に立った。機長の肩越しに、スクリーンに映ったレーダー士官の顔が見えた。

「異常事態です、機長。正体不明の飛行物体がガニメデに向かっています。現在距離は八万二千マイル。速度は毎秒五十マイルですがすでに減速しつつあります。方角は太陽に対して二七八／〇一六。ガニメデに直進する針路を取っています。今から三十分強でガニメデに到達するものと推定されます。クオリティ七の強いエコーが認められています。以上の数値はすべて確認済みです」

ヘイターはスクリーンの士官を見返した。「該当空域を航行予定の船はあるか？」

「ありません」

「飛行計画を変更した船はないか？」

「ありません。全舟艇はすべて予定通り運行されています」

「飛行物体の形状は？」

「データが不足でまだはっきりしません。目下査察中です」

ヘイターはしばらく思案した。「交信を切らずに引き続き報告しろ」彼は当直士官をふり返った。「待機要員を部署に着かせろ。司令官の所在を突き止めて、連絡ありしだいブリッジへ来られるよう待機されたしと伝えろ」

「イエス・サー」

「レーダー」ヘイターはコンソールのスクリーンに目を戻した。「光学スキャナーを遠距離哨戒システムに接続しろ。UFOを追尾してB5の第三スクリーンに画像を出せ」ヘイターは再び当直士官に向き直った。「航行管制部に警報を出せ。追って指示あるまで、いっさいの発進は差し止めだ。今後六十分以内にJ5にドッキング予定の宇宙船は距離を保って指示を待つように」

「ここにいては邪魔かね？」ハントが控え目に尋ねた。ヘイターは彼をふり返った。

「いえ、構いませんよ。どうぞ、ここにいて下さい。少々面白いことになるかもしれません」
「何ものかね？」ダンチェッカーが尋ねた。
「それはわかりません」ヘイターはやや表情を強張《こわば》らせた。「何しろこういうことははじめてですから」

宇宙船内は刻々に緊張が高まった。待機中の要員たちは続々と司令センターに駆けつけて、操作卓やブリッジのパネルや、その他各人の持ち場に着いた。あたりは粛然《しゅくぜん》としていたが、完璧に調整された機械が今しも動きだそうとする時の、あの張りつめた空気がみなぎっていた。誰もが固唾《かたず》を呑んで成り行きを見守っていた。

光学スキャナーが望遠レンズの視野に捉えた映像がスクリーン上に鮮明に浮かんだ。しかし、飛行物体の真の姿は依然としてよくわからなかった。ほぼ円形の胴体に十字架状に二対の突起があった。一対は他よりもやや太く長いようであった。胴体は円盤か球体か、あるいは円筒様のものを正面から見たものか、スクリーンの映像からは判断する術《すべ》もなかった。

とかくするうちに、カリストの軌道上にいるＪ４が捉えた映像がレーザー・ビームで送られてきた。ガニメデとカリストの相対的位置関係および、急速に縮まっていく距離のせいで、Ｊ４の望遠鏡はガニメデに向かって突き進む飛行物体を斜めの角度で捉えていた。

Ｊ４から送られた映像がスクリーンに現われると、Ｊ５の搭乗員たちは皆、思わずあっと息を呑んだ。現在この空域にいるＵＮＳＡの宇宙船で流線型のものは惑星の大気圏内を飛行する必要に迫られる連絡船ヴェガだけである。正体不明の宇宙船がヴェガでないことは一目《いちもく》瞭然《りょうぜん》だった。その流れるような微妙な曲線と美しく均整の取れた安定翼《フィン》は、地球の設計家がいまだかつて誰一人発想したことのないものであった。

われとわが目を疑ってスクリーンを凝視しながら、その映像の意味するところに思い至ってヘイターは顔面蒼白《そうはく》となった。彼はごくりと唾《つば》を呑み、呆然《ぼうぜん》と声もなく自分を取り巻いている部下たちの顔を見回した。

「総員緊急配置」彼は声にならない声で命令を発した。「至急、司令官をブリッジに呼べ」

4

J5のブリッジの大きな壁面スクリーンに映し出された異星の宇宙船は星をちりばめた黒い空間を背景に、それとはわからぬほどごく僅《わず》かに回転していた。異星の宇宙船が減速して、司令船と相対速度ゼロで並び、ガニメデ上空の軌道に乗ってからすでに一時間近く経とうとしていた。両船を隔てる距離は五マイルあまり、今や異星の宇宙船は隅々まで詳しく観察することができた。流れるような曲線を持つ胴体と翼の表面には、宇宙船の国籍や所属を示すいかなる種類の標示もなかった。が、ところどころに標識を抹消したか、あるいは焼き消した跡かと思われる染みがあった。それればかりか、宇宙船は全体に長く困難な飛行を続けてきたことを匂わせる老朽の色が滲《にじ》んでいるようであった。全長にわたって外板にあばた状の損耗が見られ、あちこちに煤《すす》を刷《は》いたような縞《しま》や不規則な形の焼け焦げがあった。あたかも、宇宙船はどこかで猛火を潜《くぐ》り抜けたかのようであった。

はじめて相手の姿がスクリーンに現われてからというもの、Ｊ５船内はめまぐるしい動きに満ちあふれていた。これまでのところ、相手の宇宙船に乗組員がいるものかどうか、まだ確かなことはわかっていない。もし乗っていたとして、相手の意図が何であるか、判断の材料はまるでない。Ｊ５は武器を積んでいない。いかなる種類の自衛の装備もない。このような事態が起きようとは、探査計画の立案者たちが夢想だにしなかったことである。

司令センターはもちろん、船内のあらゆる部署で乗組員は総員緊急配備態勢を固めていた。隔壁は残らず閉鎖され、メイン・ドライヴはいつ何時《なんどき》でも直ちに最大出力で飛行に移れる状態に保たれていた。ガニメデ表面の基地および付近の空間にいるＵＮＳＡ船との交信は異星の宇宙船にその位置を知られない用心に遮断されていた。与えられた時間内に発進態勢を取ることのできた舟艇はすべてＪ５を離れて周辺の空間に退避した。中の何隻かは、いざとなればＪ５からの遠隔操作で異星船に体当たりする作戦であった。Ｊ５からビームを発すると異星船はこれに応答した。しかし、コンピュータは相手の信号を解読できなかった。今はただ待つより他はなかった。

喧噪《けんそう》の最中にあって、ハントとダンチェッカーはただ呆然《ぼうぜん》とその場に立ちつくすばかりだった。ブリッジで当面担うべき責任もなく、あわただしい動きを前に高みの見物をきめていられるのは彼ら二人だけだった。そしておそらく、今しも眼前に展開しつつある出来事の意味を深く考えることができるのも、またこの二人を措《お》いて他になかった。

はじめにルナリアンが、次いでガニメアンが発見され、爾来《じらい》この宇宙には人間の他にも高度な技術文明を築いた知性がいたのだということは世間一般の常識となっている。しかし、それとこれとは話が違う。ほんの五マイル向こうにいるのは遠い過去の遺物でもなければ古代宇宙船の残骸でもない。異星からやってきた、現に機能している実用の宇宙船である。地球人の目の前で、今その宇宙船はまだ正体を現わさぬ知的生物の意思に制御されつつ確実な動きを見せている。宇宙船は躊躇《ちゅうちょ》することなく滑らかに軌道に乗ったのみか、J5のシグナルに間髪を容《い》れず応答したのだ。乗組員がいると否とにかかわらず、これはまさしく現代の人類と、地球外知的生物との史上初の遭遇に違いなかった。記念すべき瞬間であった。今後人類の歴史がいかに長く続こうとも、二度と再び繰り返されることのない一幕であった。

シャノンはブリッジの中央に立ってメイン・スクリーンを見つめていた。その隣でヘイターは、メイン・スクリーンの下にずらりと並ぶ補助スクリーンに映し出されるさまざまなデータや画像にせわしなく目を走らせていた。スクリーンの一つは緊急司令センターに配下の士官たちを従えて立ったシャノンの副官ゴードン・ストレルの姿を映し出していた。地球向けの送信は続いていた。刻々の情況は細大洩《も》らさず信号化され、ビームに乗せて送り出されていた。

「アナライザーに新しい信号の構成要素がかかりました」通信士官がブリッジの一角から報

告し、異星の宇宙船から送られてくる信号パターンの変化を説明した。「Kバンド・レーダーに似た収束度の高いビームです。PRF二一・三四ギガヘルツ。変調されてはいません」次の一分は無限の長さにも思われた。やがて別の声が報告した。「レーダーが新しい動きを捉えました。異星船から小型の飛行物体が離脱、J5に接近しつつあります。本船の位置は不動」

ブリッジの一同は危機感に襲われた。情況判断から来る意識ではなく、むしろ本能的な恐怖であった。もし飛行物体がミサイルだとしたら、打つべき手はないに等しい。一番近くにいる衝角船《ラム・シップ》は五十マイル離れている。最高に加速しても邀撃《ようげき》には三十秒かかるであろう。ヘイター機長は数字を弄《もてあそ》ぶ閑《ひま》もなく命令を発した。

「ラム・ワン発進。邀撃せよ」

直ちに確認応答がはね返ってきた。「ラム・ワン発進。邀撃針路」

スクリーンを凝視する男たちの額に汗の粒が光った。メイン・スクリーンにはまだ飛行物体が現われていなかったが、補助スクリーンの一つは、二隻の巨大な宇宙船の間を一方から他方へ移動する光点を誤りなく捉えていた。

「レーダーより報告。飛行物体は毎秒九十マイルの速度で一路接近中」

「ラム・ワン接近。衝突二十五秒前」

シャノンは乾いた唇を舐《な》めてスクリーンのデータを睨《にら》み、頭の中で飛び交う報告を分析した。自船の安全を最優先したヘイターの措置は正しかった。この先の行動は司令官の胸一つにかかっている。

「三十マイル。衝突十五秒前」

「飛行物体、針路速度変わらず」

「ミサイルではない」シャノンは決然として言い放った。「機長、邀撃命令を撤回しろ」

「ラム・ワン停止」ヘイターは叫んだ。

「ラム・ワン解除。旋回します」

一同は申し合わせたように深い吐息を洩らして肩の力を抜いた。緊張の激しさが今さらのように意識された。ディープ・スペースから突進してきたヴェガは僅かに弧を描き、二十マイルの間を残して飛行物体をかすめると、再び無限の宇宙を指して闇の中に飛び去った。

ハントはそっとダンチェッカーに耳打ちした。「ちょっと面白い話を思い出したよ、クリス……わたしの叔父で、アフリカに住んでいるのがいるんだがね、アフリカのある地方では初対面の挨拶《あいさつ》の代わりに、奇声を発したり、槍をふりまわしたりして相手を威嚇《いかく》する習慣があるそうだ。そうやってこっちの身分や地位をひけらかすわけだね」

「今のは当然の警戒としか受け取られないのではないかな」ダンチェッカーはそっけなく言った。

光学スキャナーはついにJ5と異星の宇宙船の中間に小さな光斑《こうはん》を捉えた。カメラがズームで寄ると、それは銀色に輝く円盤で、滑らかな表面のどこにも突起物は見当たらなかった。

しかし、宇宙船の場合と同様、スクリーンの平面的な映像からはその真の姿は判然しなかった。円盤は急ぐふうもなく司令船から半マイルのところまで来ると、相対速度をゼロにして右側面を見せるように向きを変えた。およそ飾り気のない、単純な卵型だった。全長約三十フィート、金属製と思われた。一呼吸あって、卵型の小さな宇宙船はゆっくりと明滅する強い白光を放った。

談合の結果、点滅信号は卵型の宇宙船がドッキングの許可を求めているものであろうと判断が一致した。地球との交信には時間がかかる。宇宙軍首脳部の見解を仰ぐ閑はなかった。レーザー・リンクで地球宛に情況を詳しく報告した後、シャノンは相手の要求を許可する旨、司令官としての決断を発表した。

急遽《きゆうきよ》歓迎委員会が組織され、J5のドッキング・ベイの一つに小型の異星船を収容することになった。J5を母船とする舟艇の保守作業に当てられているドッキング・ベイには二枚の大きな扉があり、通常は開け放たれているが、必要に応じてこれを閉じ、ベイに空気を満たすことができる構造であった。船内からはベイの内壁に間隔を置いて設けられたエアロックを通じて出入りする。宇宙服に身を固めた歓迎団はドッキング・ベイに出て中央の巨大な作業台《プラットフォーム》の上に立ち、卵型の宇宙船の信号と同じ周期で点滅するビーコンを設置した。

J5のブリッジでは司令官以下重だった面々が半円陣を作ってスクリーンを取り巻き、ドッキング・ベイの模様を息を殺して見守っていた。銀色をした卵型宇宙船は、開け放たれた二枚の外扉の黒い影を隔てる星空の中央に進み、ゆっくりと降下して、慎重に足場を探るかのようにプラットフォームの数フィート上に停止した。すでに光を発してはいなかった。近づいたところを見ると卵型の表面の数か所に円形の突起が出現し、一連の沈胴《ちんどう》式ターレットとなってゆっくりと回転していた。カメラおよび各種の探知機でドッキング・ベイ内部を精査しているに違いなかった。やがて宇宙船は歓迎団が肩を寄せ合うようにかたまって立っているところから十ヤードほど向こうのプラットフォームに静かに降り立った。天井のアーク灯が異星の宇宙船に白い光の輪を投げた。

「とにかく降りましたね」副官ゴードン・ストレルが音声チャンネルを通じて言った。ストレルは自ら歓迎団長を買って出ていた。「胴体下部から接地用の脚が三本伸びました。今のところ、まだ他に動きはありません」

「二分待て」シャノンはマイクロフォンに向かって言った。「それから、ゆっくり進んで中間で止まれ」

「了解」

一分後、別のライトが点《とも》って地球人の一団を明るく照らした。歓迎団が薄暗い中をこそこそ動いては相手方に陰険な印象を与えるのではないかという意見が出て、ドッキング・ベイを明るくすることになったのだ。卵型の宇宙船は何の反応も示さなかった。

ストレルは意を決して部下たちをふり返った。「ようし、時間だ。行くぞ」

ブリッジのスクリーンに宇宙服の男たちがぎくしゃくした動きでゆっくりと前に進み出る様子が映った。金の肩章を光らせたストレルが先頭に立ち、両脇にＵＮＳＡの上級士官が付き従っていた。一行は足を止めた。卵型の横腹の外板が音なく横に滑って、高さ八フィート、間口四フィートほどのハッチがぽっかりと口を開けた。スクリーンの画面で、宇宙服の男たちがきっと体を堅くするのがはっきりわかった。ブリッジの一同も身構えた。しかし、それっきり何の動きも起こらなかった。

「外交儀礼を気にしているのかもしれませんね」ストレルが言った。「何しろ、ここはこっちの艦上なんですから。今度はこっちの番だと言ってるんじゃあないですか」

「あるいはな」シャノンはうなずいて、そっとヘイターに耳打ちした。「上から何か言ってこないか?」機長は別のチャンネルを通じて、ドッキング・ベイを見下ろす作業用の足場《キャットウォーク》の上に陣取ったUNSAの下士官二人に声をかけた。

「どうだ、キャットウォーク。何か見えるか?」

「ここから中がよく見えます。中は真っ暗ですが、こっちは画像明度倍増装置《インテンシファイア》がありますから。何だかごたごたと、計器や装置が並んでいますね。乗員は影も形も見えません」

「乗員の姿は見えないようだ、ゴードン」シャノンが下士官の報告をベイに伝えた。「そこでいつまでじっとしていても埒《らち》が開かん。入ってみろ。気をつけろよ。いくらかでも危険を感じたら迷わず引き返せ」

「その心配はありませんよ」ストレルは言った。「ようし、皆。今のは聞いたな? UNSAが兵員募集のポスター通り肝がすわっているかどうか見せてくれ。ミラルスキー、オーバーマン、一緒に来い。他の者はそこを動くな」

三人はグループから離れて、ハッチから鏡胴式に伸びた短い斜路《ランプ》の下に立った。ブリッジの別のスクリーンに火が入り、UNSAの士官が操作する手持ちのカメラの映像が出た。黒い穴倉のようなハッチとランプの上端が映っていた。やがて、ストレルの背中が画面を埋めた。

音声チャンネルからストレルの言葉が流れてきた。「今、ランプを登りきったところです。内部の床は一フィートほど沈んでいます。奥にもう一つドアがあって船室に通じています。ドアは開いています。エアロックのようですね」カメラが前進移動した。カメラを持った士官がストレルに並んで立ったらしかった。天井に近い足場から下士官が報告した通り、計器、装置の類《たぐい》がぎっしり並んだ情景がスクリーンに映し出された。奥のドアから柔らかい黄色味を帯びた光がエアロックにこぼれた。「これから奥へ入ります」しばらく間を置いて、ストレルの報告は続いた。「どうやらここはコントロール・キャビンと思われます。シートが二つ、前方に向かって並んでいるのはパイロットとコパイロットの席でしょう……コントロール・システムはかなり多様性を持った高度なものらしいですね……ただ、どこにも異星人のいる気配はありません……ああ、こっちにも一つドアがあります。船尾のほうへ通じるものと思いますが、今は閉まっています。シートは非常に大きいですね。それに準じて、何もかもが大型です。これから見ると、相当に図体の大きい人種ですね。オーバーマン、こっちへ来て操縦席の画を撮れ」

ブリッジのスクリーンにストレルが報告した通りの操縦席の模様が映った。カメラは舐め回すように異星人の装置をアップで捉えながらゆっくりと移動した。ハントがはっとスクリーンを指さした。

「クリス！」彼はダンチェッカーの袖を摑《つか》んで叫んだ。「今の、スイッチが並んだ黒っぽいパネル……気がつかなかったかい？　あれと同じ記号を見たことがあるぞ。あれは……」

ハントはふっと言葉を呑み込んだ。カメラが大きく仰いで、空のシートの前にある大きなディスプレイ・スクリーンを捉えた。スクリーンに何か映っていた。一同は思わずあっと息を呑んだ。そこに映っているのは三人の異星人であった。J5のブリッジにいる者は皆、この信じられぬ現実にただ呆然と目を見張るばかりだった。

その場にいる誰一人として、この異星人の姿を知らぬ者はなかった。細く突き出た下顎から頭の鉢へ向かって脹《ふく》れ上がった顔。引き伸ばされたような長頭。どっしりと大きな上体。親指が二本ある六本指の奇怪な手……第四次木星探査隊が送ってよこした詳細な情報から、ダンチェッカーが直ちに復原した身長八フィートの等身模型はまさしくこの姿であった。発見された骨格から画家たちが想像によって再現した異星人の姿は遍《あまね》く知れ渡っていた。画家たちの仕事は非の打ちどころもなかった。もはや疑問の余地はない。

異星人はガニメアンだった。

5

これまでに知られている事実から、ガニメアンはおよそ二千五百万年前に太陽系から姿を消したものとされていた。彼らの母星はすでになく、僅《わず》かに海王星の外側を回る氷の塊と小惑星帯の石屑《いしくず》にその名残《なご》りを留めているにすぎない。そのような形になってからすでに五万年の歳月が流れている。だとすれば、今この卵型の宇宙船のスクリーンにガニメアンの姿が映っているのはいったいどういうことだろう？　ハントが咄嗟《とっさ》に考えたのは、遠い過去に記録された映像が、ドッキングした時に何かのはずみで再生されたのではあるまいかということだった。が、その考えはすぐに否定された。三人のガニメアンの背後に、Ｊ５のブリッジのそれとよく似た大きなスクリーンがあり、そこには異星の母船から見たＪ５が映っていた。ほんの五マイル向こうの、あの宇宙船にはガニメアンが乗っているのだ。と、卵型宇宙船内部で動きが起こった。この情況の意味するところを深く思索している閑《ひま》はなかった。

異星人たちの表情の変化が何を意味するかは誰にもわからなかったが、どうやら彼らもまた地球人たちと同様、驚天動地していると理解して間違いなさそうだった。ガニメアンは何やら身ぶりをして見せた。同時に音声チャンネルからまったく意味のわからない言葉が流れだした。卵型宇宙船内には音を伝える空気はない。ガニメアンは歓迎団とブリッジの交信をモニターし、それと同じ周波数の変調波を使用しているに違いなかった。

異星人のカメラが三人並んだ中央に寄った。異星人は二音節の言葉を発した。「ガ・ルース」と聞こえる音だった。スクリーンの中で異星人は軽く会釈《えしゃく》した。明らかに、今や地球では滅多に見られなくなった礼節と品位を示す動作であった。「ガ・ルース」異星人は繰り返し、さらにそれを続けて「ガルース」と発音した。カメラが引いて、他の二人が同じように自己紹介した。三人は何かを待ち受ける様子でじっとスクリーンの中から地球人たちを見つめた。

ストレルは呑み込みよく、ついと進み出てスクリーンの前に立った。「スト・レル……ストレル」彼は咄嗟に言葉を足した。「はじめまして」後に彼は、われながら間の抜けたことを言ったものだと笑ったが、あの時は頭がこんがらかってまともにものを考えられる状態ではなかったと弁解した。卵型宇宙船のスクリーンが変わって、ストレルは彼自身の映像と向き合った。

「ストレル」異星人の声が響いた。発音は完璧だった。ブリッジでこれを見ていた者たちは一瞬ストレル本人の声かと思った。

ストレルはミラルスキーとオーバーマンを紹介した。宇宙服に着膨《きぶく》れて、窮屈なキャビンで場所を変わるのはなかなか楽ではなかった。スクリーンにいろいろな画が出た。その都度ストレルが英語で答えた。ガニメアン。地球人。宇宙船。恒星。腕。脚。手。足。ひとしきりそんなやりとりが続いた。明らかに、ガニメアンのほうで地球人の言葉を学ぶ努力を引き受けている様子だった。その理由はすぐに知れた。何者であれ、ガニメアンの発言を一手に代表する話者は、次々に耳に入ってくる情報を片端から記憶する驚異的な能力を備えていた。語義の説明を二度と求めず、些細《ささい》なことも正確に記憶する特異な才能であった。はじめのうちは間違いもあったが、決して同じ誤りを繰り返すことはなかった。おそらく、話者は母船でこちらの声をモニターしながら対話しているものと思われた。話者の声はスクリーンに映った三人のガニメアンの口の動きとは合っていなかった。

ガニメアンが並んでいる脇の小さなスクリーンに図形が出た。ギザで囲った小さな丸を中に九つの同心円を描いた図であった。

「何だ、これは？」ストレルの面食らった声が聞こえた。

シャノンは眉を寄せて、助け船を求めるふうにあたりを見回した。

「太陽系でしょう」ハントが知恵を貸した。シャノンがそれをストレルに伝え、ストレルがガニメアンに答えた。画面がただの円に変わった。

「これは誰ですか？」ガニメアンの声が尋ねた。

「誰、というのはガニメアンや地球人を指す時に使うんですよ」

「ガニメアンや地球人……全部ですか？」

「ヒトを言うんです」

「ガニメアンや地球人、ヒト？」

「ガニメアンと地球人はヒトです」

「ガニメアンと地球人はヒトです」

「結構」

「何、というのはヒトではないのですね？」

「その通り」

「ヒトでなければ、いつも？」

「ものを指す言葉ですよ」

「誰はヒト、何はもの」

「その通り」

「これは何ですか？」

「円」

円の真中に点が現われた。

「これは何ですか？」声は重ねて尋ねた。

「中心」

「theは一つのもの、aはたくさんのものですか？」

「theは定まった一つのもの、aはたくさんある中の一つを表わします」

再度太陽系の図が出た。中心の光点が明滅していた。

「これは何ですか？」

「太陽」

「恒星の一つですね？」

「そうです」

記号の点滅に従ってストレルは惑星の名を教えた。対話はなお時間がかかり、行き違いもままあったが、はじめの頃にくらべれば目に見えて上達していた。続くやりとりの中でガニメアンは、火星と木星の間に惑星がないことを知った驚きと当惑を表明した。これは予想されたことで、説明はさして困難ではなかった。とはいえ、ミネルヴァは破壊され、その名残りが小惑星帯と今では冥王星《めいおうせい》と名づけられた惑星であることを相手に納得させるまでにはかなり時間を要した。ガニメアンにとっては、むしろそれが新しい謎となったとしても無理からぬことだった。

さらに質疑応答が繰り返され、双方の知識を確認し合った後、ガニメアンはやっと自分たちの理解に誤りがないことを悟った。彼らはふいに寡黙になり、何やら悄然《しょうぜん》とした様子だった。彼らの仕種《しぐさ》や表情はまだ地球人には読み取れなかったにもかかわらず、ガニメアン船内に満ちた底無しの絶望、悲嘆は手に取るようによくわかった。どこか愁いを帯びたガニメアンの長細い顔の僅《わず》かな動き一つ一つが彼らの苦悩を物語っているかのようであった。悠久の過去から伝わった慟哭《どうこく》が、今彼らの骨の髄《ずい》を揺り動かしているかとさえ感じられた。

しばらくして、ガニメアンたちは気を取り直して再び対話を求めてきた。ガニメアンの予期したことが、彼らの遠い過去の太陽系の知識に基づくものであることがしだいに明らかとなって、地球人たちはやはりそれまでの仮説通り、ガニメアンはある時期に別の恒星系に移住したに相違ないと確信した。だとすれば、彼らの突然の出現は、何百万年もの昔、自分たちの種の起源をしるした母星への感傷旅行と理解してよさそうだった。しかも、その母星については、記憶の範囲を超えた遠い過去から代々伝えられた記録によってしかガニメアンは知らない。宇宙の彼方《かなた》からはるばるやってきて、すでにその惑星は存在しないことを知らされた彼らの悲嘆は察するに難《かた》くなかった。

ところが、地球人がガニメアンはどこか別の恒星系からやってきたはずだという解釈を示し、その位置を尋ねると、異星人は即座に地球人の考えをきっぱり否定した。彼らは、遠い過去に他ならぬミネルヴァから出発したのだと言おうとしているらしかった。そんな馬鹿な話があるはずはない。もっとも、この時すでにストレルは言葉を教えながらの対話に草臥《くたび》れて頭がこんがらかっていた。未熟な言葉で話すには問題があまりにも大きすぎるとして、ひとまずこの点は措《お》くことにした。ガニメアンの通訳が上達すればいずれ疑問は解決するに違いない。

通訳は地球人の名に注目して、今自分が話をしている相手はその名の通り、太陽系第三惑星の住民か、と念を押した。然《しか》り、の答を聞いてスクリーンの中のガニメアンたちは明らかに激しい動揺を示した。彼らはしきりに何やら言い合ったが、音声チャンネルが遮断されてその声は地球人たちの耳には達しなかった。何故それほどまでに動揺するのかガニメアンは説明しようとせず、またその点についてさらに深く問い質《ただ》しもしなかった。

それから、彼らはここに至るまでの長い長い宇宙旅行の間に、たくさんの仲間が病気に悩み、死んでいったことを話した。食糧は底を突いていた。機械的な故障も多く、宇宙船は満身創痍《そうい》でほとんど機能を失いかけていた。そして彼らは心身ともに疲労困憊《こんぱい》して士気も衰え、前途に何の光明をも見出《みいだ》し得ぬありさまだった。どうやらガニメアンたちは、母星に還《かえ》るというただ一つの希望にすがって想像を絶する困難に耐えてきたことを訴えようとしているらしかった。しかし、その希望も無残に打ち砕かれて、彼らは途方《とほう》に暮れているのだ。

異星人との対話はストレルに任せ、シャノンはスクリーンの前を離れると、二人の科学者を含めて重だった者たちを片隅に呼び寄せて当面の措置を相談した。

「向こうの宇宙船に代表団を派遣する」彼は抑えた声で言った。「彼らは援助を必要としている。現在その手を差し延べられるのはわれわれだけだ。ドッキング・ベイからストレルを呼び帰して、使節団の代表に任命しよう。ストレルは彼らとうまくいっているようだからな」シャノンはヘイターに向き直った。「機長、直ちに宇宙バスを用意しろ。それから、ストレルに同行する者を十名選出してくれ。うち少なくとも三名は士官とすること。一番早く出られるバスのエアロック控え室に代表団を集めて、そこで命令伝達を行なう。ああ……今から三十分後でどうだ？　当然、各人とも完全装備だ」

「直ちに手配します」ヘイターは答えた。

「何か質問はないか？」シャノンは一同を見回した。

「携帯火器は支給しますか？」士官の一人が尋ねた。

「その必要はない。他には？」

「一つ、いいですか？」声の主はハントだった。「質問ではなく、希望です。わたしも行かせて下さい」シャノンは返答に窮する様子でハントの顔を見た。「わたしは、ガニメアン調査研究のために特にここへ派遣されています。それこそがわたしに課された公務です。だとしたら、ここでわたしを遣《や》らないという法はないでしょう」

「さあて、どうしたものかな」シャノンは眉《まゆ》を顰《ひそ》めて、何とか反対理由をこじつけようとするかのように項《うなじ》のあたりを掻いた。「まあ、たしかに、きみが行っていけない理由はないな……ようし、いいだろう」彼はダンチェッカーをかえりみた。「きみはどうするね、教授？」

ダンチェッカーは両手を上げて尻込みした。「ご親切におっしゃって下さるのは有難《ありがた》いのですが、いえ、わたしは遠慮します。これだけでもきょうはもう動転しているありさまですから。それに、一年以上かかってわたしはやっとこういう鉄の箱に閉じ込められるのに馴《な》れてきたところです。ガニメアンの宇宙船に乗せられたらどうなるか、考えただけでも寒気がするほどでして」

ヘイターはにったり笑って頭をふったが、口を開こうとはしなかった。

「よかろう、好きにしたまえ」シャノンは発言を促すように今一度ブリッジの面々を見渡した。「以上だ。ちょっと向こうの様子を見よう」彼はスクリーンの前に戻り、マイクを引き寄せてストレルに呼びかけた。「どんな様子だ、ゴードン？」

「うまくいっています。今、数を教えているところです」

「結構。ところで、語学の勉強はそこにいる誰かと代わってくれないか。きみはこれから出かけてもらう。ヘイター機長が今から直ちに使節団を人選する。きみは地球大使だ」

「大使の俸給は幾らです?」

「それはちょっと待ってくれ、ゴードン。こっちはまだいろいろ考えなくてはならんことがあるのでね」シャノンは明るく笑った。本当に久しぶりで晴れ晴れとしたような気持ちだった。

6

宇宙バスは通常、衛星や軌道宇宙船間で使用される小型人員輸送船である。使節団を乗せたバスはすでにガニメアン宇宙船の近くに達していた。宇宙服に着脹《きぶく》れた使節団の二人に挟《はさ》まれて、ハントはキャビンの小さな壁面スクリーンの中でしだいに大きさを増す異星の宇宙船を眺めていた。

近くで見ると、ガニメアン宇宙船の老朽ぶりは前より一層目立って痛々しいばかりだった。船首から船尾へかけて外板を一面に覆う焼け焦げはJ5の高解像度スキャナーをもってしてもさだかではなかったが、ここまで近づくと、その変色のありさまは昔映画でよく見た戦闘部隊の迷彩を思わせるものがあった。外板のいたるところに大小さまざまなあばたが浮いていた。形は不規則で、どれもさほど大きくはなかった。丸く窪んだまわりが盛り上がって外輪を作っているところは灰色の鉛で作った月面クレーターの模型のようだった。宇宙船は超スピードで飛来する微小な粒子の集中豪雨の中を潜《くぐ》ってきたらしく思われた。粒子は宇宙船の外板を穿《うが》ち、厖大《ぼうだい》なエネルギーを放散して周囲の金属を熔融させたのだ。ハントは考えた。宇宙船はそれほど長い距離を飛んだのだ。さもなければ、太陽系外のどこかで、まだUNSAが体験したことのない状態が生じているのだ。

ガニメアン宇宙船の側面に、バスが楽に入れる矩《く》型《けい》の開口部があった。宇宙船の名が〈シャピアロン〉号であることをすでに地球人たちは知っていた。船内から橙《だいだいいろ》色の柔らかい光が洩《も》れ、矩型の一方の長辺の中程に白色のビーコンが瞬《またた》いていた。

バスは緩やかに弧を描いてビーコンにぴたりと船首を向けた。インターカムからパイロットの声が流れた。「しっかり摑《つか》まって下さい。ドッキング・レーダーなしですからね。この先は完全に有視界接近です。降下するまでヘルメットは棚に固定しておいて下さい」

姿勢制御ジェットで小刻みに位置を直しながら、バスはそろそろと開口部を潜った。ドッキング・ベイのスペースを大幅に占領して奥の隔壁に黒光りのする球型の宇宙船が繫《つな》がれていた。宇宙船の中心軸と垂直に、見るからに頑丈なプラットフォームが二つ大きく張り出し、その一方に卵型の宇宙船が二隻並んでいた。そしてもう一方のプラットフォームが広く空いて、片隅にビーコンが設置されていた。バスは位置を合わせてプラットフォームの上十フィートあまりのところで一旦停止し、それからゆっくりと降下した。

ハントはすぐに何かが異常だと感じたが、それが何だかわかるまでにはしばらく時間がかかった。周囲の男たちの中にも、二、三不思議そうな顔をしている者がいた。

シートが体を押し上げるような感じだった。ハントはそのような効果を生み出す機構を目にした覚えはなかった。自分の体重がそのままシートにかかっている感じと言ってもよかった。しかし、ハントはそのような効果を生み出す機構を目にした覚えはなかった。J5は回転を持続することによって人工重力を作り出している。船内の一部は、特別の目的でゼロGに保たれている区域もある。カメラのように定位置の対象を狙う必要のある装置は、船体と同じ速度で反対方向に回転する突起部分に収納されている。これは地上の天体望遠鏡と同じ原理である。過去数時間〈シャピアロン〉号を画面の中央に捉えているカメラもこの機構に助けられているわけだ。ところが、J5のスクリーンで見る限り、〈シャピアロン〉号は船体はもちろん、その一部といえども回転してはいなかった。そればかりか、バスがドッキング・ベイに降下するべく位置を定め、宇宙船と相対速度をゼロに保っている間、向こうの空間に見える星は静止していた。それ故、パイロットは相手の回転に同調してバスを移動する必要もなかったのだ。にもかかわらず、重力は感じられる。ガニメアンは人工重力効果を作り出す革命的な技術を持っていると考えないわけにはいかなかった。ハントは非常に興味を覚えた。

パイロットの言葉は彼の推断を裏づけた。

「きょうはどうやらついていますね。無事降下しました」引きずるような南部訛《なまり》は耳に快《こころよ》かった。「もう、重力に気がついているでしょう。どうなっているのかと訊《き》かれても困りますがね、遠心力じゃあないことだけはたしかですよ。外壁のハッチは閉まりました。圧力が上がっています。エアロックに空気だか何だか、とにかく注入しているんですね。調べてから、ヘルメットが必要かどうか知らせます。J5からの送信を受けて、あちらさんで中継してくれています。J5との接触は保たれています。ほんのしばらくですから、そのまま待って下さい。J5との接触は保たれていると思います。緊急態勢は緩和されました。各基地および舟艇との交信も復活しています。J4から伝言がありました。〝あちらさんが近くを通った時手をふった〟と伝えてくれとのことです」

空気は地球の大気とほとんど変わらず、ヘルメットの必要はなかった。これはハントの予期した通りだった。宇宙船内の空気はミネルヴァの空気と同じだと考えていいだろう。その空気を吸って地球動物は繁殖したのだ。キャビンの使節団は表向き平静を装っていた。が、あちこちでしきりに体を揺すったり、用もなく宇宙服の具合を直したりしている者があるのを見れば、一行の不安と緊張は知れるというものであった。

地球人としてははじめて異星人の宇宙船に足を降ろす光栄は当然ながらストレルのものであった。彼は最後列のシートから腰を上げてエアロックの内側のドアが開くのを待った。ドアが横に滑ると、彼はエアロックに立って外のドアの丸窓からドッキング・ベイの様子を窺《うかが》った。

ストレルは目に映る光景をキャビンにいる者たちに逐時報告した。「今、このバスが乗っているプラットフォームの向こうのドアが開くところだ……おお、いるいる……なるほど、これはでかいな……出てくるぞ……一、二、三……全部で五人だ。うん。こっちへ来る」キャビンの者たちは一斉に壁面スクリーンをふり返った。しかし、そこにはベイの一部が映っているばかりだった。

「スキャナーで狙えないんですよ」一同の気持ちを察するようにパイロットが言った。「ちょうど死角に入ってるもんですから。わたしの役目はここまでです。あとの指揮はお任せします。副官殿」

ストレルは無言のままなおしばらく外を覗《のぞ》いていたが、やがて大きく吐息を洩らしてキャビンをふり返った。

「ようし、行くぞ、予定変更はない。すべて事前の指示通りに行動するように。船長、開けろ」

バスのドアが外板の戸袋《リセス》に吸い込まれ、短い鉄梯子《ばしご》がプラットフォームに伸びた。ストレルは一歩進んで昇降口に立ち、呼吸を整えてからゆっくりと船外に消えた。手回しよく内側の戸口で待っていたUNSAの士官が間合いを取ってそれに続いた。キャビンの奥で、ハントはゆるゆると移動する列のしんがりについた。

バスから降りて、ハントは何よりもまずガニメアン宇宙船の大きさに打たれた。キャビンのスクリーンからではこの奥行きや高さの実感は摑めなかった。ちょうど大伽藍《だいがらん》の側廊から身廊《ネイヴ》に歩み出たような感じだった。馴染《なじ》みのない場所というわけではなかった。宇宙船の内部である点においてはJ5も同じである。ただ、鮮鋭な幾何学的線形を描く〈シャピアロン〉号の搭載機の尾部を越えて遙か向こうの暗闇に霞《かす》むドッキング・ベイの内壁は、今彼らがその只中《ただなか》に立って肌身に感じている宇宙の驚異にいかにも相応《ふさわ》しく、壮大かつ神秘的に思われたのである。

　もっとも、それはほんの一瞬ハントの意識をかすめた思いにすぎなかった。彼の目の前で、今まさに新しい歴史が繰り拡げられようとしていた。人類と知的異星人はここにはじめて対面することとなったのである。ストレルと二人の士官が数歩前に進み出た。残りの者たちはその背後に一列に並んだ。ほんの数フィート間を置いた向こうにガニメアンの歓迎団団長と思《おぼ》しき巨人がストレルと相対し、その後ろに四人の巨人が控えていた。

　ガニメアンの肌色は薄いグレイで、地球人にくらべると皮膚はややかさかさしているようだった。五人とも濃く長い髪を肩に垂らしていたが、顔には毛に類するものは何も生えていなかった。団長を含めて三人は漆黒《しっこく》の髪をしていた。残る二人のうち一方はほとんど白髪に近い灰色、今一人は濃い紅褐色の髪を持ち、その艶《つや》が微《かす》かに赤味を帯びた顔色によく映っていた。

　服装は、基本的なスタイルこそ共通していたが、色とりどりでおよそ統一を欠いていた。飾り気のない、ゆったりしたシャツのようなものを着て、無地のズボンは踝《くるぶし》のあたりで絞ってある。どう見ても、制服ないしはそれに準じるものとは思えなかった。彼らは光沢のある底の厚いブーツを履《は》いていた。これも色はばらばらだった。腰に飾りのベルトを巻いている者もあった。そして、彼らは例外なく細い金のヘッドバンドを付け、その額の中央のあたりに宝石のような丸いものを嵌《は》めていた。手首には金属のブレスレットを嵌め、それには遠くから見るとシガレット・ケースに似た銀の平たい箱が付いていた。外見から中心人物を区別するものは何もなかった。

緊張した空気のうちに、二つの小集団はしばし無言のまま対峙《たいじ》した。バスのコパイロットが昇降口からハンド・カメラでその光景を録画していた。ややあって、ガニメアンのリーダーが一歩前に進み、J5のスクリーンでしたと同じに軽く会釈《えしゃく》した。不用意な非礼を慎む気持ちで、ストレルはきびきびとしたUNSA式の敬礼でこれに応えた。五人のガニメアンがすかさずそれに倣《なら》うのを見て地球人たちは大いに気を好《よ》くした。もっとも、その動きはおずおずとぎごちなく、UNSAの訓練教官をして慨嘆久しゅうせしめるほど不揃《ふぞろ》いではあったけれども。

ガニメアンのリーダーが遠慮がちにゆっくりと言った。「わたし、メル……サーです。どうぞ……よろ……しく」

この短い一言は永遠の歴史に刻みつけられた。後にこれは地球人とガニメアンの間で等しく通用する親愛の表現として拡まることになった。よく響く深い声だった。先に卵型の宇宙船を通じて話した通訳の声とは違っていた。通訳は発音も抑揚も完璧だった。今話したガニメアンが通訳でないことは明らかだった。彼が不便を忍んであえて賓客の言葉で初対面の挨《あい》拶《さつ》をしたのは友好の意思を示すものと解してよさそうだった。

次いでメルサーは自分の言葉で短い歓迎の辞を述べた。地球人たちはかしこまって耳を傾けた。ストレルが挨拶をする番だった。J5からやってくる途中、彼はずっとこの瞬間を思い悩んでいた。UNSAの訓練操典にこのような場面を想定した挨拶の例文はなかったろうか？　探査計画の立案者たちは多少なりとも先見の明を働かせて然《しか》るべきではなかったか。ストレルは胸を張って、頭の中で用意してきた簡単な挨拶を述べた。後世の歴史家がよくこの場の情況を理解し、拙《まず》い演説に寛大な評価を下してくれればいいのだが、と彼は内心祈る気持ちだった。

「共に宇宙を旅する隣人として、惑星地球の全住民に代わって一言ご挨拶申し上げます。われわれは、生きとし生ける者すべてに対する平和と友好の意思をもってここにやって参りました。この邂逅《かいこう》が、両民族の恒久的共存の端緒とならんことを、そしてさらには深い相互理解を通じて節度ある共栄関係発展の契機とならんことを切に願うものであります。今より後、ガニメアンと地球人はそれによって共にその母星を後にし全宇宙の公海とも言うべきこの出会いの場所に旅し来たった最先端の知識の一層の進展に相携えて努力いたそうではありませんか」

ガニメアンたちは敬意を示して、ストレルの挨拶が終わってからしばらくは口を閉じたまま不動の姿勢を崩そうとしなかった。公式行事はこれで終わった。ガニメアンのリーダーは地球人を手招きして、もと来た戸口に引き下がった。二人のガニメアンが地球人一行の先に立ってそれに続き、残る二人が列の後尾についた。

白壁の広い通路を進んだ。両側にドアがいくつも並んでいた。船内は明るく穏やかな光に満ちていた。光は天井の全面および壁面のパネルから発しているようだった。床は微かに弾力性を帯びて、まるで足音がしなかった。空気はひんやりしていた。

通路のあちこちにガニメアンたちがかたまって行列を見物していた。ほとんどはバスを出迎えたガニメアンたちに劣らぬ巨人だったが中にちらほら、華奢《きやしや》で小柄なガニメアンも混じっていた。肌が柔らかそうに見えるのもいた。年齢層の違う子供たちと思われた。見物たちの服装は出迎えの一行にもましてまちまちだったが、玉を嵌めたヘッドバンドと腕環は同じだった。ただの飾りではない何かの機能を持つものだろうとハントは想像した。ガニメアンたちの衣服はどれも古びて草臥《くたび》れていた。それが一層船内の沈滞した雰囲気を強調していた。壁やドアのいたるところに何かで擦ったような傷跡があった。床はハントの想像以上に長いこと夥《おびただ》しい足に踏まれ続けたと見えて摩耗が激しかった。ガニメアンの中には力なく肩を落として他人にすがっている者もいた。長途の旅の苦難を物語る姿だった。

廊下はすぐにつきて、直角に交わる前よりもやや広い通路に出た。第二の通路は弧を描きながら左右に伸びていた。宇宙船の内壁に沿って一周する回廊であると思われた。少し行くと、宇宙船のコアの外周を形作る湾曲した壁に大きなドアが開いていた。ガニメアンたちは地球人の一行を案内して、その奥の円形の部屋に入った。直径二十フィートほどの部屋だった。ドアは音もなく閉まった。どこかで機械が微かな唸《うな》りを立て、ドアの脇のパネルに何やら記号が走った。ハントはすぐに、宇宙船のコアの中にシャフトを通した大型のエレベーターに乗せられているのだと悟った。にもかかわらず、加速度はまるで感じなかった。これもまた、ガニメアンの優れた重力工学技術の一例であるかもしれなかった。

エレベーターを降りて再び回廊に沿って進み、制御室ないしは計器室と思われるところを過ぎた。両側の壁面を埋めてコンソール・ステーションや計器盤、ディスプレイ装置などがぎっしりと並び、そのあちこちでガニメアンが装置の監視に当たっていた。全体にUNSAの宇宙船よりも簡素に整理されているようだった。装置、計器の類も後から据《す》えつけられたものではなく、宇宙船建造の時点で船体に組み込まれたに相違なかった。機能と同時に船室内の美観にも考慮が払われていることは明らかだった。黄、橙、緑の微妙な配色は船室全体を有機的に統一する曲線基調のデザインを生み出し、そこは〈シャピアロン〉号の機能中枢であるばかりか、それ自体鑑賞に耐える一個の建築美術の観を呈していた。これにくらべれば、J5の司令センターはまことに殺風景な機械置き場でしかなかった。

突き当たりのドアの向こうが一行の目的地であった。広い大きな部屋が台形なのは、コアと船殻の間に位置しているせいであろう。室内の色調は白とグレイでまとめられていた。奥の壁一面に大きなディスプレイ・スクリーンが組み込まれ、その下に一連の操作卓と処理装置が並んでいたが、そのどれを見てもJ5における同じ機能の装置にくらべてスイッチやボタンの数は格段に少なかった。部屋の中央にデスクとも作業台ともつかぬものがあり、見ただけでは何のためかわからない装置が並んでいた。台形の上底をなす壁に沿って床は一段高くなり、反対側のスクリーンに向き合う形で長いコンソールがあった。三つの大きな椅子は空だった。艦長と副長が宇宙船の運行を監督する場所と見て間違いなさそうだった。

壇の下に四人のガニメアンが待っていた。地球人の一行はその前に進んでもう一度短い挨拶をやりとりした。初対面の儀式が済むと、ガルースと自己紹介したガニメアンの代表は一行を中央のテーブルに案内した。テーブルには細々とした機器が拡げられていた。見ると、ガニメアンたちが身につけているものと同じヘッドバンドや腕環その他の小型装置が地球人の数だけ用意されていた。士官の一人が異星人たちのジェスチュアに促されておそるおそる手を伸ばし、ヘッドバンドを取り上げて仔細にあらためた。ガニメアンたちはしきりに勧める動作を繰り返した。地球人は一人また一人と士官に倣った。

ハントもヘッドバンドを手に取った。ほとんど目方を感じないほど軽かった。遠くから宝石のように見えていたのは銀色に光る二十五セント硬貨ほどの金属板で、その中心にブラック・グラスらしい小さな半球状のものが象嵌《ぞうがん》されていた。バンドはガニメアンの大きな頭には短すぎた。一部を切断して雑に繋《つな》いだ跡があった。地球人の寸法に合わせて急遽《きゆうきよ》調節したことは明らかだった。

ハントの目の前に六本指の、大きな爪の手が伸びた。関節は柔軟な角質に覆われていた。ハントは顔を上げた。脇に立った異星の巨人と目が合った。驚くほど大きな丸い眸《ひとみ》は深い紺色だった。ハントはその目が親切そうに笑っていると確信した。巨人は彼の手からヘッドバンドを取り上げた。ハントが意識を整理する閑《ひま》もなく、バンドはぴたりと彼の頭に嵌められていた。次いでガニメアンは小さな装置を取り上げた。ゴム製らしい小さな円板に柔らかい素材で先を覆ったクリップが付いていた。巨人はそれを無造作にハントの右の耳朶《じだ》に止めた。円板は耳のうしろの骨に軽く触れる位置にぴたりとおさまった。同じような装置が宇宙服のヘルメットの台座の縁に僅《わず》かに覗くようにシャツの襟に止められた。円板は彼の咽仏《のどぼとけ》に軽く触れた。巨人たちはそれぞれに進み出て地球人が装置を付けるのを手伝っていた。彼が見とれている間に件《くだん》の巨人は最後の装置を手に取った。腕環だった。巨人は巧妙な調節機構の扱いを何度か実演してみせてから、それをハントの宇宙服の前腕に嵌めた。シガレット・ケースに似た装置の上面は超小型のディスプレイ・スクリーンであった。スクリーンには何も映っていなかった。巨人はスクリーンの下端に沿って並ぶ小さなボタンを指さして、しきりにうなずきながら何やら表情を浮かべてみせたが、もとよりハントにその意味がわかるはずもなかった。それだけすると、巨人はまだ面倒を見てもらえずに戸惑っている地球人を手伝いに行った。

ハントはあたりを見回した。手の空いたガニメアンたちが部屋の一隅に集まって、何かが起こるのを気長に待つ様子でその場の光景を見守っていた。目を上げると大きなスクリーンの中央に五マイル遠方のJ５の姿が映し出されていた。見も知らぬ不馴《ふな》れな場所で、自分のよく知っているたのもしい司令船の勇姿に接してハントはいつしか迷い込んだ夢幻の境からはっと目覚めたような気持ちを味わった。彼は肩をすくめて腕環《リスト・ユニット》に目をやり、巨人に教えられた通り小さなボタンに軽く触れた。

「わたし、ゾラックです。どうぞよろしく」

ハントはあたりを見回した。誰も話しかけた様子はなかった。彼のほうを見ている者もなかった。ハントは当惑に眉を寄せた。

「あなたは？」同じ声が聞こえた。ハントは狐につままれた気持ちでもう一度左右をふり返った。二、三の地球人が彼と同じように面食らった様子できょときょとしていた。何やらぼそぼそ独り言を言っている者もいた。ハントははたと膝を叩いた。声はイヤピースから聞こえているのであった。J5ではじめて耳にしたガニメアンの通訳の声だった。それに気づいた時ハントはすでに咽仏に触れているのがマイクであることを、自明のことと理解していた。仲間の地球人たちのように間抜け面はしたくない、と一瞬の自意識に駆られて彼は答えた。

「ハント」

「地球人はわたしに話します。わたしはガニメアンに話します。わたしは通訳です」

ハントは度肝を抜かれた。ことの成り行きがどうであれ、傍観者に徹するつもりだった彼が今や直接対話を求められているのだ。こんなはずではなかったのに、と思いながら言葉に窮して彼は焦った。およそまとまった考えが浮かばなかった。

しかし、黙っていては不躾《ぶしつけ》というものであろう。「どこから話しているのかな？」

「〈シャピアロン〉号のあちこちです。わたしはガニメアンではありません。わたしは機械です。地球の言葉ではコンピュータといったはずですが……」ちょっと間があって声は続いた。「そうです。間違いありません。わたしはコンピュータです」

「おそろしく調べが早いね」ハントは言った。

「申し訳ありません。その言い方はわたしにはまだ理解できません。もう少しわかりやすく言って下さいませんか？」

ハントは思案した。

「そっちははじめコンピュータという言葉がわからなかった。次の時にはもうわかっていた。どうやって確かめたのかな？」

「J5に行った卵型宇宙船でわたしと話した地球人に尋ねたのです」

ハントは驚嘆を禁じ得なかった。ゾラックはただのコンピュータではない。スーパーコンピュータとでもいうべきものだ。同時に個別の相手と対話して学習する能力を持っている。なるほど、それ故にこそゾラックはたちまちのうちに英語を鮮やかにこなし、一度説明されたことは正確に理解し、かつ克明に記憶することができるのだ。ハントは地球で最先端を行く翻訳機械の作業を何度も見たことがある。しかし、ゾラックにくらべれば、あんなものは機械と呼ぶさえおこがましい。

それからしばらく、ガニメアンたちは口をとざして脇に控え、地球人たちがゾラックとの対話に馴れるのを待った。地球人たちは早くもこの優れたコミュニケーション装置に親しみを覚え、それを通して対話する喜びを感じはじめていた。ヘッドバンドは超小型TVカメラで、それを装着した者の目に映るものがそのまま信号となってゾラックに送られるのであった。任意のヘッドバンドの映像はどのスクリーンにでも取り出すことができ、またゾラックの記憶する情報のうち、映像化し得るものはすべてリスト・ユニットのディスプレイで検索できるようになっていた。ゾラックはあらゆる機能を備えたコンピュータ群《コンプレックス》の総称であり、これを介して各個人は宇宙船内のあらゆる情報に接近、関与し得るのみならず、個人同士の私的な意思疎通の手段としてもゾラックは大いに威力を発揮した。それだけではない。コミュニケーションは要するに副次的な機能であって、ゾラックの本来の機能は〈シャピアロン〉号そのものの監視、制御であった。船内の操作卓やその他の装置類がいずれも極めて簡素な外見を備えていることもこれで説明される。宇宙船の運行は多くゾラックへの音声指令で処理されるのである。

地球人一行がゾラックとの対話に充分馴れたところで、使節団はそもそもこの宇宙船にやってきた目的に立ち帰り、ストレルはガニメアンの遠征隊長ガルースと長時間にわたって内容の充実した会話を進めた。その結果、〈シャピアロン〉号は事実、太陽系とは別の恒星系からやってきたことが明らかとなった。ガニメアンたちは遠い過去のある時、重大な科学的任務を負ってその星に向かったのであった。遠征隊は惨事に見舞われ、長途の宇宙航行に充分備える閑もなく、急遽出発を余儀なくされた。加えて宇宙船自体の技術的な故障が事態の悪化に拍車をかけた。その故障の性質については詳しい説明はなかった。長い苦難の旅であった。そして、ようよう辿《たど》りついた旅路の果てに巨人たちを待ち受けていたのは、まさに足下から大地を奪われるに等しい衝撃的な情況であった。そのことはすでに地球人も理解していた。ガルースは再度、心身ともに疲弊しきった彼らの苦境を強く訴え、然《しか》るべき場所に着陸して宇宙船を修理し、今後の方針を検討することの必要を語った。

会談を通じて双方の発言はバスに残った乗組員に、さらにはガニメアンの中継通信によってシャノン以下J5のブリッジの一同に逐一伝えられた。

ガルースが語り終えるのを待たずにシャノンはガニメデの本部基地を呼び出し、指揮官に降って湧いたように出現した疲れた旅行者たちの受け入れ準備を指示した。

7

「地球人の一人がわたしに、消えてなくなれ、と言って交信を絶ったのです」ゾラックは言った。「その通りにするためには、〈シャピアロン〉号を宇宙へ飛び立たせなくてはなりません。しかし、地球人はそれを望んだのではないはずです。どういうことですか?」

ハントは枕に頭を預けて天井を見上げたままにやりと笑った。数時間前にJ5に戻った彼は自室で疲れを癒《いや》しながら、戯れにガニメアンのコミュニケーション・キットをあれこれと試しているところだった。

「地球の言い方でね」彼は説明した。「言葉そのままの意味ではないのだよ。もう話し相手になるのがいやになった時にそんなふうに言う。誰だか知らないが、その男は疲れてひと眠りしたかったんだろう。きみが地球人に向かってそういう言い方をすることは勧められないね。いらいらしていることになるし、相手に対して失礼に当たるからね」

「なるほど、よくわかりました。そのように、言葉そのままの意味でない言い方を何と呼びますか?」

ハントは溜息《ためいき》をついて面倒臭そうに鼻梁《びりょう》を擦った。ふと、学校の教師の忍耐力というのは大したものだなと、彼はあらぬことを考えた。

「言葉のあやとでも言ったらいいかな」

「しかし、言葉《フィギュア》は単語から成るものでしょう。数字《フィギュア》ではありませんね。わたしはどこか間違っていますか？」

「いや、きみの言う通りだよ。これもまた一つの言い方でね」

「それでは、言葉のあやというのも、一つの言葉のあやですね」

「そういうことだ。ゾラック、わたしも少々草臥《くたび》れたよ。しばらく英語の勉強はお休みにしないか。こっちから、いくつか訊《き》きたいことがあるんだよ」

「いい加減にしないと、あなたも消えてなくなれと言ってスイッチを切ってしまうのですね」

「その通り」

「わかりました。あなたの質問は何ですか？」

ハントは寝台に半ば体を起こして項《うなじ》に手を組んだ。考えをまとめて彼は言った。「わたしはね、きみたちが飛び立ってきたという、その星のことを知りたいのだよ。いくつかの惑星を持つ恒星系だと言ったね？」

「そうです」

「その惑星の一つから出発したのだね？」

「そうです」

「昔、ガニメアンは全種族を挙げてミネルヴァからその惑星に移住したのかね？」

「いいえ。三隻の大型宇宙船とその艦載機だけです。それに、宇宙船と同じように自力航行が可能な大型機が三台です。ガニメアンの目的はある種の科学実験でした。移住しようとしたのではありません。彼らは全員〈シャピアロン〉号で惑星を離れましたが、途中で大勢死にました」

「最初にその惑星に向かった時は、どこから出発したね？」

「ミネルヴァです」

「他のガニメアンたち……つまり、その惑星に行かなかった者たちはどうした？」

「もちろん、ミネルヴァに残りました。向こうの惑星の仕事は限られた科学者たちがすることでした」

ハントは疑問を声に出さずにはいられなくなった。彼が前から薄々察していたことは、どうやら事実のようであった。

「その惑星を離れてからどのくらいになる？」尋ねる声は心なしかかすれていた。

「地球の年数で、ほぼ二千五百万年です」ゾラックはきっぱり答えた。

ハントは長いこと無言のまま体を横たえていた。目の前に示された事実のあまりの大きさに圧倒される思いだった。ほんの数時間前、彼は地球上にまだホモ・サピエンスと呼ばれる種が現われる気配すらなかった遙か昔に生きていた知的生物と顔を突き合わせていたのだ。あまつさえ、彼らはその気の遠くなるほどの年数を生き延びて、今なお生き続けているのだ。

考えただけでも頭がおかしくなりそうだった。

間違ってもガニメアンの寿命がそんなに長いはずはない。相対論的時間遅延の結果と考えるしかあるまい。とはいえ、それほどの時間のずれを生ずるとすれば、ガニメアンは信じ難《がた》い高速で、想像を絶するほど長時間宇宙を飛び続けなくてはならなかったはずである。したがって彼らが飛んだ距離もまた桁はずれなものに相違ない。いったい何がガニメアンたちをしてそれだけの大旅行を企図せしめたのだろうか？　それに、もう一つ理解に苦しむのは、住み馴《な》れた故郷と、彼らがそこに築き、そこで営んでいた生活をすべて失うことをガニメアンたちは知っていたはずであるにもかかわらず、何故にあえて母星を旅発《たびだ》ったかということである。彼らの宇宙旅行は何を意味するものなのか？　行った先で彼らが何をなしとげたにせよ、相対論的時間のずれに妨げられてその成果は彼らの文明に何一つ益をもたらし得なかったであろう。しかも、ガルースは何もかも事志《ことこころざし》に反して計画通りには運ばなかったと述懐しているではないか。

やっと頭の中に曲がりなりにも秩序を取り戻して、ハントはあらためて質問した。「その惑星というのは、太陽からどのくらいの距離にあるのかね？」

「地球の年数で、光が九・三年で達する距離です」ゾラックはたちどころに答えた。

またわからなくなってきた。あれだけの時間のずれを生ずる速さを考えたら、九・三光年の距離などは、天文学的常識から言ってほんのひと跨《また》ぎ、あっと言う間のことであろう。

「ガニメアンたちは、二千五百万年後に帰ってくることを知っていたのかね？」ハントはこうなったからにはとことんまで突っ込んでみるつもりで尋ねた。

「最後に惑星を後にした時にはわかっていました。しかし、ミネルヴァを出発する時点では、それはわかりませんでした。惑星からの帰路が往路より長くなるだろうと予測する材料は何もなかったからです」

「行きはどのくらいかかったね？」

「太陽の動きから計算して、十二・一年です」

「で、帰りは二千五百万年かかったというのか？」

「そうです。超光速で飛ばざるを得ませんでしたから。その結果がどういうことになるかはあなたもよくご存じでしょう。〈シャピアロン〉号は大きな軌道で太陽のまわりを何度も回りました」

ハントは当然の質問を発した。「どうしてそこで減速しなかったんだ？」

「できなかったのです」

「何故？」

ゾラックは僅《わず》かに応答に遅れを示したようであった。

「電気的な故障が起きたのです。すべてを消滅させる点と、円周を描く動きが止まらなくなりました。空間と時間の結合をもと通りに直すことができなかったのです」

「その説明はよくわからないね」ハントは眉を顰めた。

「もっと英語を知らなくては、これ以上詳しく説明することができません」ゾラックは弁解した。

「今のところはそのくらいにしておこう」ハントはピットヘッドで発見された、〈シャピアロン〉号と同じ年代のものと思われるガニメアン宇宙船の推進機構をめぐる議論をふり返った。UNSAの科学者も技術者たちも今もってその機構を解明し得ずにいるが、大方の一致するところでは、ガニメアン宇宙船は反動を利して前進するのではなく、人工的に極めて局所的な時空の歪《ゆが》みを起こし、その中に絶えず落ち込む形で進むものであろうということだった。なるほど、その原理なら〈シャピアロン〉号はゾラックの話にあったような加速度を持続できたかもしれない、とハントはわからぬながら納得した。おそらく、他の科学者、技術者たちが推進機構についてゾラックを質問攻めにしていることだろう。明日《や》、他の者たちの知り得た情報を分析することにして、今はそれについて深く追究するのは止めにしよう。

「二千五百万年前にミネルヴァを出発した時のことは憶えているかね？」ハントはさりげなく尋ねた。

「二千五百万年というのは地球上の時間です」ゾラックは念を押すふうに言った。「〈シャピアロン〉号上では二十年足らずのことです。ええ、当時のことは全部記憶しています」

「出発した時は、どんな様子だったね？」

「質問の意味がよくわかりません。どんな様子というのは、何のことですか？」

「だから、例えば、当時ミネルヴァはどんな場所だったかということだよ。陸地は平らだったとか、海があったとか。ガニメアンの手になる建造物はあったのかな？　景色のことを話してくれないか」

「写真をお目にかけましょう」ゾラックは言った。「スクリーンをごらん下さい」

大いに関心をそそられて、ハントは脇のロッカーの上に置いたリスト・ユニットを手に取った。手の中で向きを変える間もなくスクリーンに浮かんだ画像を見て、ハントは思わず讃嘆の口笛を鳴らした。そこには〈シャピアロン〉号か、もしくはそれと同型の宇宙船が映っていた。しかし、最前《さいぜん》バスで接近する途中で見た傷だらけの老朽船とは違って、それは澄んだ鏡のように銀色に輝きながら誇り高く聳《そび》えたつ荘厳な巨塔であった。大きく開けた平地に、宇宙船を遠巻きにする形で変わった構造の建物が並んでいた。円筒型があり、管状があり、ドームや微妙な曲線を呈する柱状の建築があった。そして、それらの建物は相互に連絡し融合してひと続きの人工的な景観を形作っていた。先の宇宙船を挟んで二隻の、同じように堂堂として、しかし、やや小ぶりの宇宙船が聳立《しょうりつ》していた。

その場所がスペースポートであることは一見してそれと知れた。上空には大小さまざまのフライング・ヴィイクルが飛び交っていた。整然と定められた航路を夥《おびただ》しい飛行機が発着するさまは、統率の取れた空飛ぶ蟻《あり》の群とでも言ったらよかろうか。

スペースポートの背景には、何マイルにもわたってスカイラインを領する大都市が拡がっていた。ハントがかつて見たこともないようなその光景を都市と断定する根拠はなかったが、かといってその景観から都市以外の何かを想像することはむずかしかった。高階を幾層にも重ねた摩天楼が林立する一方、高台には低層建築が瀟洒《しょうしゃ》に並び、その間を螺旋《らせん》状に道路が縫い、飛梁《とびばり》のような高架橋が結び、全体として引力を拒んで軽やかに宙に浮くかのような渾然《こんぜん》たる印象を醸《かも》していた。都市そのものが、限りなく想像力に富んだ天才的造形家の手で、輝くばかりの大理石の一枚岩から彫り出されたかのようであったが、また一部にはさながら空に漂う象牙の島のように、他とは切り離されて中天に建築されているところもあった。このような都市空間を実現するには人類の知恵を大きく超えた知識と技術が要求されるに違いない。これもまた、地球の科学者がいまだ足を踏み入れたこともない領域をつとに究めたガニメアンの優れた科学技術の一例であろう。

「これがミネルヴァを飛び立つ前の〈シャピアロン〉号です」ゾラックが言った。「一緒に出発した他の二隻もそこに映っています。向こうに見えるのは〈グロモス〉という場所です。たくさんのガニメアンが生活するために建設された場所ですが、何と言ったらいいのでしょうか」

「都市だね」ハントは言葉を教えながら、都市の概念ではとうていそこに映し出された世界を包括しきれまいと感じないわけにはいかなかった。「ガニメアンは都市に愛着があったろうね」

「何ですか？」

「自分たちの都市がとても好きだったろう？　ああ、あそこへ帰りたい、という気持ちがあっただろう？」

「それはもう、心からそう思っていました。ガニメアンはミネルヴァのすべてに愛着がありました。自分たちの母星が大好きでした」ゾラックはより詳しい情報を求められていることを敏感に察知する能力を備えているらしかった。「最後にその遠い惑星を離れた時、彼らは帰りが長い宇宙航海になることを知っていました。何もかも出発した時のまま変わっていないとは決して考えていなかったのです。とはいえ、まさか母星そのものがなくなっているとは思ってもいませんでした。それで非常にがっかりしているのです」そのことはもう、ハントもよく知っていた。さらに尋ねようとするより早く、ゾラックのほうから質問を発した。

「英語に関することでなければ尋ねても構いませんか？」

「ああ、いいよ」ハントは言った。「どんなことかね？」

「ガニメアンたちは大いに心を痛めています。ミネルヴァを破壊したのは地球人だと思っているからです。それは事実ですか？　事実だとしたら、地球人は何故ミネルヴァを破壊したのですか？」

「違う！」ハントは思わず飛び上がって叫んだ。「違う。そんな馬鹿なことがあるものか。ミネルヴァが破壊されたのは五万年前のことだぞ。その頃、地球にはまだ人類などいやあしなかった。人類が現われたのはそれより後のことなんだ」

「それでは、ルナリアンがミネルヴァを破壊したのですね？」ゾラックは尋ねた。すでにJ5の他の学者たちともこのことを話し合っているに違いなかった。

「そうだよ。きみはそれについてどの程度知っているんだ？」

「二千五百万年前に、ガニメアンは地球の生物をミネルヴァに連れていきました。その後間もなく、ガニメアンとミネルヴァの陸棲《りくせい》動物は死に絶えました。地球から運ばれた動物は生き延びました。その生き延びた中からルナリアンが育ちました。それ故、ルナリアンは現代人と同じ姿をしていたのです。J5の学者たちからそう聞きました。わたしが知っていることはこれだけです」

これはハントがはじめて聞くことだった。土台、彼が考えてもみなかったことである。察するところ、ゾラックはほんの数時間前まで、ガニメアンが地球から多種多数の地球動物を自分たちの惑星に運んだことを知らずにいたのだ。念のためにハントはもう一つ別の点について尋ねた。「その遠い惑星に発《た》つ以前には、ガニメアンは地球生物をミネルヴァへ運んでいないのだね?」

「そうです」

「そういう計画はあったのかな?」

「仮にあったとしても、わたしは知らされていませんでした」

「どうしてそんなことをしなくてはならなかったか、何かその理由として思い当たることはないか?」

「ありません」

「とすると、如何《いか》なる理由があったにせよ、そいつが持ち上がったのは後の話だな?」

「何ですか?」

「地球生物を移動させる必要が生じたのはきみたちがミネルヴァを出発した後のことだね?」

「こういう場合は〝でしょうね〟と答えるのでしょうね。他に適当な答え方はありません」

ハントは俄《にわ》かに衝《つ》き上げてくる興奮を覚えた。ガニメアン文明に何が起こったかは、当のガニメアンにとっても地球人にとってと同じく今後の解明に待つべき大きな謎なのだ。両者が知識を持ち寄れば、必ずや答は見つかるに違いない。ゾラックのためにも、ここでルナリアンの歴史を復習しておいたほうがいい。その解明は、おそらく人類史上最大の刮目《かつもく》すべき学術的成果であった。ルナリアン文明の顚末《てんまつ》は太陽系の構造についての人類の理解を根底から覆《くつがえ》し、ために人類の起源を述べた従来の定説は白紙に戻して書き直すことを余儀なくされたのだ。

「ああ、その通りだ」ややあって、ハントは言った。「ルナリアンは、ガニメアンやミネルヴァの陸棲動物が死に絶えた後、生き延びた地球動物から育ったのだよ。わたしたちはそれを進化と言っているがね。その進化に、二千五百万年という時間がかかった。今から五万年ほど前に、ルナリアンは非常に進んだ技術を持つまでになったんだ。彼らは宇宙船や機械を作った。都市を建設した。その後どうなったか、もう誰かに聞いたかな?」

「いえ、今それを訊《き》こうとしていたところです」

「ミネルヴァに月があったというのは本当かね?」

「ああ」

「惑星のまわりを軌道を描いて回る衛星のことですね?」

「ありました」

ハントは一人満足げにうなずいた。ルナリアンの遺物が発見されてから彼自身を含めて地球の科学者たちが調査を重ね、その結果を分析統合してついに到達した結論はゾラックのこの一言で裏づけられたことになる。

「もう一つ訊くがね」彼はだめ押しの質問を発した。「二千五百万年前、地球には月があったかね？」

「いえ、当時地球には衛星はありませんでした」

あるいはハントの思い過ごしかもしれないが、ゾラックは音声に抑揚を持たせて感情を表現することを知っている、と彼は確信した。ゾラックはここで明らかに驚きを示した。

「現在、地球には月がある」彼は言った。「五万年ほど前から、地球には月があるのだよ」

「ルナリアンが非常に進んだ技術を持つようになった頃ですね」

「その通り」

「なるほど、その関係はよくわかります。先を聞かせて下さい」

「ルナリアンはミネルヴァを破壊した。惑星は木っ端微塵《こっぱみじん》に弾《はじ》け飛んでしまったのだよ。その飛び散ったかけらのうち、一番大きなものが現在太陽系の一番外側を回っている惑星、冥《プル》王《ートー》星だ。残りの破片は大部分が火星と木星の中間に散らばって、今なお太陽のまわりを回っている。これはもうきみも知っているね。ガニメアンたちは太陽系が変わったことを知って驚いていたからね」

「ええ、冥王星と小惑星帯のことは知っています」ゾラックは言った。「太陽系は変わりました。ミネルヴァはもうありません。でも、どういう経過でそうなったかについては地球人の話を聞くまで知りませんでした」

「ミネルヴァの月は太陽に引き寄せられて移動した。その時、月面にはまだルナリアンがいたのだよ。月は地球の引力に捉えられた。以来、地球の月となって現在に至っているんだ」

「月面にいたルナリアンたちは地球に渡ったに相違ないのですね」ゾラックが言葉を挟《はさ》んだ。「そうして、地球で生き延びて子孫を殖《ふ》やしました。地球人はそのルナリアンから進化したのです。それでルナリアンと地球人は同じ姿をしています。他に解釈のしようはありません。わたしは間違っていますか?」

「いいや、きみの言う通りだ、ゾラック」ハントは感服して頭をふった。ほとんどデータもないところからこの人工頭脳は地球の科学者たちが寄ってたかって二年がかりで解明した答をいとも簡単に引き出してみせたのだ。しかも、地球人はそこにいたるまでに何十年にもおよぶ論争の歴史を負っている。「少なくともわたしらはそのように考えているよ。決定的な証明はないがね」

「決定的、というのは?」

「動かぬ事実……つまり、どこから見ても間違いなしということだよ」

「わかりました。ところで、ルナリアンが地球に渡ったとすれば、宇宙船に乗っていったはずですね。各種の装置機材も運んだはずです。決定的な証明を得るためには、あなたがたは地球の表面を探索してルナリアンたちの遺《のこ》したものを発見するべきだと思います。それであなたがたの考えは裏づけられるでしょう。察するところ、あなたがたはまだその努力をしていませんね。あるいは、努力はしているけれども、成果が挙がっていないのです」

ハントは仰天した。二年前にこのゾラックがあればすべては一週間で解決したに違いない。

「ダンチェッカーという地球人とはもう話したかね？」

「いえ、はじめて聞く名前です。何故ですか？」

「ダンチェッカーは生物学者でね、きみと同じ考え方をしているんだ。これまでのところ、ルナリアンが運んできたと考えられるものはまだ何一つ発見されていない。けれども、いつかきっと発見される時が来る、とダンチェッカーは主張しているのだよ」

「地球人は自分たちがどこから来たか知らなかったのですか？」ゾラックは尋ねた。

「つい最近まではね。それ以前は、人類は地球上で進化したと考えられていたよ」

「ミネルヴァで進化した生物は、もとはと言えばガニメアンの手で地球から運ばれたものです。同じ種類の生物は地球に多く残って生き続けました。

「ミネルヴァが破壊された時、死地を脱して地球にやってきたルナリアンは非常に進んだ文明を持っていました。そのルナリアンのことを、現在の地球人はつい最近まで知らなかった。つまり、地球人は自分たちがどこから来たのか忘れてしまっていたのですね。それから考えると、生き延びたルナリアンの数は決して多くなかったでしょう。それで未開に還《かえ》って、知識や技術を失ったのです。それから五万年かかって彼らは再び知識と技術を身につけました。しかし、その時はすでにルナリアンは忘れ去られていました。そうやって知識を蓄える途中、地球人たちは地球上のいたるところで過去に跡絶《とだ》えた生物の死骸《しがい》を発見したことでしょう。それらの死骸を調べて、地球人は自分たちの体の構造が過去の生物と似ていることに気づいたはずです。そこで、自分たちは地球上で進化したのだと考えました。ところが、つい最近になって地球人はルナリアンやガニメアンを発見しました。それからの推論によって、今では地球人は自分たちがどこから来たかを知っています。そうでなくては地球人は自分たちがルナリアンと同じ姿をしていることをどう説明していいかわからなかったはずです」

ゾラックの推論はほぼ完全に要を衝《つ》いていた。ハントとその仲間がさんざん苦労して割り出した鍵を与えられていることを認めた上でなお、その分析的な論理の展開はただただ見事と言う他はなかった。

ハントが驚嘆に声も失っていると、ゾラックは追い打ちをかけるように言った。「それにしても、わたしにはまだわかりません。ルナリアンは何故ミネルヴァを破壊したのですか?」

「破壊するつもりはなかったのだよ」ハントは説明に努めた。「ミネルヴァで戦争が起こったんだ。惑星の地殻は非常に薄くて不安定な状態だったのだろうとわたしらは考えているのだがね。そこへ持ってきて、彼らは強力な武器を使用した。戦火の巻き添えを食って惑星は爆発してしまったんだ」

「ちょっと待って下さい。戦争、地殻、武器……わたしの知らない言葉ばかりです」

「うーん、そうか……」ハントは唸《うな》った。彼はロッカーの上から煙草《たばこ》を取って吸いつけた。

「惑星の表面からある深さまでは冷えて固まっているだろう。それが地殻だよ」

「皮膚のようなものですね」

「ああ……ただし、皮膚みたいに柔らかくない。硬くて、力が加わると小さく砕けてしまうんだ」

「わかります」

「人間が大勢集まって戦う。これが戦争」

「戦う？」

「これもわからないか……一つの集団が別の集団と乱暴し合うのだよ。組織を作って殺すんだ」

「何を殺すのですか？」

「相手の集団だよ」

ゾラックは混乱した。一瞬、機械の頭脳はマイクロフォンの故障を疑っているようであった。

「ルナリアンは自分たちを組織して、他のルナリアンを殺したのですか？」ゾラックは誤解を恐れるかのように、おずおずとゆっくり尋ねた。「故意にそんなことをしたのですか？」

対話はハントが思いもかけなかったほうへ向かっていた。彼はばつが悪い気持ちだった。ちょうど小さな子供がじきにけろりと忘れてしまう程度の悪さを咎《とが》められ、しつこく問い詰められているような気持ちだった。

「ああ、そうだよ」他に答えようもなかった。

「どうしてそんなことをする気になったのですか?」ゾラックはまたしても強い感情の動きを示した。その声にはあからさまな当惑の響きがあった。

「つまり、その……何故戦争をしたかと言うと……」ハントは何か言わなくてはいけないと焦った。ゾラックは戦争というものをまるで理解できないらしい。幾千年の遺恨と暴虐の歴史をどうして一言で説明できようか。「身を守るためなんだ……自分たちの集団を他の集団の脅威から守るという……」

「他の集団というのも、やはり相手を殺すために組織されているのですか?」

「いや、なかなかそう単純にはいかないんだけれども……まあ、そう言ってもいいだろうね」

「だとしても、論理的に考えれば同じ疑問に行き当たります。他の集団は何故殺そうとするのですか?」

「ある集団が、別の集団の感情を害したり、あるいは、二つの集団が同じものをほしがるとか、一方が相手の領土を奪おうとするとか……そんな場合に戦いが解決の手段になることがよくあるのだよ」われながら不充分な説だとは思ったが、ハントとしては精いっぱいだった。短い沈黙が続いた。流石《さすが》のゾラックもこれには往生している様子だった。

「ルナリアンは皆、脳障害を持っていたのですか?」やがて、ゾラックは尋ねた。種族全体に共通する要素は他に考えられないと判断したらしかった。

「生来、非常に性質の激しい種族であったろうというのはわたしたちも考えていることだがね」ハントは言った。「しかし、何しろ彼らは滅亡の危機にさらされていたし……つまり、そのままでは死に絶えてしまうおそれがあったのだよ。五万年前、ミネルヴァは惑星全体が凍るような寒さだった。それで、ルナリアンはどこか暖かい惑星に移住することを考えたんだ。考えられるのは地球だね。ところが、当時ルナリアン世界は人口過密と資源の枯渇に悩んでいた。そうした情況が背景となって、ルナリアンたちは心が荒《すさ》んでいたのだろうね。死の危険は刻々に迫っている。恐怖に駆られて彼らは気持ちを抑えきれなくなった。そうして、とうとう戦争をはじめたんだ」

「死を逃れようとして、殺し合ったのですか？　凍らせまいとして、ミネルヴァを破壊したのですか？」

「そんなつもりではなかったのだよ」

「どんなつもりだったのですか？」

「おそらく、戦争で生き残った者たちが地球へ行く気だったのだろうね」

「どうして、皆一緒に行こうとしなかったのですか？　戦争というのは、非常な物量を消費するものでしょう。それを、もっとよいことに使ったらよかったのではありませんか？　ルナリアンはありたけの知恵を働かせるべきでした。生きることを望みながら、ことごとに死ぬ方向を目指したのです。やっぱり、ルナリアンは狂っていたのです」ゾラックはきめつけた。

「決して望んでしたことではないのだよ。感情に駆られたんだ。感情に動かされると、人は何をするかわかったものではないからね」

「人……というと、地球人ですね。地球人も感情に動かされるのですか？　そのために、ルナリアンのように激しく争うのですか？」

「時にはね」

「地球人も戦争をするのですね？」

「人類の歴史は、そのまま戦争の歴史だよ。もう長いこと戦争は起こっていないけれどもね」

「地球人はガニメアンを殺すつもりですか？」

「とんでもない。そんな……。間違ってもそれはないよ。第一、理由がない……」ハントは夢中で打ち消した。

「戦争に理由があるはずがないのです」ゾラックは言った。「ルナリアンのしたことにも理由などありません。あなたの説明は理由になっていません。何故なら、彼らは自分たちの望むところと反対の方向を目指したのですから……つまり、ルナリアンたちは狂っていたのです。地球人はそれを承《う》け継いで、心に欠陥があるのです。非常に重症です」

ダンチェッカーは、人類が他の生物にくらべて極めて好戦的であり、強靭《きょうじん》な意志の力を持っているが、その性質はミネルヴァでガニメアンが衰退した後に生き延びた類人猿が進化を重ねる過程で一つの変異として獲得したものであるとする論を立てた。この仮説によってダンチェッカーはルナリアン文明がごく短時間のうちに絶頂を究めたことを説明した。地球上で最も進化した人類が、まだ原始の石器文明に低迷していた時代に、ルナリアンはすでに宇宙船に乗っていたのである。ゾラックが指摘した通り、ルナリアンのこの驚異的な資質は、度重なる世代交代の間にしだいに稀釈《きしやく》されながらも、たしかに伝わって子孫の性質の重要な部分を形成し、やがて登場する人類の他に抜きんでる力を約束したのだ。ダンチェッカーがかつて考えていたように、やはり、これこそが人類をして他の生物とは一線を画さしめる特異な資質であろうか？

「ミネルヴァには戦争はなかったのか？」ハントは尋ねた。「初期のガニメアンの歴史を通じて、集団同士の対立ということはなかったのか？」

「ありません。理由がないのですから、対立や争いは考えられません」

「個人はどうだ？　喧嘩《けんか》をすることはないのか？　感情を爆発させることはないのか？」

「ガニメアンの中にも、時に他の者に危害を加えようとする例があります。でも、それは極度の狂気に冒《おか》されている場合に限ります。ガニメアンにも狂気はあるのです。非常に悲しいことです。たいていは医者が治療しますが、中にはそれでも障害を除くことができずに、隔離され、保護される者もあります。非常に稀《まれ》な例でしかありませんが」

ゾラックが道義的な判断を下そうとしているわけではないらしいのは救いだったが、しかし、ハントは段々気まずくなった。宣教師と向き合ったパプア人の首狩族の心境だった。

そんなハントの気持ちをゾラックが斟酌《しんしやく》するはずもない。「ルナリアンが異常者で、医者も異常者の仲間だったら、何が起こらないとも限りませんね。してみると、彼らが惑星を破壊してしまったことも、うなずけるというものです。その異常者の血を承けた子孫である地球人が高度の技術を身につけて、こうしてガニメデまで来たとなると、彼らもまた戦争をはじめて惑星を破壊するおそれなしとしませんね。このことをガルースに伝えて警告しなくてはなりません。ガルースはここに長く留まることを好まないでしょう。狂った地球人がはびこっている太陽系よりも安全な場所は他にも捜せばあるはずです」

「戦争は起こらないよ」ハントは力を込めて言った。「戦争を好んだのはもう昔の話だ。地球人は変わったのだよ。今はもう戦争などしない。ガニメアンは安全だ。わたしたちにとっては友好異星人種だからね」

「そうですか」ゾラックはまだ納得できぬ様子だった。「あなたの言われたことがどこまで本当か判断するには、地球人のことをもっと詳しく知らなくてはなりません。地球人がどのように進化したかについても知る必要があります。いくつか質問しても構いませんか?」

「それはまた今度にしよう」ハントは急に激しい疲労を覚えた。ゾラックとこの問題についてさらに対話する前に、彼自身もっと深く考え、また他の学者や技術者たちの意見も聞いておきたかった。「きょうのところは、このくらいで充分だろう。わたしは寝かせてほしいのだよ」

「じゃあ、わたしは消えてなくならなくてはいけないのですね」

「そういうことだ。悪く思うなよ。ゾラック。また明日、ゆっくり話そう」

「わかりました。それでは、どうぞよろしく」

「それは違うよ。わたしはもう寝るんだ。だから、おやすみなさいだ」

「わかっています。今のは冗談です」

「どうぞよろしく」スイッチを切りながらハントはこみ上げる笑いを抑えきれなかった。冗談を解するコンピュータ。彼はゾラックの多様な側面を見つくしたと思った。コミュニケーション・キット一式をロッカーの上に丁寧に並べ、ゆっくりと煙草をくゆらせながらハントは今しがたの興味深い対話をふり返った。地球人たちの恐怖や大袈裟《おおげさ》な警戒態勢も、今となっては愚かしくもまた滑稽《こっけい》であったと言うしかない。ガニメアンたちは戦争という言葉を持っていないのみか、その概念を露ほども理解していないのだ。ハントは石の下のじめじめしたところで腐敗の裡《うち》に生きてきたものが、石を除かれて白日の下にさらされたような気持ちを味わった。

明りを消そうとするところへ、壁のパネルのチャイムが鳴った。ハントは無造作に受信スイッチを倒した。音声チャンネルから伝達事項が発表された。

「こちら司令官シャノン。諸君も大いに関心を持っていることと思うが、地球から現地時間二三時四〇分にメッセージが届いた。国連本部は終夜の緊急会議の結果、〈シャピアロン〉号のガニメデ本部基地着陸許可を決定した。すでにこのことはガニメアンに伝えられ、降下準備が進められている。以上、伝達終わり」

8

かくて想像を絶する二千五百万年の宇宙旅行は終わった。

ハントは関係者に混じってガニメデ基地司令塔の透明ドームから〈シャピアロン〉号着陸の模様を見守った。一同沈黙のうちに空を仰ぐ中を、巨大な宇宙船は基地のはずれに準備された空地に向かって静々と降下した。宇宙船は尾部から大きく張り出した四枚のフィンを脚として垂直に降り立った。胴体は氷に覆われた地面からなお百フィートの高さにあり、儀仗《ぎじょう》兵《へい》の小隊よろしく傍らに整列したヴェガ編隊はまるで玩具のようだった。

空地の境界に待機していた小型の地上車群が直ちに進み出た。先頭の三台が宇宙船の一番手前のフィン近くに止まり、中からUNSAのユニフォームの宇宙服に身を固めた男たちが姿を現わした。他の車は列を作って両側に並び、男たちは宇宙船に向かって数列横隊に立った。数歩離れて前に出た三人は、本部基地指揮官ロレンス・フォスターとその副官、それにJ5から降りて異星人歓迎に加わった上級士官の一人であった。太陽は低く傾き、荒涼たるガニメデの表面に投げかける光は悠久の過去から隕石《いんせき》雨にさらされながらついに姿を変えたことのない峨々《がが》とした氷の崖に鋭い輪郭の濃い影を描き出していた。

ほどなく、〈シャピアロン〉号の胴体尾部が切り離されて真っすぐに降下しはじめた。見ると、下降する尾部と本体は三本の眩《まば》ゆく輝く銀のテューブで繋《つな》がれていた。宇宙船の中心線に沿って相接するばかりにかたまったテューブがゆっくりと伸びていき、やがて尾部が氷上に達して止まった。外周に並ぶいくつものドアが開いて、短いアクセス・ランプが氷の表面に伸びた。ドームからこれを眺めながら、ハントは先に〈シャピアロン〉号を訪問した時、宇宙バスを降りてから一行が乗ったエレベーターを思い出した。彼の勘が当たっているとすれば、エレベーター・シャフトは宇宙船の外板からちょうど今見えているテューブのところまで中に入ったあたりを通っていたはずである。してみれば、シャフトはテューブの内側に伸びているのだ。他の二本のテューブも中をエレベーターが通っているのであろう。宇宙船内の縦方向の行き来はすべて三基のエレベーターで処理され、エレベーターは必要に応じて地上にまで伸長されるのだ。本体から切り離された胴体尾部は地上に降りてそのままロビーになる。実に合理的な設計だ。あたりがざわついてハントは宇宙船の昇降口に注意を戻した。ガニメアンたちが姿を見せるところだった。

宇宙服を着こんでまたひと回り大きな体になった異星の巨人たちは、ゆっくりとランプを降りて地球人の一行に近づいた。地球人たちは一斉に挙手の礼をした。それからしばらくはすでにハントが一度立ち会った、形式ばった挨拶《あいさつ》の繰り返しであった。スピーカーを通じて、フォスターの歓迎の辞はドームにも伝わった。彼は全地球人を代表してガニメアン一行を歓迎し、両人種の恒久的友好を切に望んだ。フォスターはまたガニメアンたちの窮状に言及し、地球人はささやかながら物心両面においてできる限りの助力を約束すると述べた。

自らガニメアンの指導者をもって任じるガルースはドームの通信回線に接続されたゾラックを介して答礼の挨拶を述べた。彼はフォスターの思い遣《や》りに感謝したが、その口ぶりは、何故そのような心情的言辞を弄《ろう》さなくてはならないのか理解しかねるふうで、どこか取ってつけたようによそよそしかった。しかし、ガルースはさして意味があるとも思えない交歓の儀式を地球人に倣《なら》って精いっぱいに努めた。地球人たちはその態度を大いに評価した。ガルースはさらに、運命が彼らから同胞を奪い去る一方、新しい同胞をもって彼らの帰還を迎えたことに対する喜びを述べ、両人種は相互に学ぶべきものが多いと語って挨拶をしめくくった。

待機していた地上車はガニメアン一行を急遽《きゆうきよ》整えられた収容設備に運ぶべく次々にランプへ向かった。シートや不要な装置を取りはずしても、地上車は一度に数人のガニメアンしか乗せることができず、もっぱら体力の衰えた者の輸送に当てられた。衰弱した者や病人の数は少なくなかった。健康な者たちは小柄な地球人の先導で、徒歩で建物に向かった。間もなく、宇宙放浪者の長く不揃《ふぞろ》いな行列は氷原を跨《また》いで宇宙船と基地の建物を繋いだ。頭上の冷たい白夜の空から、星々が瞬《またた》きもせずにその光景を見下ろしていた。

ドーム内は水を打ったように静まり返っていた。皆それぞれに、他人の与《あずか》り知らぬ思いに耽《ふけ》りながら厳しい表情でガニメアンたちの行列を見守っていた。この場のありさまを記録したビデオが後に何度繰り返し再生されようとも、この時一同の胸に去来した思いは決して表出され得まい。

しばらくして、ハントの隣にいた下士官の一人が微《かす》かに顔を寄せて低く呟《つぶや》いた。「連中、どんな気持ちかね。帰ってみればこはいかに、というやつだものなあ」

「これを帰ったと言えるかどうか知らないが、とにかく、えらいところへ帰ってきたものだね」ハントは相槌《あいづち》を打った。


本部基地の建物は四百人を超えるガニメアンを収容しきれず、彼らの大半は〈シャピアロン〉号に起居することを余儀なくされた。とはいえ、ガニメデと呼ばれる小さな凍りついた岩塊ではあったにせよ、磐石《ばんじゃく》の大地に降り立ち、地球人の歓迎を受けたというだけでガニメアンたちは元気百倍したようであった。地球人たちは基地の設備にガニメアンを案内して彼らが寛《くつろ》いで休養できるように努め、食料を試食に供し、各種の施設や装置の用法を指導した。一方、ＵＮＳＡの輜重《しちょう》隊は軌道輸送船から物資を運んで〈シャピアロン〉号に残留している者たちに提供した。作業が一段落したところで、ガニメアンたちは自由に任せて休息する時間を与えられた。

何よりも安息に餓《う》えていたガニメアンたちは、これですっかり気力を取り戻し、充分に体を休めると、再び地球人と対話を続けることを望んだ。これを受けて、両人種の重だった顔ぶれを集めて夕刻の会談を行ない、引き続き、士官食堂で歓迎晩餐会《ばんさんかい》が催されることになった。ハントは列席を乞われた。ダンチェッカーもまた招かれて席に連なった。

9

ガニメアンたちの体質を考慮して、室温は低めに抑えてあるはずだったが、あっという間に基地中の人間が士官食堂に集まったかと思われるほど傍聴者が詰めかけ、天井近くに煙草《たばこ》の烟《けむり》が濃くたなびいて、会談の席は汗ばむほどになった。ダンチェッカーはセーター姿でヘッドセットを着け、付属のマイクを通じてひとしきり長広舌をふるって腰を下ろした。ガニメアンの代表団がかたまって席を占めた部屋の一角からガルースが言った。

「科学者の質問には科学者が答えるのが筋ですね、教授」彼は傍らのガニメアンをふり返った。「シローヒン、きみから答えてもらえるかね?」ガニメアンの対話装置を持っていない地球人は皆ダンチェッカーと同じヘッドセットを着けていた。ゾラックの通訳で、会談の経過は隈《くま》なく全員に伝えられた。すでにこのスーパーコンピュータは高度な内容を通訳し得るまでになっていたが、何人もの癖の違う相手から言葉を習ったせいもあって、格調高いイギリス流の英語とアメリカ流のくだけた口語表現が入り混じり、時に珍妙な通訳で会場を湧かせた。

ガニメアン遠征隊の主任科学者シローヒンはすでに紹介が済んでいた。ガルースが席に着くのを待って、ガニメアンの女性科学者は発言に立った。「まずはじめに、わたしは地球の科学者の皆さんの優れた推論に拍手を送らなくてはなりません。そうです、今ダンチェッカー先生がおっしゃった通り、わたしどもガニメアンは二酸化炭素に対して極めて耐性が低いのです。ダンチェッカー先生以下、皆さんが理論的な作業で再構築されたミネルヴァの、わたしどもが出発した当時の状態も完璧です。見たこともない惑星のことを、そこまで詳しく正確に描いた皆さんの論理と豊かな想像力には敬服の他ありません」

シローヒンはちょっと間を置き、その言葉が地球人たちの胸におさまるのを待ってから先を続けた。「ミネルヴァの岩石内の放射性熱源物質の平均密度は、地球のそれよりもいくらか高いものでした。したがって、ミネルヴァ内部は温度が高く、熔融部分も大きくて、それだけ地殻は薄かったのです。そのために、ミネルヴァでは地球よりも火山活動が盛んでした。加えて、現在の地球からの距離よりもずっとミネルヴァに近かった月《ルナ》が地殻に強い潮汐《ちようせき》効果を及ぼしていたために、さらに複雑な条件が作られたのです。この旺盛《おうせい》な火山活動によって、大気中に多量の二酸化炭素および水蒸気が放散した結果、温室効果がもたらされて、惑星表面は比較的高温が維持されましたから、海水は氷結することなく、そこから生命が発生したのです。もちろん、これは比較の問題であって、地球の水準からみれば寒冷であったに違いありませんが、温室効果がなければミネルヴァの表面はもっともっと冷え込んだはずです。「この状態はミネルヴァの歴史を通じてほぼ一定していました。ところが、ちょうどわたしどもの文明が最盛期を迎えた頃、地殻変動が新しい時代に入ったのです。大気中の二酸化炭素濃度は目に見えて上昇しました。観測の結果、二酸化炭素濃度がわたしどもの耐性を超えるのは時間の問題であることが明らかになったのです。そうなれば、もうミネルヴァはわたしどもの住めない世界です。わたしどもはどうすればよかったでしょう？」シローヒンは質問の形で言葉を切り、ディスカッションを促す態度でひとわたり地球人たちを見回した。すぐに、後列に席を占めたＵＮＳＡの技術者が発言した。「今まで見た限りでは、ガニメアンの技術はびっくりするほど進んでいるようですね。あれだけの技術があれば、二酸化炭素濃度を正常な値に下げることはさしてむずかしくはなかったんじゃあないですか。例えば、全惑星規模で気候を制御するとか……何かそういったような対策が考えられても不思議はないように思いますが」

「おっしゃる通りです」シローヒンは地球人が大きくうなずくのと同じ意味を表わすらしい動作を示した。「事実、わたしどもは惑星の気候改良をある程度まで試みたのです。主としてミネルヴァの氷床に範囲を限ってこれは行なわれました。ところが、大気の化学組成をいじくる段になると、わたしどもは技術力に確信を持つことができませんでした。まかり間違えば収拾がつかなくなってしまう恐れがあります。大気の組成はそれくらい微妙なバランスに支えられていますから」ガニメアンの女性学者は真っすぐに質問者の顔を見た。「今あなたがおっしゃった方向に沿う計画も検討されました。ところが、数学的モデルでやってみると、温室効果が完全に失われてしまう危険が多分にあることがわかったのです。これでは自分で自分の首を絞めることになってしまいます。わたしどもガニメアンは常に慎重です。承知の上で危険を冒《おか》すということをしません。政府はこの計画を断念しました」

彼女はしばらく沈黙を守って地球人たちが思案をめぐらすのを待った。ダンチェッカーは、補正手段として地球の植物を移植する試みがなされたのではないかという推測をここで持ち出す気にはならなかった。今目の前にいるガニメアンたちはそのことについて何も知らない。おそらく、地球の動植物がミネルヴァに運ばれたのはガルースの遠征隊が出発した後のことなのだ。ダンチェッカーの生物学グループの分析調査およびゾラックとの対話から、仮に生物移植が気候改良の目的で行なわれたとしても、結果的にこれは成功しなかったであろうことがわかっている。当時のガニメアンの科学者にその見通しがなかったはずはない。生物移植の問題は依然として謎に包まれたままである。

やがてシローヒンは今日に限って生徒たちの出来が悪いことを訝《いぶか》る教師のように両手を拡げて言った。「理論的には至って簡単なことなのです。二酸化炭素濃度が上がるのを放っておけば、わたしどもは死んでしまいます。だから濃度が上がるに任せるわけにはいきません。ところが、それを防ごうとすれば、惑星がそっくり凍《い》てついてしまう危険があります。二酸化炭素の温室効果によってミネルヴァは温暖に保たれているのですから。この温室効果はわたしどもにとっては重要です。ミネルヴァは太陽から遠く離れているからです。言い換えると、もし惑星がもっと太陽に近ければ、あるいは太陽の温度がもっと高ければ、温室効果はそれほど重要な意味を持たないということです」

彼女と向き合って並んだ地球人たちは、あるいは目を白黒させ、あるいは意味がわからずにぽかんとしていた。「そんなら話は簡単だ」ハントの脇で声が上がった。「ミネルヴァをちょっと太陽のほうへ寄せるか、さもなきゃあ、太陽をちょいと暖めてやりゃあいいじゃないですか」もちろん冗談のつもりだった。が、意外にもシローヒンは地球人の仕種《しぐさ》を真似て大きくうなずいたのだ。

「そういうことです。わたしどもも、結局その二つしか方法はないと考えるに至りました」部屋のあちこちで驚きの声が上がった。「その二つの方法について、可能性がつぶさに検討されました。そして、宇宙物理学者のグループは最終的に、太陽の温度を上げるほうが現実性があると結論して政府を説得したのです。計算上、どこにも問題はありませんでした。けれども、前にも言ったようにガニメアンは非常に慎重な人種です。政府はいきなり太陽を相手にすることは避けて、その計画が本当にうまくいくかどうか実験することにしました……はい、何でしょう、ハント博士？」彼女はハントが小さく手を上げたのに気づいて言った。

「そのようなことがどうして可能なのか、そこをもう少し詳しく話してもらえませんか？ そもそも、そういう大それた発想自体、わたしらにとっては驚異ですから」部屋中から同感の声が起こった。

「わかりました」シローヒンは答えて言った。「すでにご承知と思いますが、ガニメアンの科学技術はある領域で現在の地球の科学では解明できないところまで到達しています。それは、あなたがたが〈重力〉と名づけている効果を人工的に発生させ、それを制御する原理に基づく技術です。ガニメアンの宇宙物理学者たちが考え出した計画をざっと説明しますと、太陽を回る軌道に三台の非常に強力なプロジェクターを打ち上げるのです。このプロジェクターから太陽の中心へ向けて時空ディストーション・ビームを発射します。重力倍増ビーム、と言ってもいいのですが、それだと原理よりもむしろそのビームの作用した結果を表わす言い方になりますね。理論的には、このビームを当てると太陽内部の自重が増して部分的に小規模な陥没が起こるのです。これは放射の圧力と重力圧が均衡したところで止まります。新しい均衡を得て、太陽は前よりも大きなエネルギーを放散するのです。ですから、ビームのエネルギーを適当に調節してやれば、ミネルヴァの温室効果が失われても、それに見合う分だけ温度を上げることができるわけです。つまり、これがうまくいけば、二酸化炭素の濃度を下げることができるのです。もしそのためにミネルヴァが冷え込んだとしても、太陽の熱を一定に保つことでもと通りの気候を取り戻すことができるのですから。これで質問にお答えしたことになりますか、ハント博士？」

「ええ……よくわかりました。どうもありがとう」質問したいことは山ほどあったが、それは後でゾラックに尋ねればいい。今はただ、太陽の温度を意のままに調節するというその壮大な計画と、それを裏づける高度な技術を想像するだけで気が遠くなりそうだった。しかも、シローヒンはそれだけのことを、まるでアパートを一軒建てる話でもするかのようにいともあっさりと説明してのけたのだ。

「今も話した通り」シローヒンは話を続けた。「わたしどもの政府は慎重に構えて、まず実験を行なうことにしました。この遠征隊は他でもない、まさにその実験のために編成されたのです。どこか太陽型の恒星で、実際と同じ規模の実験を行なう計画でした」彼女はちょっと言葉を切り、地球人にはよくわからない曖昧《あいまい》な仕種をした。「結果から言って、政府のやり方は正しかったのです。恒星は内部の安定を失ってノヴァになってしまいました。わたしどもは命からがら脱出したのです。先程ガルースが申しました通り、〈シャピアロン〉号の推進機構に故障が生じて、わたしどもはこのような情況に立ち至ることになりました。イスカリスを離れてからまだ二十年足らずですが、あなたがた地球人の時間ではそれが二千五百万年に相当します。以上のようなしだいで、わたしどもは今ここにこうしているわけです」

低いざわめきが部屋中に拡がった。シローヒンはしばらくその様子を窺《うかが》ってから言った。

「ここは少々場所が窮屈なので、発言者が席を代わるのに不便です。ガルースと代わる前に、どなたかわたくしに質問がおありですか？」

「一つ訊《き》きたいのですがね」声の主は本部基地の指揮官ロレンス・フォスターだった。「わたしら一部の間で問題になっていることですが……あなたがたの技術はわれわれ地球人の水準にくらべて遙かに高度ですね。恒星間飛行一つ取ってみてもそれは明らかです。ですから、そこに至るまでに、あなたがたは太陽系を隈なく探査したこととわたしは想像します。ここにいる中には、ガニメアンは過去のある時期に少なくとも一度は地球に立ち寄ったに違いないと確信している者もいます。その点については、いかがですか？」

シローヒンは何故か一瞬たじろいだ様子を見せた。あるいは、地球人の目にそう映っただけのことなのか、それは何とも言えなかった。彼女は直ちには答えず、声を落としてガルースと何やら短く言葉を交わした。地球人に向き直って彼女は言った。

「はい……おっしゃる通りです……」イヤフォーンに伝わるゾラックの声は、シローヒンの躊躇《ちゅうちょ》をそのまま表わすかのようにいささか歯切れが悪かった。「ガニメアンは……地球に行きました」

たちまち室内は騒然となった。誰もがこれを聞き逃してなるものかと身を乗り出していた。

「遠征隊がイスカリスへ発《た》つ以前のことですね？」フォスターが念を押した。

「もちろん、それより前です……地球の時間で言うと、かれこれ百年ほどでしょうか」シローヒンはちょっと言葉を切った。「実は〈シャピアロン〉号の乗組員の中に、イスカリス遠征隊に加わる前に地球へ行った者が何人かいるのです。この席にはおりませんが」

地球人は自分たちがまだこの世に存在してもいなかった時代に地球を訪れた異星人からその頃のありさまを聞きたいと夢中だった。あちこちから質問が飛んだ。

「その連中にいつ会わせてくれますか？」

「当時の写真がどこかに残っていませんか？」

「地図その他の資料はありませんか？」

「例の南米の山のてっぺんに都市を築いたのはガニメアンだったのか」

「しっかりしろ。全然時代が違うじゃあないか」

「地球へ行ったのは、動物を運ぶためですか？」

地球人が色めき立つのを見て、シローヒンはますます困惑するばかりだった。彼女は最後の質問を取り上げて答えたが、それは地球人が先刻承知していることだった。にもかかわらず、彼女はその答で何とか地球人の関心をかわそうとしているかのようだった。

「それは違います。当時ミネルヴァに動物が運ばれた事実はありませんし、そのような計画もありませんでした。それはわたしどもが出発した後のことでしょう。どうして動物が運ばれたかについては皆さんと同じで、わたしどもは何も知らないのです」

「それはまあいいとしましょう。しかし……」フォスターは何か言いかけたが、ゾラックの声がイヤフォーンに響いてふっと口をつぐんだ。

「ゾラックより、地球人の皆さんのみにお伝えします。これはシローヒンの発言ではありません。ガニメアンたちは今その問題について深入りすることを好まないでしょう。話題を変えることをお勧めします。失礼しました」

部屋中の地球人が一瞬呆気《あっけ》に取られた顔をした。ゾラックの声は全員に伝わったに違いなかった。しかし、ガニメアンには伝わっていない証拠に、彼らは何の反応も示しはしなかった。気まずい沈黙が室内を覆ったが、フォスターはすかさず立ち直って地球人一同の先頭に立ち、巧みにその場を乗り切った。

「その問題についてはいずれまたあらためて話すことにしましょう。もうあまり時間もないことですし、お互いに腹も空いてきましたからね。そこで、この会を終わる前に、今後の予定を打ち合わせておきたいのですが、差し当たって最大の問題はあなたがたの宇宙船の故障かと思います。そちらとしては、どのような修理計画をお持ちですか？　何かわれわれで役に立つことがあるようでしたらおっしゃって下さい」

シローヒンはガニメアンの幹部たちと何か囁《ささや》き合って自分の席に戻った。質問の矢面《やおもて》から逃れて見るからにほっとしている様子だった。替わって〈シャピアロン〉号の機関長ログダー・ジャシレーンが発言に立った。

「何しろ二十年も経っていますからね、故障の性質も、修理のやり方も全部わかっているんです」ジャシレーンは言った。「故障の性質についてはガルースが説明した通りです。推進機構の原理はブラックホールの旋回ですが、その旋回の減速がうまくいかないんですよ。稼動中は手の打ちようがありません。今は修理できる状態にあるわけですが、肝腎要《かんじんかなめ》の部品が駄目になっていましてね、これを寄せ集めの材料で修理するとなると、不可能ではないにしても、おそろしく手間がかかってしまいます。何よりもまず、ピットヘッドの氷に埋まっているガニメアン宇宙船を調べることですね。拝見した写真から判断する限り、あれは〈シャピアロン〉よりも進んだ型です。しかし、おそらくこっちに必要なものは見つかるでしょう。推進機構の基本的設計は変わっていないようですから。というわけで、何はともあれ、まずピットヘッドへ行きたいんです」

「それは問題ありません」フォスターは言った。「早速手配して……ああ、ちょっと失礼……」彼は戸口に現われたスチュワードのほうをふり返った。「よし、わかった。すぐ行く」フォスターはジャシレーンに向き直った。「失礼しました。食事の用意ができたので、それを知らせに来たのです。ええと、それで今の話ですが、明朝そちらのご都合しだいでできるだけ早く現地へ向かえるように手配しましょう。具体的なことはまた後程《のちほど》打ち合わせるとして、ここはひとまず場所を変えませんか」

「結構です」ジャシレーンは言った。「わたしのほうも現地へ行かせる技術者を人選することにします。それはそれとして、お言葉通り、ここはひとまず場所を変えましょう」ジャシレーンはその場に立って他のガニメアンたちが大儀そうに巨体を持ち上げるのを待った。彼らは窮屈な部屋の隅で肩を接し合い、身動きもままならぬありさまだった。

地球人たちも立ち上がって巨人たちのために場所を空けた。ガルースが最後に一言つけ加えた。「わたしどもはもう一つ重大な理由からピットヘッドの宇宙船を調べたいと考えています。宇宙船には、ガニメアンが結局は他の恒星系に移住することになったのではないかという、あなたがたの考え方を裏づける何か手がかりが隠されているかもしれません。それが事実だとしたら、いったいどの星へ移ったのか、それを突き止める鍵も宇宙船に残されているのではなかろうか。わたしどもはそう考えているのです」

「それもまた明日の話ですよ」戸口へ向かいながらジャシレーンは言った。「わたしとしては、今はもっぱら地球の食べものに興味がありますね。パイナップルというやつは、もう食べてみましたか？　美味《うま》いものですよ……ミネルヴァにはあんなものはなかったな」

ハントは戸口で人波に揉《も》まれているうちにガルースと隣り合った。彼は巨人を見上げて話しかけた。「まだやる気かね、ガルース？　これだけ難儀をしても、やはりその星を見つけて飛んで行くつもりかね？」

巨人は問われた言葉を思案するふうにハントを見下ろした。

「おそらくね」ガルースは答えた。「先のことは何とも言えないけれども」イヤフォーンに響く声の調子から、ハントはゾラックがパブリック・アドレス・モードから個別の対話に切替えているのに気づいた。「この数年、ガニメアンたちはたった一つの夢にすがって生きてきたのです。いつにもまして今、その夢を破ってはならないと思います。きょうは彼らは疲れています。ただ休むことしか頭にないでしょう。明日になれば、彼らはまた夢を見ます」

「明日のピットヘッドがお楽しみというわけだね」ハントはすぐ後ろのダンチェッカーと目が合って言った。「きみもディナーに出るのかね、クリス？」

「喜んで。ただし、口をきかないからその点は勘弁してもらわないとね」教授は言った。

「この首枷《くびかせ》をして食事をするのはまっぴらだから」

「どうぞ、ゆっくり食事を楽しんで下さい、教授」ガルースが口を挟《はさ》んだ。「歓談は食事の後ということにして」

「これは驚いた。聞いていたのか」ハントは言った。「ゾラックはどうして三人で話しているのがわかったんだろう？　それを知っていなければ、わたしらの話がそっちの音声チャンネルに伝わらないはずだろう？」

「ああ、ゾラックはそういうことはお手のものでしてね。実に呑み込みがいい。ゾラックはわたしらの自慢の種です」

「まさに驚異的だね」

「おそらく、あなたが想像する以上に多岐にわたってね」ガルースは胸を張った。「イスカリスでわれわれを救ったのはゾラックです。ノヴァの拡散する熱球に呑まれて、わたしらはほとんど虫の息でした。大勢死んだのもそのためです。ゾラックが〈シャピアロン〉を安全圏に誘導してくれたのですよ」

「そういうゾラックの端末を首枷と呼ぶのはいかんね」ダンチェッカーは呟いた。「ゾラックの感情を害したくはないからね。感情があればの話だけれども」

「わたしは一向に構いませんよ」別の声がイヤフォーンに響いた。「わたしのほうでもあなたの同類を猿と呼んでいいということであれば」

この時はじめてハントはガニメアンの笑う顔を見わけられるようになった。

ディナーの席に着いてハントは軽い驚きを禁じ得なかった。料理は徹頭徹尾、菜食主義者《ヴェジタリアン》向けだった。ガニメアンの強い要望に相違ない。

10

J5で過ごそうと予定していた休暇の日数もつきたところで、ハントとダンチェッカーは翌日ピットヘッドへ向かう地球人とガニメアンの一行に加わった。一行は文字通りの混成チームで、何人かのガニメアンはUNSAの中距離輸送機に体をすくめて乗り込む一方、運のよい地球人は〈シャピアロン〉号に搭載されていた小型の連絡船に便乗した。

ピットヘッドで異星人たちが最初に見せられたのは、太陽系の果てから彼らをガニメデに導いたディストレス・ビーコンであった。ガニメデに向かって飛んだ最後の航程もすでに遠い過去のことであるように彼らには感じられた。異星人は地球人にビーコンのことを説明した。ガニメアン宇宙船の推進機構によって生み出される時空の歪《ゆが》みの中では、通常の電磁波を使った交信は不可能である。それ故、遠距離通信にはたいてい変調重力パルスによって行なわれる。ディストレス・ビーコンもまさにその考え方に立って作られたものである。ガニメアンはようやくのことでメイン・ドライヴを切ったところで信号を捉え、補助推力で太陽系に進入した。補助推力は惑星間飛行には充分役立つが、恒星間の長時間航続では用をなさない。ミネルヴァは影も形もなくなり、かつて何もなかったところに新しい惑星が出現しているのを見たガニメアンたちの驚きは想像するに余りある。しかも彼らは信号をたしかに感知してやってきたのだ。UNSAの士官の一人がハントに言った。「二千五百万年後に今のヒット・パレードを聞いたらどんな気持ちがするかね。ガニメアンたちはきっと、どこへも行きやしなかった、夢を見ていたんだ、と思ったに違いないよ」

一行は鉄壁で囲った地下通路を抜けて、氷の下の宇宙船から運び出された器物を予備調査する実験室に向かった。大きな部屋は胸の高さほどの間仕切りで縦横に区切られ、それぞれの区画に各種の工作機械や試験装置、電子装置が犇《ひしめ》き、作業台が設けられていた。頭上には天井を隠すばかりに夥《おびただ》しいパイプやダクト、ケーブル、コンジットなどが這《は》い回っていた。

試験監督官クレイグ・パタースンが一行をとある区画の作業台に案内した。台上に、直径三フィートあまり、高さ約一フィートの浅い金盤《シリンダー》のようなものが据《す》えられていた。シリンダーを本体として、周囲には複雑な形状のブラケットやウェブ、フランジなどが絡み合っていた。見るからに重く頑丈なその装置は何か大きなシステムの一部を取りはずしたものに違いなかった。あちこちに、電気的入出力の接点と思われる穴が開いていた。

「こいつにはさんざん手を焼かされているんですがね」パタースンは言った。「いくつか運び上げたんですが、全部同じです。まだ何百とありますよ。宇宙船内のいたるところにこいつが据えつけてあるんです。床の下に一定の間隔で埋まっているんですが、何だかわかりますか？」

ログダー・ジャシレーンが進み出て装置の上に屈《かが》み込んだ。

「Gパックの改良型のようね」戸口にハントと並んで立ったシローヒンが言った。ガニメアンは七百マイル離れた本部基地のゾラックを介して地球人と話すことができた。ジャシレーンは装置のケーシングに指を這わせ、消えかけてなお微《かす》かに残っている表示を読むと満足した様子で体を起こした。

「どうやらそれに間違いない」彼は言った。「わたしが知っているものと多少変わったところもあるがね、基本的には同じだな」

「何ですか、そのGパックというのは」パタースン配下の技術者アート・ステルマーが尋ねた。

「分配されたノード場の素子ですよ」ジャシレーンが言った。

「へえ」ステルマーはきょとんとした顔で肩をすくめた。

シローヒンが説明を補った。「失礼ながら、あなたがたの科学ではまだこの領域は未開拓です。あなたがたの宇宙船では、例えばJ5もそうですが、胴体を回転させることによって擬似重力感を得る方法を取っていますね」ハントは〈シャピアロン〉号を訪れた時のあの不思議な重力感を思い出した。シローヒンの言わんとするところは明らかだった。

「そちらは擬似的効果で重力を得るのではなくて」ハントは先回りして言った。「重力そのものを作り出すのだね」

「その通り」シローヒンはうなずいた。「ガニメアン宇宙船は必ずその機構を備えています」

すでにガニメアンの技術文明が自分たちの未知の領域に進んでいることを見せつけられている地球人は彼女の説明に今さら驚くこともなかった。とはいえ、彼らは大いに好奇心をそそられた。

「おおかたそんなところかとは思っていましたがね」パタースンはシローヒンに向き直って言った。「どういう原理に基づくものですか？　何しろ、わたしらははじめてなので」シローヒンはすぐには答えず、頭の中で考えをまとめようとする様子だった。

「どこから話したらいいかしら」ややあって、彼女は言った。「きちんと説明しようとすると話が長くなってしまうし……」

「ああ、これは輸送管《トランスファー・テューブ》のブースター・カラーだな」ガニメアンの一人が間仕切り越しに隣の作業台を見て言った。半ば解体されたガニメアン船の大きな装置が転がっていた。

「うん、間違いない」ジャシレーンが仲間の指さすほうを見て相槌《あいづち》を打った。

「ブースター・カラーというと？」ステルマーが訊《き》き返した。

「トランスファー・チューブというのは何ですか？」パタースンは今しがた自分が発した質問をそっちのけにして尋ねた。

「宇宙船内には人員や貨物の移動のために網の目のように管路が走っているんです」ジャシレーンが説明した。「それは皆さんご存じでしょう。おたくの技術者が描いた図面にもちゃんとチューブがあるのを見ましたよ」

「だいたいの見当はついていたがね」ハントが脇から言った。「ただ、どういう仕組みで機能するのか、その点がどうもはっきりしない。これも、重力を操る技術かな？」

「そうです」ジャシレーンは言った。「チューブ内の局所的な重力場が駆動力になるのです。そこにあるカラーは要するに増幅機ですよ。これがチューブのまわりに取りつけられて、フィールドの強さを一定に保つのです。チューブの大きさにもよりますが、だいたい……そう、三十フィート間隔でこのブースター・カラーが置かれています」

「つまり、その中を人間がすっ飛んでいくわけですか？」パタースンは半信半疑の体《てい》だった。

「そういうことです。〈シャピアロン〉でも同じですよ」ジャシレーンはこともなげに言った。「このあいだおいでになった方たちが乗られたメイン・エレベーター。あれがそうです。あれはカプセルがチューブの中を移動するようになっていますが、小さなチューブではカプセルを使いません。そのまま自由落下するのです」

「ぶつかったりしませんか？」ステルマーが尋ねた。「一方通行ですか？」

「双方向です」ジャシレーンは答えた。「テューブ内で、フィールドが上昇、下降に二分されているんです。車線を引いてあるのと同じで混乱はありません。そのためにも、このカラーが機能します……カラーの一部にそういう働きがあるのです。わたしらは〝ビーム・エッジ式境界設定〞と呼んでいますが」

「テューブへの出入りはどうするんです？」ステルマーは讃嘆に圧《お》されてなおもこだわった。

「目的地へ近づいたら、局所的にあるパターーンのスタンディング・ウェーヴを発生させて減速するのです。乗る時も同じです……」

話はさらに、ガニメアン宇宙船内に設備されたトランスファー・テューブ網による物流管理方式をめぐって大きく発展した。ガニメアンは建物内の移動や都市交通もすべてこの方式によっているということだった。話題が次々と移っていくうちに、人工重力の原理についてのパターースンの質問はついに答えられぬままうやむやになってしまった。

他に二、三宇宙船から回収された装置を見てから一行は試験室を出て次の場所に向かった。地下通路を抜けていくつか階段を上がると現場管理事務所の一階に出た。そこから高架橋で隣のドームに移った。ドームは第三シャフトを覆う形で建てられていた。さらに迷路のような道順を経て、彼らは第三上層エアロックの控え室に辿《たど》りついた。エアロックで待ち受けていたカプセルが六人ずつ三度に分けて調査団をガニメデの氷床下、遙かな深さの発掘現場へ運んだ。

ジャシレーンとガニメアン二人、それにピットヘッド詰めのUNSA制服部隊の上級士官ヒュウ・ミルズと連れだってハントが第三低層エアロックでカプセルを降り、短い通路を抜けて地下の管制室に着いた時には、もう他の者たちは全面ガラスの壁の前にかたまってその向こうで進められている作業に見とれていた。誰もハントたちをふり返ろうともしなかった。

ガラスを隔てた向こうは無垢《むく》の氷を穿《うが》ち、あるいは融《と》かして作った大洞窟だった。氷の側壁は無数のアーク灯に照らされて眩《まばゆ》く輝き、あるいは影と光があやなして複雑な幾何学模様を浮き出させていた。林立する大型のスチール・ジャックや、天井を支えるために残された氷の柱に遮られて洞窟の最奥は見通せなかった。そして、ガラス越しに見えるすぐ目の下から洞窟の奥に向かって、蝟集《いしゅう》する作業機械を押しのけるようにガニメアン宇宙船は巨大な胴体を横たえていた。

美しく微妙な曲面を描く鉄《くろがね》の外板は、出入りや内部の装置搬出の便宜のために何か所か大きく切り取られていた。浜に打ち上げられた鯨の死骸《しがい》のように、氷の天井に向かって太い肋骨《ろっこつ》ばかりがそそり立っている部分もあった。試験のために胴体の一画をそっくり解体した箇所であった。宇宙船の側面をガーダーや鉄パイプが格子状に這い、あるところではそれが複雑に絡み合って床から天井にまで達していた。そして高低さまざまに渡り板が懸かり、梯子《はしご》が伸び、作業台が吊られていた。その間を斜路が縫い、起重機やウィンチが立ち並ぶ中を、油圧パイプや圧搾空気のパイプ、換気ダクト、電源コードなどがさながら密生する蔓草《つるくさ》のように這い回っていた。

視野一面の作業現場のあちこちに組み上げた足場に動く人影があった。洞窟の床に山と積んだ部材や艤装品《ぎそうひん》の間にも動き回る作業員たちの姿があった。粗削りの高い氷壁にすがりつくように吊った足場に上がっている者もあり、宇宙船の胴体にじかに立っている者もあった。ドアあるところでは、今しもガントリーが切断された船殻の一部を吊り出そうとしていた。大型の移動を失った船室の奥からアセチレン・トーチの閃光が洩《も》れているところもあった。大型の移動表示装置を囲んで鳩首《きゆうしゆ》談合している技術者の一団も見られた。発掘現場は活気にあふれ、緊張感が漲《みなぎ》っていた。

地球人たちはガニメアンの一行がひとわたり現場を眺めるのを無言で待った。

やがて、ジャシレーンが口を開いた。「見事なものだな……想像通りの大きさだ。全体の設計はわれわれがミネルヴァを出発した頃のものより確実に何歩か進んでいるな。ゾラック、これをどう思う？」

「きみがいるところから三百フィート向こうに大きく開いた穴から覗《のぞ》いているドーナツ環は、メイン・ドライヴのビームを集束させる差動共振ストレス・インダクターと見て間違いないだろう」ゾラックは答えた。「すぐ前の床にある大型のアッセンブリー、手前で地球人が二人下を覗いているやつだ……あれはよくわからないが、おそらく非常に進んだ形式の尾部補助リアクターだろう。だとすれば、推進機構は標準型のストレス・ウェイヴ駆動式だ。それが正しければ、船首にも補助リアクターがあるはずだね。本部基地の地球人が装置から描き起こした図面を見せてくれたけれども、その図から判断する限りまずそう考えて間違いないようだ。しかし、正確を期するためには、何はさておき現場へ出て、船首内部を調べることだね。わたしも第一次エネルギー・コンバータの部分と、配置を見ておきたい」

「うん……見る価値はありそうだな」ジャシレーンは誰にともなく呟《つぶや》いた。

「今のは何の話だね。ログ？」ハントが尋ねた。巨人は半ば体をよじって宇宙船のほうを指さした。

「ゾラックはわたしの第一印象を肯定しています」ジャシレーンは言った。「この船は〈シャピアロン〉よりかなり後に建造されたものですが、基本設計はあまり変わっていません」

「じゃあ、これがおたくの船の修理に役立つ可能性は大いにあるというわけだね、え？」ミルズが横から言った。

「有望です」ジャシレーンはうなずいた。

「とにかく、よく調べて確かめなくては」シローヒンは慎重だった。

ハントは一行をふり返り、掌《てのひら》を見せて肩をすくめた。「それじゃあ、見に行くとしよう」

彼らはガラスの壁を離れ、管制室の制御卓の間を縫って反対側のドアから一階下のフロアに降りた。しんがりの一人が部屋を出てドアが閉まると、コンソールの監視に当たっていた係の男が隣の同僚に声をかけた。

「みろ、エド。おれが言った通りだろう」男は得意満面だった。「ガニメアンは咬《か》みつきゃあしなかったじゃないか」

エドはまだ安心できない様子で眉《まゆ》を顰《ひそ》めた。「たまたまきょうは腹が空いてなかったんだ、きっと」彼は低く言った。

ガラス壁のすぐ下のエアロックからガニメアンと地球人の混成集団は洞窟に出て、雑然と並んだ作業機械の間をスチール・メッシュの通路に沿って宇宙船に向かった。

「ずいぶん暖かですね」歩きながらシローヒンがハントに言った。「それなのに、氷の壁は全然融けていませんね。どうしてかしら?」

「空気循環システムがよく考えてあるんだよ」ハントは説明した。「温度が高いのは作業区域の低いところだけでね、氷の側壁に沿って冷気が下から上へ流れている。それが、ちょうど空気のカーテンのように現場をぐるりと取り囲んでいるんだよ。上へ流れた冷気は天井の換気孔へ抜ける。天井のカーヴは冷気の流れをうまく導くように計算されているんだ。なかなかよくできたシステムだよ」

「素晴らしいわ」シローヒンは感に堪《た》えた声で言った。

「氷から発散するガスが爆発する危険はないですか?」ガニメアンの一人が尋ねた。「一つ間違ったら大参事でしょう」

「発掘の初期にはその問題があったがね」ハントは言った。「特に氷を融かす作業の間は大変だった。全員防災服着用でね、今の質問にあったまさにその理由で、洞内にアルゴンガスを満たして作業したものだよ。換気システムが改善されて大分作業が楽になった。冷気カーテンはその点でも実に効果的だよ。氷から発散するガスをほとんどゼロに抑えるし、それでも僅《わず》かに洩れてくる分は上へ吹き飛ばしてしまう。ここで爆発事故が起こる確率は、おそらく、上の基地が迷子の隕石《いんせき》にやられるよりも少ないだろうね」

「さあ、ここだ」先頭を歩いていたミルズが言った。彼らは幅の広い、緩やかな鉄板の斜路の下に立っていた。斜路は束になった太いケーブルを潜って船体の上部に切り開かれた大きな入口に消えていた。開口部の上に宇宙船の外板は大波のように迫《せ》り上がって天井の闇に霞《かす》んでいた。宇宙船の巨体の前で、彼らはまるでガーデン・ローラーを見上げる鼠《ねずみ》の群だった。

「じゃあ、行ってみようか」ハントが言った。

それから二時間あまり、彼らは船内に迷路のように張り渡された足場板を伝ってその一画を隈《くま》なく調べ歩いた。横倒しになった宇宙船内には安心して歩ける平らな場所はほとんどなかった。巨人たちは自分の求めるものが何であるかをはっきりと知っている者の目でケーブルやダクトを辿《たど》った。時折、彼らは足を止めて、特に関心を惹《ひ》かれた機器を馴《な》れた手つきで分解し、あるいはシステムをなすコンポーネントの接続を調べたりした。地球人の技術者たちが手探りで設計や構造を解明し得た限りの図面がUNSAからガニメアンに渡されていたが、彼らはそれを細部に至るまで頭に焼きつけていた。

ゾラックを相手に観察結果を分析評価する長い対話を交わした後、ジャシレーンは自信ありげに言った。「見通しは明るくなりました。どうやら〈シャピアロン〉の機能を完全に回復することができそうです。さらに細かく調べなくてはならない部分もありますが、それには本部基地にいる技術屋を呼んでこなくてはなりません。わたしどもの技術集団を、ここに、そう、二、三週間滞在させて下さいませんか？」彼はミルズに要求した。指揮官は両手を拡げて肩をすくめた。

「どうぞ、満足がいくまでゆっくりやって下さい」

一行は地上に戻って食事をした。それから一時間足らず後には早くもＵＮＳＡの輸送機がガニメアンの技術者たちと〈シャピアロン〉号から引き取った装置機材を載せ、本部基地を後に北に向かっていた。

午後、彼らは基地の生物学研究室を訪れ、ダンチェッカーの室内植物園を見学した。ガニメアンたちはダンチェッカーが丹精した植物を知っており、それらは主としてミネルヴァの赤道地帯に広く分布していたものだと話した。教授の強い勧めで、彼らは何種類かの苗を〈シャピアロン〉号に持ち帰り、失われた母星の記念として育てることにした。ダンチェッカーの好意にガニメアンたちは深く心を動かされた。

ダンチェッカーは研究室の地下に氷床を穿《うが》って設けられた大きな標本倉庫に一行を案内した。氷の部屋は照明が行き届き、壁を繞《めぐ》る棚には各種の試験装置や薬品が並んでいた。片側には緑の塗装の資料戸棚が連なり、門外漢には用途も知れぬ機械がダストカバーを掛けて置かれていた。まだ封を切っていない梱包《こんぽう》が天井近くまで積み上げられているところもあった。しかし、何よりもまず一行の目を奪ったのは戸口から二十フィートほどのところに据えられた見上げるばかりの巨獣の標本であった。

肩までの高さは十八フィートを超えていよう。四肢は古木のように太く大きく、小山のような胴体は先細りに頑丈そうな頸《くび》に繋がって、その先に小ぶりながらいかつい頭が伸び上がるように突き出ていた。外皮は灰色で肌理《きめ》が粗く、深い皺が頸の付け根から小さく立った耳の下へかけて幾筋も走っていた。鼻孔を大きく拡げ、オウムの嘴《くちばし》に似た口をかっと開いた上に飛び出した目が鋭く光っていた。瞼《まぶた》は波打って厚く重なり、それがことさらに巨獣の眼光を強調するかのようだった。巨獣は真っ向から戸口を睨《にら》み据えていた。

「これはわたしのお気に入りでしてね」ダンチェッカーはつかつかと先頭に立って進み、歌うように言いながら獣の太い前脚をいとしげに軽く叩いた。

「バルキテリウム……化石犀《さい》です。漸新世《ぜんしんせい》後期から第三紀中新世《ちゅうしんせい》初期にかけてアジアで栄えたもので、現在の犀の祖先に当たります。この種類はすでに前脚の第四指を失って、後脚と同じ三本指の形態になっています。これは漸新世の動物に顕著に見られる特徴です。今一つ特徴として挙げられるのは、上顎が著しく発達していることです。もっとも、ご覧の通り、まだこの例では本当の角を持つには至っておりませんが。それから、面白いのは歯です。このように……」ダンチェッカーはふっと口をつぐんで後ろをふり返った。彼が説明に努めている標本を囲んでいるのは地球人ばかりだった。ガニメアンたちは戸口にかたまり、驚きに声も失った様子でバルキテリウムの巨体を見上げていた。目を皿のようにした彼らは信じられない表情を示していた。恐怖ではなかった。しかし、そこに立ちつくした彼らの不安と動揺は隠すべくもなかった。

「どうかしましたか？」ダンチェッカーは面食らって尋ねた。返事がなかった。「危険はありません。大丈夫です」彼は諭すように言った。「完全に死んでいるんですから……これは宇宙船の大きなコンテナに保存されていた標本です。死んでから少なくとも二千五百万年経っていますよ」

ガニメアンはようよう気を取り直した。相変わらず不安そうに押し黙ったまま、彼らはおずおずと進み出て、半円形に標本を取り囲んだ地球人の一行に加わった。そして、彼らは長いことただ驚嘆の目つきでまじまじと巨獣を見つめていた。

「ゾラック」ハントはそっと胸のマイクに囁きかけた。他の地球人たちは何がそれほどまでガニメアンを驚かせたのか測りかね、対話に戻るきっかけを窺《うかが》いながら無言で異星人たちを見守っていた。

「何かね、ヴィック」ゾラックは今ではハントをそう呼ぶまでになっている。

「どうしたっていうんだ？」

「ガニメアンたちはバルキテリウムのような動物を見たことがないのだよ。まったく思いもかけないはじめての経験でね」

「きみもやっぱり度肝を抜かれているのか？」ハントは尋ねた。

「いや、わたしの記憶装置《アーカイヴ》には過去の地球動物に関する情報が蓄積されているから、似たような種類もある。すぐにわかったよ。その情報はガニメアンの地球遠征隊が持ち帰ったものだ。〈シャピアロン〉がミネルヴァを出発する少し前のことだよ。ただ、今ピットヘッドにいるガニメアンの中には地球へ行ったことのある者は一人もいない」

「しかし、遠征隊の成果については多少とも知っていそうなものじゃあないか」ハントは腑《ふ》に落ちなかった。「当然、報告書も公刊されたことだろうし」

「それはその通りだがね」ゾラックは言った。「しかし、聞くと見るとは大違いというじゃあないか。まったく予期せぬところへ、こんな馬鹿でかい動物がぬっと現われたのだからね、彼らが驚くのも無理はないよ。わたしがもし有機的な肉体を持つ知的生物で、自然淘汰《とうた》の法則で進化したものだとしたら、当然感情を持ってものごとに反応するだろうから、やっぱりわたしも腰を抜かすだろうね」

ハントがそれに答える前に、やっとガニメアンの一人が口を開いた。シローヒンだった。

「そうですか……これが、地球動物の標本ですか」低く躊躇《ためら》いがちな声だった。言葉を口にするさえ努力がいるとでもいうふうだった。

「これは驚いた」ジャシレーンが巨獣に目を奪われたまま声にならぬ声で言った。「本当に、こんなやつが生きていたのか……」

「あれは？」別のガニメアンがバルキテリウムの向こうを指さした。ずっと小柄ながら、はるかに獰猛《どうもう》らしい獣が片方の前脚を上げて立っていた。めくれた唇の下に鋭く尖《とが》った牙が覗いていた。視線を移してガニメアンたちはあっと息を呑んだ。

「シノディクティスですよ」ダンチェッカーは肩をすくめて言った。「猫族と犬族の特徴を併せ持った面白い種類です。後にこれから分かれて、現在の猫と犬が進化しました。その隣がメソヒップス。現在のすべての馬の祖先です。注意してよく見ると、これは……」ダンチェッカーは中途で言葉を切って首を傾《かし》げた。「それにしても、この動物たちが皆さんにはそんなに珍しいのですか？　もちろん、動物を見るのははじめてではありませんね。ミネルヴァにも動物はいたでしょう。いましたね？」

ハントは神経を凝《こ》らして成り行きを見守った。ガニメアンたちの態度は不思議というしかない。彼らは驚嘆すべき進んだ技術文明を持っている。ハントが見てきた限り、彼らの言動は常にあくまでも合理的であり、冷静である。そのガニメアンたちが、動物を前にして何故このように動揺するのだろうか。

シローヒンはその立場を自覚してか、進んでダンチェッカーの尋ねに応じた。「ええ……動物はいました」彼女は救いを求めるように左右を見回した。「でも……違うんです」彼女は曖昧《あいまい》に言葉を切った。ダンチェッカーは関心をそそられた。

「違う？」彼はおうむ返しに言った。「それは面白い。違うというと、どう違いますか？　例えば、こんなに大きなものはいなかったとか？」

シローヒンはますます答に窮するようだった。前に漸新世の地球が問題になった折にも彼女は妙に話をしたがらなかった。ハントはこれはまずい、と直観した。ダンチェッカーは自身の興味に駆られて相手の困惑などお構いなしだった。ハントは一行を離れてそっと脇へ寄った。「ゾラック、個人回線でクリス・ダンチェッカーに繋《つな》いでくれ」声を殺して彼は言った。

「どうぞ」一呼吸あってゾラックの安堵《あんど》したような声が返ってきた。

「クリス」ハントは低く話しかけた。「ヴィックだ」ダンチェッカーの表情が動くのを確かめて彼は続けた。「彼らはその話を避けたがっている。ルナリアンとわれわれの繋がりか何かのことで、まだ向こうは警戒を解いていない部分があるのではないかね。よくわからないが、とにかく、連中は何かわだかまりを感じているんだ。ここはこのくらいにして、次へ行こう」

ダンチェッカーは一瞬きょとんとしてハントの目を見たが、小さくうなずいてふいに話題を転じた。「まあ、それはまた別の機会にゆっくり話すことにしましょう。じゃあ、上の階へ行きましょうか。研究室ではいろいろと実験中でしてね、きっと皆さんも興味がおありでしょう」

一行は踵《きびす》を返してドアのほうへ向かった。しんがりに立ってハントとダンチェッカーは探るような視線を交わした。

「いったいどういうことか、聞かせてもらいたいね」教授は突っかかるように言った。

「わたしにそう言われても困るよ」ハントは軽くかわした。「さあ行こう。置いてけぼりにされてしまうよ」

ピットヘッドから数億マイルを隔てた地球では、知的異星人との遭遇のニュースに世界中が割れ返るばかりであった。〈シャピアロン〉号上の初の会見、および異星人のガニメデ本部基地到着の模様がテレビで放映されるや、世界は挙げてチャーリーとガニメアン宇宙船発見の際を上回る興奮の坩堝《るつぼ》と化した。この驚異の歴史的大事件の受け取り方は人さまざまで、高い見識を示す者もあれば嘆かわしい反応もあった。ただ滑稽《こっけい》というしかない騒ぎ方もあった。が、それらをひっくるめて地球の熱狂は予測するに難《かた》くなかった。

国連会議場の雛壇《ひなだん》で、急遽《きゅうきょ》招集された特別理事会に臨んだアメリカ合衆国代表フレデリック・ジェイムズ・マクラスキーは今しも椅子に深く体を沈め、円形の議場を埋めつくした出席者を見渡しながら、ヨーロッパ連合イギリス代表チャールズ・ウィンターズが四十五分におよんだ演説の最後のくだりにかかるのに耳を傾けていた。

「……要するにわれわれは、史上はじめて異星人が着陸する場所はブリティッシュ・アイル内に選定されるべきであると主張するものであります。今日、英語は社会、通商産業、科学、外交等、あらゆる分野において地球上の全国家間、民族間に通用する標準公用語であります。これは、かつてわれわれ人類を分け隔てていた障害が取り除かれ、全地球的相互信頼と互恵の精神に基づく新たな調和と秩序が確立されたことを物語るものに他なりません。かるが故に、友好的異星人とわが地球人がここにはじめて意志疎通を図るに、英語をもってすることこそ何にも優《まさ》り相応《ふさわ》しいと申すべきであります。あまつさえ、現在英語はガニメアンの翻訳機械が習得したところの唯一の地球言語であることは、今さらここに申し述べるまでもありますまい。しからば、諸君、ガニメアンがこの惑星に第一歩をしるす場所として、英語発生の地を措《お》いて他にこれに適《かな》う場所がありましょうか？」

ウィンターズは駄目を押すようにひとわたり議場を見回して着席した。あちこちに低い呟《つぶや》きが走り、書類をめくる音が起こった。マクラスキーは書類に何やら書き止め、長い演説の間に書きちらした心覚えや落書きの跡をふり返った。

近来稀《まれ》な合意によって地球上の全国家政府は共同声明を発表し、遠い過去に母星を失った宇宙流浪の民がもしそれを望むなら、地球は彼らを歓迎し、彼らの定住を許すであろうと述べた。特別理事会はこの声明が発表された後で招集されたのだが、舞台裏では異星人を最初に受け入れる光栄はどの国に帰すべきかをめぐって際限もない紛糾に陥っていた。

マクラスキーはワシントンの大統領顧問団と国務省の意向を受けて発言に立ち、木星とその周辺で進められているUNSAの探査活動におけるアメリカの指導的役割を強調して、他に先駆けて受け入れ国の名乗りを上げた。アメリカこそは異星人の発見者であり、当然彼らを迎える主人役を務める権利がある、とマクラスキーは主張した。ソヴィエトは蜿々《えんえん》二時間にわたる大演説をぶち、同国は地球上最大の領土を有する故に、この惑星の代表者たるに相応しいと言った。対して中国は人口において世界最大である同国は民主主義の原則に照らしても地球の代表たるに不思議はない、と多数の論理をふりかざした。イスラエルは故国を失った少数派という点でガニメアンと共通するものがあり、その立場を考慮せずしてこの情況に正しい対応はあり得ないと主張した。イラクは人類最古の国家が成立した場所である故をもって、またアフリカのある国は反対に最も新しい国家である故をもって、それぞれに自分たちこそガニメアンを受け入れるのに最も似つかわしい国であると論じ立てた。

マクラスキーは各国の我田引水の論議にほとほとうんざりした。彼はついに業《ごう》を煮やしてペンを投げ出し、発言を求めるボタンを押した。しばらくして彼の席のパネルにランプが点《とも》り、議長が彼の要望に応えて発言を認める旨を伝えた。マクラスキーは身を乗り出してマイクに口を寄せた。「ガニメアンは定住どころか、まだ地球を訪れることを希望するか否かすら明らかにしてはおりません。これ以上論議を続けることは時間の浪費でありましょう。その前に、われわれはまず当事者の意向を確かめるべきではありますまいか？」

彼の発言はさらに新たな論議を誘った。外交交渉の遅延は避け難いものと思われた。結局この問題は、より詳細な情報に俟《ま》つとして決定を保留された。

一方、各国代表はある些《さ》細《さい》な点で意見が一致した。

ＵＮＳＡの将兵、科学者、技術者等、ガニメデ駐在中の者たちは国際関係における微妙なかけひきに長《た》けておらず、行きがかりとはいえ、全地球を代表する大使として彼らに全権を委任することは一抹の不安なしとしなかった。そこで国連理事会ではＵＮＳＡの将兵を対象としてガニメアンに対応するためのガイドラインを設け、彼らの立場と重大な責任を説く文書を送って言動を慎むよう通達した。「……いまだその性向、意図の明らかならざる異星人に不快を与え、または誤解を招くおそれある短慮ないしは衝動的な言動は厳にこれを戒めるべきこと……」

通達が受信され、ガニメデ基地のＵＮＳＡ将兵および科学者たちの前でこれがうやうやしく発表されると現地に笑いの渦が巻き起こった。そのようなことを言ってよこす地球人の考え方や意図こそ彼らには解せなかった。そこで通達はガニメアンにも伝えられた。

巨人たちは狐につままれたような顔をした。

11

本部にくらべてピットヘッド基地は規模も小さく設備も質素で何かと不自由だった。宇宙船を詳しく調査するためにガニメアンの専門家たちが滞在する間、同基地の地球人たちはいきおい彼らと接する機会が多く、お互いに親しさも増して、深く知り合うようになった。ハントはこの時とばかり、異星人をつぶさに観察して彼らの気質やものの考え方を知ることに努めた。

何よりもガニメアンが地球人と違うのは、彼らが闘争の概念をまったく知らず、いかなる形であれ意思的な暴力とはいっさい無縁であることだった。ピットヘッド滞在中、ハントはこの非暴力的性質がガニメアンのすべてに共通するものであり、地球人の精神構造と根底において一線を画す所以《ゆえん》のものであることを知った。ガニメアンが攻撃的な態度を匂わせたことは唯《ただ》の一度もなかった。彼らは決して口論ということをしなかった。そもそも彼らは感情を爆発させることがなかった。それだけならハントもさして意外には思わなかったに違いない。彼らほどの高い技術文明を持つ人種なら、感情を制御することを知っていてむしろ当然であろう。ハントが驚異に感じたのは、人類社会で正当に認められている感情の吐け口というものをガニメアンたちはいっさい求めようとしないことだった。彼らは競い合うことがなく、対抗意識と呼ぶべきものを持たなかった。人類社会では時に生き甲斐《がい》となり、さほどではないにしても一種の快感である親しい者同士の競争の刺激もガニメアンの間ではまるで意味がないようであった。

ガニメアンには面子《めんつ》というものがなかった。自分の誤りが明らかであればそれを認めるのに毫《ごう》もやぶさかでなかった。自分のほうが正しかったとわかっても、ガニメアンは自己満足を味わうということがなかった。自分のほうが優れているとわかっている仕事を他人がしても、彼は黙って脇で見守った。地球人にはとうてい真似のできかねることだった。立場が逆で、傍《そば》に自分よりも優れた者がいればガニメアンは遠慮なく助力を求めた。ガニメアンは威張らず、驕《おご》らず、決して他を貶《おとし》めなかった。一方、彼らは自ら卑下せず、謙遜《けんそん》せず、決して他に媚《こ》びなかった。ガニメアンは間違っても脅迫的な言辞を弄《ろう》さず、また仮に他からそのような態度を示されたとしても一向に恐れる気配はなかった。彼らの言動ならびにその言動に伴う態度には、自身の存在を主張し、優越を求めるものはかけらほどもなかった。心理学者の多くは人類社会におけるこの自己主張が、共同生活の中で抑圧された闘争本能の発揚に代わる儀式であると認めている。だとすれば、ガニメアンには人類における抑圧された闘争本能に当たる感情が欠落していると考えるしかない。

もっともこう言ったからといって、ガニメアンが冷淡で情緒に乏しい無味乾燥な人種かというと断じてそんなことはない。ミネルヴァが破壊されたことを知った時のあの悲嘆ぶりからもわかる通り、ガニメアンは温厚で心優しく、豊かな感情を持っている。時として彼らの人情味あふれる言動は一時代前の地球人をして随喜の涙を流さしめるかと思われるほどである。おまけに、彼らは地味ながら極めて洗練されたユーモアの持ち主である。ゾラックの設計思想にもそれはふんだんに取り入れられている。そして、シローヒンも言った通り、ガニメアンは非常に慎重な人種である。それは彼らが臆病であることを意味しない。ただ、彼らは行動に先立ってあらゆる角度から検討をつくすのである。彼らは、今自分たちが何をしようとしているのかを正確に知った上で行動する。その目的も、手段も、そして万一目的を達し得なかった場合にもたらされるであろう結果も、彼らは充分に承知している。地球の大方の技術者なら、イスカリスの惨事も、まあくよくよせずに、次はもう少しうまくやることだ、といって肩をすくめて忘れ去ろうとするだろう。しかし、ガニメアンにとっては、あれは弁解の余地のない大失敗であった。二十年を経た今も、彼らは断腸の思いを忘れていない。

総じてハントはガニメアンを潔癖な誇り高い人種と評価した。言葉は穏やかで、態度物腰は品がよい。そして、彼らは社交的で包容力がある。人類社会にありがちな未知の者に対する猜疑《さいぎ》や不信はガニメアンの気質の許さぬところである。彼らは柔和で控え目で自信に満ちている。何よりも彼らは常に沈着冷静で理知的である。ある日ダンチェッカーがピットヘッドの酒保《しゆほ》でハントに言った。「宇宙そのものがおかしくなって破裂しても、ガニメアンたちは後に残って破片を拾い集めてもと通りにしようとするだろうね、きっと」

ピットヘッドの酒保はガニメアンの小集団と地球人たちが最も打ち解ける社交場となった。毎晩、夕食が済むと基地の住民たちは三三五五、連れ立ってやってくる。やがてテーブルは満席になり、あぶれた者たちは床にうずくまり、酒保は立錐《りっすい》の余地もない賑《にぎわ》いを呈する。ガニメアンと地球人は盃《さかずき》を交わしながら談論風発して夜の更けるのも忘れるのである。孤独を求める者ならいざ知らず、ピットヘッドでは勤務が終われば他にすることはなく、行く場所もない。

ガニメアンたちはたちまちスコッチ・ウィスキーが病みつきになった。彼らは大きなタンブラーにストレートを注いで豪快に飲んだ。そのお返しに、彼らは〈シャピアロン〉号の蒸溜室謹製のガニメアン酒を持ち込んだ。地球人たちは寄ってたかってこれを試した。咽越《のどご》しのまろやかな、やや甘口の柔らかい酒だった。ところが、飲んで二時間ほどするとこの酒は強烈に回った。散々な目に遇《あ》った者たちがこの酒にGTBの名を奉った。ガニメアン時限爆弾《タイム・ボム》という心である。

そんなある晩、ハントは以前から一部の地球人の間で疑問にされていたことを持ち出してみる気になった。シローヒンとガルースの副官モンチャーの他に四人のガニメアンが同席していた。地球人側はダンチェッカーとエレクトロニクス技師のヴィンス・カリザン、それに六人ほどがその場にいあわせた。

「わたしらにはどうも腑《ふ》に落ちないのだがね」ハントは切り出した。ガニメアンが単刀直入な話し方を好むことを、彼はそれまでの経験からよく承知していた。「わたしらがまだ存在しなかった遠い過去の地球を知っている相手が目の前にいれば、当然、その頃の様子を聞きたくなるということはわかるだろう。ところが、きみたちは何故か話したがらない。これには何かわけがあるのかね？」部屋のあちこちで上がった声はその質問が大勢の気持ちを代弁していることを物語っていた。あたりは急に森《しん》と静まり返った。ガニメアンたちはまたしても微《かす》かにうろたえを示し、答を譲り合うかのように顔を見合わせた。

やがて、シローヒンが言った。「わたしたち、あなたがたの世界のことはほとんど何も知りません。とてもむずかしい問題です。あなたがたの文化も歴史も、わたしたちにとってはただただ珍しいばかりだし……」彼女は地球人が肩をすくめるのと同じ意味のガニメアン独特の仕種《しぐさ》をして見せた。「風俗習慣、価値観、礼儀作法……約束になっている言い回し、どれを取ってもわたしたちとはまるで違っています。ですから、わたしたち、不用意なことを口にして失礼があってはいけないと思います。それでどうしても、そういう話題を避けるようになってしまうのです」

答としては歯切れがよいとは言い難《がた》かった。

「もっと深いわけがあるとわたしらはにらんでいるのだがね」ハントは一歩突っ込んだ。「ここにいる者はみなそれぞれに生まれも育ちも違うけれども、科学者であるという点は同じだよ。今はそのことが何よりも一番重要なんだ。真実を求めるのが科学者の仕事だよ。わたしらは事実の前に跪《ひざまず》く。ここはあらたまった席でもなし、もうお互いによく知り合った仲じゃあないか。そう身構えずに話してくれないか。ぜひ聞かせてもらいたいんだ」

室内の空気は期待に張りつめていた。シローヒンは今一度モンチャーの顔色を窺《うかが》った。モンチャーはそっとうなずいた。シローヒンはゆっくりとグラスを傾けて考えをまとめ、顔を上げると部屋中を相手に話しだした。

「わかりました。たしかに、おっしゃる通り、すっかり打ち明けたほうがいいのかもしれません。あなたがたの世界とわたしたちの世界では、生物の進化の形に一つ決定的な違いがあったのです。ミネルヴァには、肉食動物はいませんでした」彼女は反応を窺うように言葉を切った。が、地球人たちは押し黙ったままだった。まだまだ序の口だ、という気持ちだった。シローヒンは内心、急に気が軽くなった。暴力的で何をするかわからない小さな地球人の反応を心配しすぎていたのかもしれない。

「どうしてそのような違いが起こったかというと、それはミネルヴァのほうがずっと太陽から離れていたからです。信じられないと思われるかもしれませんが、これは事実ですから、どうにも仕方がありません」彼女は説明を続けた。「すでにご存じの通り、二酸化炭素や水蒸気による温室効果がなかったら、ミネルヴァで生命は発生し得なかったはずです。温室効果があってもなお、地球にくらべたらミネルヴァは非常に寒冷な惑星でした。

「それでも、その効果のせいで、ミネルヴァの海は凍結しませんでした。地球におけると同じように、ミネルヴァでも海の浅いところで最初の生命が発生したのです。暖かい地球と違って、発生した生命がより高次の段階に移行するには条件がよいとは言えませんでした。ですから、進化のテンポは地球よりも遅かったのです」

「でも、地球よりずっと早く知的生物が現われているじゃないですか」誰かが言った。「そのところが不思議だなあ」

「それはミネルヴァのほうが太陽から遠くて、早く冷えたからにすぎません」シローヒンは答えた。「その分だけ生命の発生が先行したということです」

「なるほど」

彼女は先を続けた。「それはともかく、二つの世界における進化のパターンは実に驚くほどよく似ていました。まず、複雑な蛋白質《たんぱくしつ》が登場して、やがてそれが自己増殖を行なう分子になり、次いでそれが生きた細胞を形作るようになりました。原始生命は単細胞でした。単細胞が集まってコロニーを作り、その後に、特別な性質を備えた多細胞有機物に発達したのです。これにはいろいろな形がありましたが、いずれも海洋無脊椎《むせきつい》動物の原形です。

「二つの惑星の環境の違いによって進化の流れが別の方向に向かいますが、その分岐点は海洋脊椎動物、つまり背骨のある魚の出現です。この段階でミネルヴァの生物の進化はしばらく停滞しました。地球の生物が直面することのなかった決定的な障害に阻まれて、それを乗り越える変種が現われるまで、ついに一歩も進むことができなかったのです。その障害とは他でもない、ミネルヴァの寒冷な環境です。

「それはどういうことかと申しますと、ミネルヴァで誕生した魚は、その後いろいろな種類に分かれて発達しましたが、それにつれて体内の器官もしだいに高度になります。そのために酸素の消費量もまた多くなったのです。ところが、もともと温度が低いところに生きているために、それ以前から体内で要求する酸素の量は多かったのです。ミネルヴァで進化した初期の魚類の原始的な循環器系統は、細胞に酸素を運んで、老廃物や毒素を持ち帰るという二つの機能を果たすには不充分でした。そのまま原生魚に留まるならともかく、さらに進化するためにはそれでは駄目だったのです」

シローヒンは質問を誘うように言葉を切った。しかし、今やすっかり話に引き込まれた地球人たちはここで口を挟《はさ》む気はなかった。

「こうした場合の常として」彼女は続けた。「自然はいろいろとこの障害を避けて通る試みを重ねました。その中で一番功を奏したのは第二循環器の発達です。二つの循環器が役割を分担するようになったのです。そっくり同じ脈管、血管が二系統できて、一方は血液と酸素の供給だけ、そして、もう片方は老廃物の除去だけを受け持つようになりました」

「それは珍しい」ダンチェッカーが思わず声を発した。

「ええ、地球の生物を研究してこられた立場からすれば、非常に特異と思われるでしょうね、先生」

「一つ疑問に感じられるのは……いろいろな物質がどうやってその二つの系統に誤りなくふり分けられるかという点だね」

「浸透膜です。詳しく御説明いたしましょうか？」

「いや、それは結構」ダンチェッカーは片手を上げた。「その点についてはまた別の機会に聞くとして、今の話を続けて下さい」

「わかりました。今申し上げたように、二つの循環器という基本的な構造ができて、それがしだいに発達していきますと、あるところで再び種の進化がはじまりました。突然変異が起こり、環境による淘汰《とうた》が繰り返されて、やがてミネルヴァの海洋生物はいろいろな形態や性質を持った種に分かれて発達しました。そうして、ある時期に、当然の成り行きとして肉食類が相当の割合を占めるようになりました……」

「肉食類はいないという話じゃあなかったんですか？」誰かが尋ねた。

「それはもっと後のことです。今お話ししているのはずっと初期の段階です」

「なるほど」

「いいですね？　そうして肉食魚類が登場すると、これもまた当然のことながら、自然はすぐに、その餌食になる生物を保護するシステムを模索しはじめました。二重循環器構造を獲得した魚類は、そのこと自体においてより進化していますし、さらに進化を促されているわけですね。そういうものの中から、極めて有効な自衛手段を持つ種類が現われました。二系統の循環器が完全に分離独立して、第二循環器に溜《た》まる毒素の量が非常に増加したのです。つまり、この魚を餌食にすると、毒にやられて死んでしまうのです。第一循環器と第二循環器が完全に分離したのは、自分自身を守るためでもあったのです。血液中に毒素が入れば命取りですからね」

カリザンはしきりに首を傾げていたが、ついに手を上げてシローヒンを遮った。

「しかし、それは自衛手段としてはあまり有効じゃあないんじゃないのかなあ。だって、いくら猛毒があるといったって、食われてしまえば元も子もないだろう。相手が毒にやられたところで後の祭じゃないか」

「不幸にして毒があることをまだ知らない相手に出会った個体については、たしかにその通りです」シローヒンはうなずいた。「でも、自然は個体を個体として守ることにはあまり関心を払いません。種全体の保存が問題なのです。突きつめて考えれば、種の存亡は、その種を餌食として好む外敵がいるかいないかにかかっていると言うことができます。今わたしが話したような情況では、そういう外敵が現われること自体不可能です。たまたま変異によって、毒を持った魚を餌食にしようとする敵が出現したとしても、本能に従って最初にその餌食を試す途端にそれは死んでしまいます。ですから、その好みを子孫に伝えることはできません。世代を経てもその性質が強化されることはないのです」

「それと、もう一つ」UNSAの生物学者の一人が口を挟んだ。「動物の子供は親に餌の取り方を教わるだろう。少なくとも地球の場合はそうだ。ミネルヴァでも同じだとすれば、当然、子供は親に倣《なら》って毒のある種類を避けることになるな。それはそのはずだよ。気まぐれで毒魚を食うやつは、自分が親にもならずに死んでいくんだから」

「地球の昆虫にもそういう例はあるよ」ダンチェッカーも脇から言葉を足した。「ある種の虫は、実際には針のような武器を持っていないのに、スズメバチだのハナバチだのにそっくりな色をしている。他の動物は刺されたくないから近づかない。これと同じ理屈だよ」

「なるほど、それなら話はわかるな」カリザンはシローヒンに先を続けるよう促した。

「そんなわけで、ミネルヴァの海洋生物は大きく分けて三つのグループになりました。肉食類と、毒を持たず肉食でもない種類。これは別の自衛手段を備えています。それに、毒があって肉食ではない種類。で、この最後の種類が種の保存の点では一番有利でしたから、それだけ他よりも自由な進化の道を辿《たど》ることができたのです」

「しかし、寒さに弱い点は同じでしょう」誰かが言った。

「そうです。進化の過程を通じて、これらの種では第二循環器が本来の機能を果たし続けていました。ただ、何が変わったかといえば、毒素が溜まって、やがて第二循環器が第一循環器から完全に分離独立したことだ、という点を今はお話ししているのです」

「わかりました」

「よろしいですね。さて、肉食ではない二つのグループも餌を確保しなくてはなりません。そこで、この二つのグループの間に生存競争が起こりました。植物や、原始的な微生物、海中に浮游する有機物質などを奪い合ったのです。ところが、ミネルヴァは寒冷でしたから、もともとそのような餌は多くありませんでした。量も種類も地球とはくらべものになりません。この競争では、毒のある種類のほうが有利でした。そして、やがて数の上でも毒のないものを圧倒するようになりました。毒を持たず、肉食でもないものは餌食にされて衰退しました。すると今度は餌がなくなったために、肉食類もまた数が減ったのです。こうした情況を背景に、ミネルヴァの海洋生物の分布がはっきりと二つに分かれることになりました。毒を持たないものは競争を避けて沖へ沖へと移っていったのです。肉食類はその餌食を追って、これも沖へ向かいました。この二つのグループは結局深海魚になって、そこであるバランスで落ち着きました。一方、毒を持った魚は沿岸の比較的浅い海に残って、餌を独り占めにしました。この魚から、やがて陸棲《りくせい》動物が進化したのです」

「すると、その後に進化した陸棲動物は、すべて二重循環器構造を基本的に承《う》け継いでいるというのかね？」ダンチェッカーがびっくりした顔で言った。「陸棲動物はみんな毒を持っているのか？」

「その通りです」シローヒンは答えた。「この頃すでに、二重構造は確立された特徴になっていました。地球における脊椎動物の特徴が初期に定着したのと同じです。その特徴は本質的な変化を見ずにそのままずっと後の子孫に伝えられたのです……」

シローヒンは言葉を切って、ひとしきり驚嘆の呟《つぶや》きが流れるにまかせた。彼女の話が意味するところを、ようやく地球人たちは理解しはじめていた。後ろのほうにいた一人が声を発した。

「それでやっとはじめの話がわかりましたよ……後世ミネルヴァに肉食動物はいなくなったという。今の説明にもあった通り、たまに現われても、結局一つの種として生き続けることができなかったわけですね」

「その通りです」シローヒンはうなずいた。「今おっしゃったように、時に気まぐれの変異が肉食獣を生んだとしても、それは種として地上に定着し得ませんでした。ミネルヴァの陸棲動物は、ですから例外なく草食類です。以後、ミネルヴァの動物は地球の動物とはまったく異なる進化を辿《たど》ることになりました。自然環境の中で働く選択要因が違ったからです。闘争本能も逃走本能もミネルヴァでは発達しませんでした。闘う相手もいなければ、逃げる必要もないのですから。同様に、恐怖、怒り、敵愾心《てきがいしん》等に基づく行動形態も生まれませんでした。それらの感情は生存のためにはおよそ無意味ですから、選択的に強化されることがなかったのです。肉食獣に追われることがないのですから、足の速い動物はいませんし、保護色とか縞《しま》といった類の自然の迷彩も必要ありません。ミネルヴァには鳥もいません。鳥という形態を誘発する外的な刺激は何もなかったからです」

「宇宙船の壁の絵！」ハントははたと膝を叩いてダンチェッカーをふり返った。「あれは子供向けの漫画なんかじゃあないんだ、クリス。全部、実在の動物だよ」

「そうだったのか、ヴィック」教授は眼鏡の奥でせわしなく目をしばたたいた。どうして自分も早くそこに気がつかなかったかと訝《いぶか》る様子だった。「そうだよ、間違いない。うん、きみの言う通りだ。しかし、驚いたねえ。あの絵をもっと詳しく調べる必要があるな……」ダンチェッカーはさらに何か言いかけてふいに口をつぐんだ。新しい考えが浮かんだらしかった。彼は眉を寄せて額に手をやりながら室内のざわめきが静まるのを待った。

「ああ、ちょっと」一同が口を閉じるとダンチェッカーは言った。「一つわからないことがあるのだがね……肉食類がまったくいなかったとすると、草食類の数は何によって抑えられていたのかな？　何か、自然のバランスを保つシステムが働いていたはずだろう？」

「今それをお話ししようと思っていたところです」シローヒンは言った。「答は、事故です。ほんの僅かな切傷、擦傷でも、第二システムの毒素が第一循環器に回ってしまうのです。ミネルヴァの動物にとっては怪我《けが》は死を意味していたのです。自然は自分を守るものを選択的に保護しました。つまり、怪我から身を守ることを知っている種が生き延びて栄えたのです。例えば、非常に厚くて丈夫な皮膚を持っているものとか、深い毛に覆われているもの、鱗《うろこ》のような鎧《よろい》を着ているもの、などです」彼女は両手を出して指先を保護する大きな爪と、関節の角質化した外皮を見せ、次いでシャツの襟首をはだけて、肩から頸《くび》へかけて幅広のネックレスを飾ったようにきれいに重なり合って並んだ鱗を思わせる皮膚を覗《のぞ》かせた。「先祖から承《う》け継いだ身を守るためのいろいろな仕組みは今でもこうしてガニメアンの体にはっきりと残っています」

ハントはここに至ってはじめてガニメアンの温厚な性質の秘密を理解した。シローヒンが今説明した起源から、知性は武器を作り、敵や餌食を倒すためにではなく、肉体的な損傷の危険を察知してそれを避ける手段として発達したのだ。原始ガニメアンにとって、知識や通信技術は生存のために測り知れぬ価値があったことであろう。何ごとにつけて思慮深く慎重な態度も、行動の結果を予測してあらゆる角度から分析検討する能力も、すべて進化の過程で選択的に強化されたのだ。軽挙妄動は致命傷の危険に繋《つな》がるものであったに違いない。

そのような祖先から進化したガニメアンたちが生来協調の精神に富み、非戦闘的であるとしたら、これ以上に当然なことがあるだろうか。彼らはいかなる形においても暴力的闘争を経験しなかったのだ。力によって競争を勝ち抜かなくてはならない場面はなかった。それ故、彼らは人類社会においては闘争本能の正常な表現として認められるであろう複雑な行動形態をついに身につけることがなかったのだ。だとしたら、ガニメアンにとって正常とはいかなる概念を意味するものであろうか。ハントは首を傾《かし》げないわけにはいかなかった。そんなハントの気持ちを読み取ったかのように、シローヒンはガニメアンの立場から一つの世界観を説明した。

「もう想像がつくことと思いますが、やがて文明が発祥すると、初期のガニメアン思想家たちは周囲の世界に観察の目を向けました。彼らは自然がその無限の叡知《えいち》によって、あらゆる生物に厳しい秩序を与えたことに目を見張りました。大地は植物を育てます。その植物を餌として動物が栄えます。ガニメアンはこれを、宇宙における自然の条理と受け取りました」

「神の摂理《せつり》と同じだな」バーの近くで誰かが言った。「まさに宗教哲学じゃないか」

「その通りです」シローヒンは声のしたほうに向き直って言った。「ガニメアン文明初期の時代には、宗教的な考え方が広く行き渡っていました。科学の考え方が浸透する以前には、ガニメアンは理解を超える事象に出会うと、それをある全知全能の存在の働きと考えました。あなたがたの神とほとんど同じです。古代哲学では、生物界を支配する自然の条理は、このすべてを超える知性の究極的な表現であると教えています。あなたがたは、たしか……神の意志と言うのでしたね」

「深海の底はちょっと事情が違うね」ハントが口を挟んだ。

「いえ、それもちゃんと秩序に従っているのです」シローヒンは言った。「古代の思想家たちは、罪と罰の観念でこれを説明しています。まだ歴史がはじまる前の大昔、海で絶対者の意志に背《そむ》く行為が犯されたのです。その罰として、違背者は永久に深海の闇の底に追放されて二度と再び太陽の光を見ることができなくなりました」

ダンチェッカーは顔を寄せてハントに耳打ちした。「失楽園にそっくりだね。この対比は面白いと思わないか？」

「うん……エデンの園はリンゴで、こっちはTボーン・ステーキか」ハントは低く呟いた。

シローヒンは話を中断してグラスをバーのほうへ押しやった。スチュワードが代わりを注いだ。地球人たちは黙りこくって、今彼女が話したことを頭の中で繰り返していた。シローヒンはやおら咽喉《のど》を潤して話を続けた。

「そんなわけで、ガニメアンにとって自然の完全なる調和は美の極致と言えるものだったのです。やがて、科学が発達してガニメアンは自分たちが生きている宇宙のことをしだいに深く知るようになりました。彼らは知識と技術には限界がないと信じて疑いませんでした。どんなに遠い星でも、知識と技術が自分たちをそこへ連れていってくれると考えたのです。そして、将来、無限の宇宙に飛び出していくようになったとしても、自然の法則はどこまでも宇宙を支配すると信じていました。そう信じないいかなる理由もなかったのですから。彼らは自然の条理にはずれた世界を、かりそめにも想像することはできませんでした」

彼女は地球人たちの顔から背後の心の動きを読み取ろうとするかのように、ゆっくりとあたりを見回した。

「腹蔵なく話せ、ということでしたね」彼女はひとこと言って思案した。「わたしたちは、ついに何世代にもわたって抱き続けてきた夢を実現しました。宇宙へ出かけていって、他の世界の驚異を発見することが、もう夢ではなくなったのです。ガニメアンはとうとう地球を訪れました。闘争とは無縁の牧歌的な世界に育って、他に生き方はないと信じて疑わなかったガニメアンが生存競争の修羅場である地球のジャングルに降り立ったのですからその驚きといったらありません。本当に打ちのめされたような気持ちでした。わたしたちは、地球を〈悪夢の惑星〉と名づけました」

12

ガニメアンの技術者たちは、ピットヘッドの地下の宇宙船から回収した部品で〈シャピアロン〉号の推進機構を修理することが可能であると発表し、その作業には三週間ないしは四週間を要するであろうと言った。ピットヘッドと本部の間を往復する連絡バスが開設され、ガニメアンと地球人は共同で作業に当たった。ガニメアンの技術者が修理作業の監督指揮を受け持ち、地球人は物資の輸送、重量物運搬、それに庶務管理を担当した。ＵＮＳＡの技術者集団は招かれて〈シャピアロン〉号の修理作業を見学した。ガニメアンの進んだ科学を目《ま》のあたりにし、その技術を支える原理について説明を受けて、彼らはまるで魔術に呪縛されたような気持ちを味わった。J5の核技術の権威と目されるある男が後につくづく述懐したところによれば「見習い鉛管工が核融合プラントに案内されたようなあんばい」であった。

宇宙船の修理が進む一方で、本部のUNSAの専門家集団はゾラックに地球のコンピュータ技術を特訓する計画を立ててこれを実行に移した。この訓練の成果は信号変換システムとインターフェイス方式の完成で、その大部はゾラック自身の設計にかかるものだった。これらのシステムによって、ガニメアン・コンピュータは本部基地の通信網に直結され、したがってJ5のコンピュータ・コンプレックスにも接続されることになった。ガニメアンはゾラックを介してJ5のデータ・バンクにおさめられている情報をいつでも好きな時に検索することができた。彼らにとって、J5のデータ・バンクはまさに情報の宝庫だった。異星人たちは飽くことを知らぬ探究心を示して、地球人の生活様式、歴史、地理、科学等に関する知識を貪欲《どんよく》に吸収した。

ある日、ガルヴェストンにあるUNSA作戦司令部ミッション・コントロール・センター通信室のスピーカーから突如耳馴《みみな》れぬ声が響きわたって、コントロール・センターは一時混乱に陥った。ゾラックのいたずらだった。ゾラックは地球向けの挨拶《あいさつ》を作文し、これを信号化して木星から地球へ発信されるレーザービームに密《ひそ》かに挿入したのである。

地球では当然、ガニメアンについてより多く知りたいという要求が高まって大騒ぎが持ち上がっていた。これを受けて、地球のテレビ・ネットワークのために記者会見を行ない、ガニメアンの代表団がJ5に同乗してきた科学者と報道陣の質問に応ずることになった。現地の会見場にも多数の傍聴者が押し寄せると予想され、ガニメデ基地にはそれだけの人数を収容する施設がないところから、記者会見を〈シャピアロン〉号上で行ないたいという申し入れをガニメアン側は快《こころよ》く了承した。ハントはピットヘッドから取って返して質問者の列に加わった。

地球人たちの最大の関心は〈シャピアロン〉号の設計の背景をなす概念と原理、なかんずくその推進機構の仕組みであった。質問に応えてガニメアンの技術者は、UNSAの科学者たちの理解は部分的に正しいが、すべてを解明し得てはいない、と前置きして機構の説明に努めた。宇宙船の心臓部である例の巨大なドーナツ環は、その内部の密閉された円形の空洞を小さなブラックホールが旋回するもので、それによって重力ポテンシャルが大きく変わり、局所的に強い時空の歪《ゆが》みが生ずるのは事実だが、その歪みが直ちに宇宙船を駆動するわけではない。ドーナツ環の中心に生ずる時空の歪みは、物質消滅点である。消滅する物質がそこに向かって誘導される焦点と考えてよい。質量とエネルギーの等価性の原理によって、ここに重力エネルギーが発生する。もっともこれは、質点に力が加わるという単純な古典的概念では捉えきれないことである。その効果をガニメアンは「言わば、宇宙船を取り囲む時空構造の変形《ストレス》……」と説明した。このストレス・ウェーブが宇宙船を抱き込んだまま空間を突き進むのだ。

　物質を自在に消滅させることができるというだけでも驚異だが、その結果として人工重力現象が得られるとは実に意想外の発見であった。しかも、それが宇宙の全域において進行している自然現象を制御する一つの技術にすぎないことを知らされるに至って、地球人たちはただ感嘆に声も失って天を仰ぐばかりだった。それというのも、物質消滅の過程こそ自然界における重力の起源に他ならぬからである。ありとあらゆる物質は絶えず崩壊を続けている。ただ、その速度はあまりにも遅い。この、任意の瞬間に消滅に向かっている僅《わず》かな素粒子が質量の重力効果をもたらすのである。消滅は常に極微の単発重力パルスを伴う。毎秒何百万回にも上るこのパルスの集積効果を巨視的に捉えるなら、それがすなわち見かけ上の安定した重力場である。故に、重力は質量のあるところに見出《みいだ》される静止的・受動的な事象ではなく、また特異な例外現象でもなく、物理学で扱うところのすべての場の現象と軌を一にするものと考えられる。重力は変化に比例する量であり、ここに言う変化とは、すなわち物質の質量欠損である。この理論と、人為的に物質崩壊を生起せしめてそのプロセスを制御する方法の発見を土台としてガニメアン重力工学技術は築き上げられた。

　この説明を聞いていあわせた地球科学者たちは驚天動地した。ハントは彼らの気持ちを代弁して尋ねた。粒子を思いのままに消滅させ得るとしたら、それは従来の基本的な物理法則、例えばエネルギー・運動量の保存の法則と矛盾する。この相反する考察はどう両立するのか。

　ところが、ガニメアン科学者に言わせれば、地球人が金科玉条としてきた基本的法則は、何一つ基本的ではないばかりか、土台、法則とすら呼ぶべきものではなかった。初期のニュートン力学と同様、そこでいう法則は近似的な説明にすぎず、より正確な理論モデルの発達や計測技術の進歩によってその不備は露呈する運命にあった。これは光の波動の精密な観察が古典物理学の限界を明らかにし、特殊相対性理論の確立を促した事情と同じである。ガニメアンはこの点をさらに明らかにするために具体的な例を引いた。一グラムの水が完全に消滅するには百億年以上の時間がかかる。現在の地球の科学技術ではとうていこれを実験的に確かめることはできないであろう。なるほど、その通りには違いない。しかし、ハントは先に触れた物理学の法則は依然有効であると思った。何となればそれらの法則の誤謬《ごびゅう》は事実上何ら現実に影響するものではないからだ。同様に、古典的ニュートン力学もまた日常の用を足すには充分であろう。相対性理論がより正確に現実を認識するものであるとしてもだ。ミネルヴァの科学の歴史もこれとまったく同じ変遷を辿《たど》ったのである。将来、地球の科学が充分に進歩した暁《あかつき》には、きっとガニメアンたちが経験した問題に遭遇するであろう。そして、彼らと同じ理論の筋道を経て、物理学の体系は根底に遡《さかのぼ》って再検討されるに違いない。

質疑はさらに発展して宇宙の寿命の問題におよんだ。もし、ガニメアンたちの言う通り、すべての物質が崩壊を続けるものならば、宇宙は進化するどころか、やがては存在し得なくなるのではないか、とハントは尋ねた。崩壊の速度がいかに遅々としていようと、宇宙の時間尺度では決して緩慢とは言えない。いずれは宇宙それ自体が消滅するはずである。ところが、宇宙は不滅である、とガニメアンは答えた。何となれば、宇宙の全域において物質は消滅すると同時に、一方で刻々に生成しているからである。消滅はもっぱら物質の内部で起こっている。それは密度が高い分だけその機会が多いということである。かくて、素粒子、星間雲、恒星、惑星、有機物質、そして生命、さらには知的生物とカオスの中からより高次の複雑なものを段階的に造り出していく進化の過程は完結した円環を形作っている。それは、言うなれば永遠の舞台であって、役者は入れ替わり立ち替わり登場しては消えてゆくが、舞台は決してなくならない。この舞台とそこで演じられるドラマを支えているのは、常により高い構造を目指す方向性を持った力である。宇宙は相反する二つの底流がぶつかり合って生じた渦のようなものである。一つは熱力学の第二法則に象徴される平衡状態に向かう増大の傾向であり、今一つは進化の原理であって、秩序の樹立によって局部的な可逆性をもたらそうとする動きである。ガニメアンの考え方からすれば、進化とは生物界にのみ適用される言葉ではない。星間プラズマから原子核が形成されることにはじまって、スーパーコンピュータを設計するという行為に至るまで、秩序の拡大をそのうちに含むすべての概念を包括する言葉なのである。この言葉によって与えられる視野の中では生命の発生も要するに宇宙の道程の一里塚《マイルストーン》の一つにすぎない。ガニメアンは進化の原理を、エントロピーの流れを溯る魚に譬《たと》えた。流れと魚はガニメアン宇宙の根底をなす二つの力を象徴している。進化がこれまでに辿った過程はそこに働いた選択の跡である。選択は確率の申し子である。つまるところ、宇宙とは統計の問題に還元されるのだ。

確率の気紛《きまぐ》れによって素粒子が生まれ、寿命を全《まっと》うして消え去った。粒子はどこからやってきてどこへ行ったのか？　この疑問は〈シャピアロン〉号がミネルヴァを出発した当時のガニメアン科学の最先端の情況を一言でつくすものであった。感覚によって認識される宇宙は、これを幾何学的一平面に譬えることができる。粒子は銀河宇宙の進化の歴史に寄与する途中でこの平面を通過する僅かの時間だけ観察されたのだ。しかるに、この平面はいかなる超宇宙の中に、どのような形で置かれているのだろうか？　淡く儚《はかな》い影と見えるもののより真実の姿はいかにして捉え得るだろうか？　ミネルヴァの科学者たちはこの秘密を解き明かそうとして探究の途に就《つ》いたのだ。彼らは銀河宇宙旅行実現のみならず、かつて想像もおよばなかった世界の扉を開く鍵を摑《つか》むことも夢ではないと確信していた。〈シャピアロン〉号の科学者たちは、彼らがミネルヴァを出発して後、数十年あるいは数世紀を経て、彼らの子孫がはたして何を学んだかに思いをめぐらせていた。一大文明の突然の消失は、彼らの夢想だにしなかった世界の発見に関連することであろうか？

記者団はミネルヴァ文明の人文的土壌に関心を抱いていた。とりわけ、日常の個人間および組織同士の商取引に彼らの関心は集中した。貨幣価値に基づく自由競争経済は競争心を持たぬガニメアンの社会では成り立つまいと思われた。だとすれば、異星人はこれに代わるいかなる制度によって個人と社会の関係を規定し、権利と義務を管理していたのか、と記者たちは尋ねた。

果たせるかな、ガニメアン社会では利潤という動機づけは不要であり、経済能力を維持する必要もないという答だった。この分野に関しても、精神構造や社会規範のかけ離れたガニメアンと自由に意思を通じ合うことはむずかしかった。地球社会では自明のこととされている行為や制度がガニメアンには理解できない例があまりにも多かったからである。人は誰しも、少なくとも自分が受け取る分に見合うものを社会に与えるべきであって、その確実を期するために何らかの監督手段が取られることが望ましい、という考え方がまずガニメアンには通じなかった。同様に、投入産出の評価基準が規定されるということもガニメアンには理解できなかった。彼らに言わせれば、投入産出比の適正値は個人差があり、自分なりに最も好ましい値を選ぶことは個人に認められた基本的権利であるはずだった。経済上の必要ないしはその他の規制によって、本来の適性や志望とは異なる生き方を人に押しつけることは、ガニメアンの目から見れば個人の自由と尊厳のはなはだしい冒瀆《ぼうとく》であった。そもそも、そのような原理の上に成り立たなくてはならない社会というものが彼らには想像もつかない様子だった。

それならば、社会の成員がことごとく義務や責任を逃れ、与えることはせず、ただ求めるばかりの寄生生活者になることを防ぐにはどうしたらいいか。もし、それを防ぐ手だてがなかったら、社会は存立し得ないではないか。そう問われてガニメアンたちはきょとんとした。何故そんなことが問題になるのか、と言いたげだった。彼らは答えて言った。社会の成員個個は当然、社会に貢献しようとする欲求を持っているはずである。この欲求の満足こそが真の生き甲斐《がい》というものである。他から必要とされているという自覚を、いったい誰が好んでふり捨てようとするだろうか？　この、他者の役に立ちたいという欲求がガニメアン社会では金銭欲に代わる動機づけである。自分が誰からも必要とされないと感じたらガニメアンは一日たりとも生きてはいられない。それはガニメアンの本性である。ガニメアンにとって、何も与えるものを持たず、社会の荷物になること以上に惨めな境遇はない。自ら進んでそのような立場を求めるとしたら、その者は異常とされ、精神分析医の治療を受けなくてはならない。彼は不幸にして障害を得た小児と同じであって、社会は彼を暖かく見守らなくてはならない。地球においてもこれは社会福祉の理想とされている。それを知るにつけても、ガニメアンはますます、ホモ・サピエンスがルナリアンから悲しむべき欠陥を承《う》け継いだという確信を深めるばかりである。そして、彼らは励ますような口ぶりで最後に一言つけたした。過去数十年の人類の歴史から推して、自然はゆっくりとではあるが、着実にその欠陥の補綴《ほてい》に向かっている。

記者会見が終わった時には、ハントは咽喉《のど》がからからだった。ゾラックに何か飲める場所はないかと尋ねると、ドアを出て廊下を少し右に行くと軽食と飲みものを供するラウンジがあるという。ハントはそこへ行ってGTBのコーク割を注文した。二つの文化の遭遇から生まれた最新流行で、これはたちまち両人種を席捲《せっけん》した。会見場では記者や技術者たちが係の指示で清涼飲料のディスペンシング・ユニットに群がっていた。

ハントは席を捜してあたりを見回した。ラウンジには地球人は彼一人だった。ちらほらとガニメアンの姿があったが、席はあらかた空いていた。ハントは人気のない小さなテーブルに腰を落ち着けた。ガニメアンの中には軽く会釈《えしゃく》する者もいたが、たいていはハントには見向きもしなかった。彼らの宇宙船を異星人が一人でうろつくこともはや珍しくはなくなっていた。テーブルに灰皿が出ているのを見て、ハントはポケットの煙草《たばこ》を探った。が、ふと手を止めて首を傾《かし》げた。ガニメアンは煙草を吸わない。彼はもう一度灰皿に目を凝《こ》らした。UNSAの支給品だった。彼はあたりを見回した。ほとんどのテーブルにUNSAの灰皿が出ていた。いつもながらガニメアンは手回しがいい。記者会見で地球人が大勢やってくることを見越して灰皿の用意までしてくれたのだ。ハントは感嘆の吐息を洩《も》らして首をふり、ふかふかした大きな椅子にゆっくりと寛《くつろ》いで頭の中を整理した。

ゾラックに言われるまでシローヒンがやってきたのに気づかなかった。ゾラックは彼女のための取っておきの声でハントに呼びかけた。「あら、ハント先生じゃありません？　こんにちは」

ハントは顔を上げてはじめて彼女を認め、丁寧に挨拶して、空いた席を勧めた。シローヒンは腰を下ろして飲みものをテーブルに置いた。

「考えることは同じですね」彼女は言った。「記者会見というのは咽喉が渇く仕事だこと」

「ああ、まったくだ」

「ところで、御感想は？」

「実に面白かったよ。みんな大喜びだ……地球では、これでまた喧々囂々《けんけんごうごう》だろう」

シローヒンはちょっと躊躇《ためら》うそぶりを見せて言った。「モンチャーは少し言葉が過ぎたのではないかしら……地球人の生き方や価値観をあからさまに批判する発言をしましたし。それから、例えばルナリアンについての発言も……」

ハントは煙草を一服する間にざっと会見の模様をふり返った。

「いや、そんなことはないよ。あれがガニメアンのものの観方だとしたら、ざっくばらんに言ってくれたのはいいことだ。わたしに言わせれば、もっと早くに誰かが言って然《しか》るべきことだったんだ。それにはガニメアンの口を借りるのが一番だ。これで地球人も少し真面目に考えるようになるだろう。いずれにせよ、言ってくれてよかったのだよ」

「それならいいんですけど」シローヒンは明らかにほっとした様子だった。「ちょっと気懸かりだったものですから」

「その点は誰も気にしていないと思うよ」ハントは言った。「少なくとも、科学者たちは何とも思っていない。そんなことより、物理学の法則が目の前で否定されたことのほうが彼らにとっては大問題だよ。これがどんなに衝撃だったか、きみたちには想像できないのではないかな。わたしらが究極の真理と確信してきたことを、ふり出しに戻って考え直さなくてはならない羽目になったのだからね。わたしらは科学の歴史にほんの何ページか新しいことを書き加えるという気持ちだった。ところが、今となっては歴史そのものを全面的に書き改めなくてはならないんだ」

「たしかに、それはおっしゃる通りですわね」シローヒンはうなずいた。「でも、ガニメアンの科学史と同じところまで溯ることはないんじゃありません？」彼女はハントの目の奥に揺れる関心の色を見逃さなかった。「ええ、そうですよ、ハント先生。わたしたちガニメアンもまったく同じ体験をしたんです。相対性理論や量子力学の発見によって、それ以前の古典的な考え方は根底から覆されてしまいました。地球でも、二十世紀初頭にそれと同じことが起きていますね。それから、さっきの会見で話題になったようなことが次々に実証されて、ガニメアンの科学は大きく前進しました。でも、そこに至るまでは一時非常な混乱を経ています。相対性理論の一大転機を生き延びた概念がここで完全に否定されたんですからね。わたしたち、頭に染み込んでいた考え方をすっかり変えなくてはなりませんでした」

彼女はハントの顔を覗《のぞ》き込み、ガニメアン特有の、どうしようもない、という仕種《しぐさ》をしてみせた。「わたしたちが現われなくても、地球の科学はいずれ同じところへ行きついたはずです。それも、わたしの判断に違いがなければ、そう遠い将来のことではありませんね。おまけに、あなたがたは最悪の事態を避けることができます。というのは、現にこうしてわたしたちがそこで出会うはずの体験を前例として披露しているんですから。おそらく、五十年後にはあなたがたもこの〈シャピアロン〉のような宇宙船を乗り回しているのではないかしら」

「さあて、それはどうかな」ハントはどこか遠くを眺める目つきで言った。想像し難《がた》いことだったが、しかし、航空術の歴史を考えてみればあり得ないことではない。一九二〇年代の植民地が五十年後には独立国家として自前のジェット戦闘機を持つようになろうとは、当時どれだけの人間が考えていたろうか。その同じ五十年の間に、木製の複葉機からアポロまでの進歩が達成されるとは、はたしてどれほどのアメリカ人が予想したろうか。

「それから先はどうなるのかな?」ハントは半ば自分に向かって低く言った。「行きついた向こうにはまた科学の変転が待ち構えているのかな……きみたちガニメアンの進んだ知識をもってしても予測できないような」

「それは何とも言えないんじゃありません?」シローヒンは言った。「わたしは、わたしたちがミネルヴァを出発した当時、ガニメアンの科学がどこまで到達していたかをざっとお話ししたわけですけれど、その後どうなったかは知る由《よし》もありません。たしかにわたしたちの知識は進んでいます。でも、だからといってわたしたちが何もかも知りつくしていると考えるのは間違いです。ガニメデへ来てからだって、わたしたちがびっくりするようなことが多多ありました。わたしたちはあなたがた地球人からずいぶん新しいことを教えられています」

これはハントにとって初耳だった。

「どういうことかな?」関心をそそられて彼は尋ねた。「わたしらが何を教えたって?」

シローヒンは飲みものをゆっくりと口へ運びながら考えをまとめた。「たとえば、肉食動物の問題があります。ご存じの通り、ミネルヴァには一部の深海を除いて肉食動物はいませんでした。肉食動物は科学者が専門の立場から興味を抱くことはあっても、一般のガニメアンは考えたくもない存在でした」

「ああ、それは前に聞いた」

「ガニメアンの生物学者は当然、進化のメカニズムを解明して、自分たちの進化の歴史を再構築しました。これも前にお話ししましたが、一般のガニメアンの思想は神の摂理《せつり》と言ってもいい自然界の秩序の概念に支配されていました。でも、科学者はそこにある偶然の働きを見出しました。純粋に科学的な立場から、彼らは自分たちを取り巻く世界を眺めて、必ずしもそのあり方が唯一絶対だとは言いきれないことに思い至ったのです。そこで、彼らは別の世界を仮想してみました。例えば、肉食魚類が深海へ移動せずに沿岸の浅い海に留まったら、はたして世界はどう変わっていたろうか、と考えたのです」

「つまり、肉食の両棲類《りょうせいるい》や陸棲動物が進化したらどうなったろうか、ということだね？」

「その通りです。科学者の一部には、ミネルヴァがあのような形を取ったのはまったく運命の気紛れで、絶対者の意志などというものは関係ないのだという主張があったのです。そこで、彼らは仮説モデルを作って、肉食類を含めたエコロジーのシステムを研究しはじめました。……もっとも、これはどちらかと言えば学術的な演習という意味あいの強い作業だったと思いますけれども」

「ほう、面白いね。で、どうなったね？」

「それが、まったく格好になりませんでした」シローヒンは力を込めて言った。「どのモデルも、全系統で進化の速度が鈍って、深海におけると同様、やがては停滞して行き詰まってしまうという予測になったのです。海中の環境に規定される制限要因を彼らは識別し得ずに、その結果を自然本来の破滅指向性に起因するものと考えました。はじめて地球を訪れたガニメアンたちが、そこで彼らの仮想した陸上型のエコロジーが機能しているのを見てどれほど驚いたかは言うまでもありません。非常に分化の進んだ動物の姿に彼らは目を見張りました。

中でもとりわけ彼らを驚かせたのは鳥類です。動物があのような形態を持ち得るとは、ガニメアンは夢にも考えたことがなかったのです。こうお話しすれば、ピットヘッドで動物を見せられた時わたしたちが何故あんなにびっくりしたかおわかりでしょう。もちろん、知識はありましたが、本当の姿を目の前にしたのははじめてだったのです」

ハントはゆっくりうなずいた。ようやくシローヒンの言うことが呑み込めてきた。ダンチェッカーの漫画に囲まれて育ったガニメアンたちにしてみれば、四本の牙を持つ歩く戦車トリロフォドンや剣のような歯を持つ殺戮《さつりく》機械スミロドンはさぞかし脅威に感じられたことだろう。それらの猛者《もさ》を生み育てた熾烈《しれつ》な闘技場をガニメアンたちははたしてどのように思い描いていたのだろうか。

「それで、急遽《きゆうきよ》それまでの発想を改めなくてはならないことになったのだね」

「そうなんです……地球の現実に即して理論を立て直した上で、彼らはまったく別の新しいモデルを作りました。でも、それもやっぱり失敗に終わりました」

ハントは思わず小さく笑った。

「ほう。今度はどこで間違ったのかな?」

「あなたがたの技術文明の水準です」シローヒンは言った。「ガニメアンの科学者たちは、二千五百万年前の地球生物の行動形態から文明人は断じて進化し得ないと考えていました。あのような環境から知的生物が出現して種として定着することはあり得ないし、仮にそうなったとしても、今度は力を蓄える途端に自滅の道を辿るに違いない、というのが定説でした。

いかなる形にせよ、社会生活あるいは共同体というものは考えられません。知識の獲得は意思の交換と協力に依存するものですが、共同社会の成り立たないところでは科学の進歩は望めません」

「にもかかわらず、地球には技術文明が発達した」

「まさに驚異としか言いようがありません」シローヒンは面食らったように言った。「ガニメアンの科学者が検討したモデルでは、中新世《ちゅうしんせい》の地球動物がより高度な知的生物に向かうとすれば、それは狡猾《こうかつ》で陰険な暴力手段を身につけた者が選ばれて生き延びるということでしかありません。そのような背景から統一の取れた文明が発達するとは考えられないのです。にもかかわらず……わたしたちが太陽系に帰ってみると、そこに高度な技術文明を持つ社会が育っているばかりか、技術は加速度的に進歩しつつあったのですから、わたしたちは目を疑わずにはいられませんでした。そんなわけで、あなたがたが太陽系第三の惑星の住民だと納得するまでにはずいぶん時間がかかりました。なにしろ、悪夢の惑星ですから」

ハントは何だか馬鹿におだてられているような気がした。しかし、同時に地球はガニメアンの予言が今一歩で適中するところまで行った事実を思わずにはいられなかった。

「しかし、ガニメアンの考え方は当たらずといえども遠からずではないかね」彼は真顔で言った。「ルナリアンの例もあることだし。彼らは、きみの話のモデルが予測した通りの経過で自滅したのだよ。もっとも、彼らはガニメアンの予測を遥かに超えて高い水準に達していたようだがね。ルナリアンは滅びたけれども、僅かに一摑《ひとつか》みの生存者が残った。その結果、今わたしらがこうしてここにいるわけだ。彼らは百万に一つの可能性に賭けたのだね」ハントは頭をふって煙草の烟《けむり》を鋭く吐いた。「そのモデルの予測は遺憾《いかん》とするべきものではないな。少なくとも、わたしは予測がほぼ事実に近いと思う。それを考えるとひやりとさせられるね。正確な予測だよ。ルナリアンの性格を決定したものが何であったかはともかく、その因子が長い間に変化して稀釈《きしやく》されたからいいようなものの、そうでなかったら、わたしらもルナリアンの二の舞を演ずることになって、ガニメアンの予測はますます正しかったことにもなりかねない。幸いにして、すでにわたしらはその危機を乗り越えたがね」

「そこが何よりも信じられないところなんです」シローヒンはすかさず核心に触れた。「わたしたちが、とうてい乗り越えられない障害となるに違いないと予測した、まさにそのことがあなたがた地球人の最大の利点になったのです」

「何が言いたいのかな？」

「攻撃性です。強い意志……自分たちを滅ぼそうとするものを頑《がん》として拒む姿勢です。それが地球人の基本的な性格を決定しています。祖先から承け継いだ性格の名残《なご》りですが、さらに選択的に強化されつつ、欠陥が長所に変換されていったのです。その性格の原点は種の起源に溯るのです。地球人はそうは思わないかもしれませんが、わたしたちガニメアンにはそれがわかります。わたしたち、本当に目を見張りました。この驚きがおわかりですか。わたしたちには想像もつかない成り行きだったのです」

「ダンチェッカーも似たようなことを言っていたな」ハントは口の中で呟《つぶや》いたが、シローヒンはそれも耳に入らぬ様子でなおも続けた。

「わたしたちガニメアンは何事によらず、本能的に危険を避けようとします。種族として持って生まれた性格ですから。わたしたちは、間違っても進んで危険を求めることはありません。ガニメアンは用心深いのです。それが、地球人ときたら……。山登りをするし、小さな帆船で単独惑星周航をするし、飛行機から飛び降りる遊びさえありますね。地球人はよくゲームということをしますが、それはいずれも模擬戦闘ですね。あなたがたのいわゆる〈ビジネス〉は進化の過程で繰り返された生存競争の再現です。覇権抗争の一形態です。政治は力の論理の上に成り立っています。力の均衡によって対等の関係を保つという考え方ですね」

彼女はちょっと間を置いてから、さらに言葉を続けた。「それはガニメアンがまったく知らなかった世界なのです。一つの種族が脅威に対して敢然と立ち向かうということは、ガニメアンにとっては信じられないことです。わたしたち、あなたがたの惑星の歴史をざっと勉強しましたが、まさに恐怖の連続と言うしかありませんでした。でも、それだけではないのです。表面に現われた事実の奥に、何か深く心を打つものをわたしたちは感じました。人類が直面した困難は並たいていのものではありませんでした。でも、人類は常にその困難と闘って、最後には見事に打ち勝ってきました。正直に言って、わたしたちの目にはそれが何やら極めて重要な意味を含むことのように映るのです」

「どうしてまた？」ハントは問い返した。「ガニメアンは何故、わたしら地球人が特異な利点を持っていると思うのかね？　環境や歴史が違うのだから、それを特異とするには当たらないのではないかな。ガニメアンだって同じところに到達している……いや、それより遥か先をいっているじゃあないか」

「わたしたちが驚いているのは、人類がここまで来るのに要した時間ですよ」彼女は言った。

「時間？」

「進歩の速さです。まさにめまぐるしいまでの速さではありませんか。地球人は自分でそう思いませんか？　ええ、思わないでしょうね。思うはずがありませんものね」彼女は言葉を捜す目つきでハントの顔を覗いた。「人類が蒸気を動力として利用するようになったのはいつですか？　はじめて空を飛んでから、七十年足らずで人類は月面に立ちましたね。トランジスタが発明されて、僅か二十年後には地球の半分がコンピュータで制御されて……」

「ミネルヴァにくらべて、そんなに違うかね？」

「違うどころか。まさに奇蹟《きせき》です。地球にくらべたら、わたしたちの進歩なんて、まるでお話にならないくらい遅々たるものですわ。しかも、地球の進歩はますます加速度が増しているじゃあありませんか。それは地球人が邪魔者に対して示すあの本能的な攻撃性を自然に向けてぶちまけるからです。人類は、今ではもう互いに傷つけ合ったり、爆弾で都市を破壊したりしません。でも、あの攻撃本能は科学者や技術者の中に生きています。企業家や政治家も同じです。地球人は激しい闘いを好むのです。相手が強大であれば、それだけ闘志を燃やします。それがガニメアンと地球人の違いです。ガニメアンは知識を得ることそれ自体を目的に学びます。問題の解決はその副産物です。ところが地球人は問題に立ち向かうことが先です。問題が解決されてはじめて何かを学んだという意識を持つのです。でも、地球人がそこで求めるのは闘いの興奮です。地球人にとっては勝つことに意味があるのです。昨日、ガルースと話していたら、彼はうまいことを言いました。地球人はよく神の名を口にするけれど、本当に信じていると思うか、とわたし、尋ねたんです。ガルースは何と言ったと思います?」

「何と言ったかね?」

「自分たちが造り出したものなら信じるはずだ、って」

ハントは苦笑を禁じ得なかった。ガルースはさぞかし答に窮したことであろう。しかし、その言葉には地球人に対する讃嘆が込められている。口を開きかけるところへ、イヤフォーンからゾラックの声が流れてきた。

「ちょっと失礼、ハント先生」

「何かね?」

「ブルコフ曹長が通話を求めていますが、受けますか?」

「ちょっと待って」ハントはシローヒンに断った。「ああ、繋《つな》いでくれ」

「ハント先生」UNSAのパイロットの声が、まるで面と向かって話しているようにきれいに聞こえてきた。

「ああ」

「お邪魔して申し訳ありませんが、今ピットヘッドへ帰る人員の割りふりをしていましてね。

輸送船は今から三十分後に出ますが、二つばかり席が空いています。一時間後にガニメアンの船が出るのでそっちへ便乗することもできます。どちらになさいますか？」

「ガニメアンの船で行くのは誰だ？」

「さあてね、今ここに集まっていますが。さっき記者会見のあった大きな部屋です」

「映像を送ってくれないか」ハントは言った。

リスト・ユニットのスイッチを押すと、ブルコフのヘッドバンドが捉えた映像がスクリーンに出た。知った顔が並んでいた。大半はピットヘッドの研究室要員だった。カリザンもいる。フランク・タワーズの顔も見えた。

「ありがとう」ハントは言った。「わたしは後の便にしよう」

「了解……ああ、ちょっと待って下さい」背後でざわざわする気配があって、ブルコフの声が返ってきた。「先生はどこにいるのかって、皆騒いでますが」

「バーを見つけてね」

またざわめきが伝わった。

「どこです、そのバーっていうのは？」

「いいか、そこの壁に向かって立ってごらん」ハントは道順を教えた。「それをずっと左へ行って……ああ、もうちょい……」スクリーンの画が横へ移動した。「そこだ。そこのドアを出るんだ」

「これですね」

「出たら右へ来るんだ。一本道だからすぐわかる。飲みものは店のおごりだよ。ゾラックに注文すればいい」

「了解。皆、すぐそっちへ行くと言ってます。以上」

「チャンネル遮断」ゾラックが言った。

「どうも失礼」ハントはシローヒンに向き直った。「仲間が増えることになったよ」

「地球人ですか？」

「北部から呑兵衛どもが押し寄せてくる。ここを教えたのは失敗だったかな」

シローヒンは笑った。今ではハントもガニメアンの笑い声を聞き分けられるようになっている。と、彼女はまた生真面目な態度に戻った。「先生は地球人の中でも特に冷静で、合理的な考え方をなさるようにお見受けしましたけれど、実は今まで話さずにいたことがあるのです。というのは、地球人がどう受け取るか、いささか心配だったものですから。でも、この席でならお話ししてもいいように思います」

「どうぞ」ハントは言った。何ごとかはいざ知らず、パイロットと交信している間、彼女は思案をめぐらせていたに違いない。シローヒンの態度はそれまでといくらか変わっていた。彼女はその話を決して極秘と断りはしなかったが、与えられた情報をどう扱うかは明らかにハントの分別に委ねられていた。地球人については彼のほうがよく知っている。

「かつてたった一度だけ、ガニメアンは故意に暴力に訴えようとしたことがあるのです。意識的に生命の破壊を試みようとしたのです」

ハントは黙って先を待った。どう受け答えするのが妥当であるか判断しかねることだった。

「ミネルヴァが抱えていた問題についてはご存じですね」彼女は続けた。「例の、二酸化炭素濃度の上昇です。問題が表面化すると、すぐに一つの解決策が提案されました。面倒なことはない、別の惑星へ移住しよう、というわけです。ですが、当時はまだ〈シャピアロン〉のような宇宙船はありませんでしたから、別の恒星系へ出かけることはできません。当然、太陽系に移住先を求めるしかありませんでした。となると、ミネルヴァの他に生命を維持し得る惑星は一つしかありません」

ハントは面食らった。彼女の言わんとするところがすぐには呑み込めなかった。

「地球だね」彼は小さく肩をすくめて言った。

「そうです。地球です。ガニメアンは大挙して地球へ移住すればいいと考えました。そこで、すでにご承知のように、まず遠征隊を派遣して地球の環境を調査することになりました。遠征隊が詳しい報告を送ってよこすにつれて、ミネルヴァ問題の解決は容易でないことが明らかになりました。地球の苛酷《かこく》な環境ではガニメアンはとうてい生きてはいかれません」

「で、その考え方は捨てられた……？」ハントは先回りして言った。

「いえ……すっかり諦めたわけではありません。地球のエコロジーとその一部をなす動物が大方のガニメアンの目には非常に不自然なものと映りました。生物界の本来あるべき姿ではないと思われたのです。それは、あたかも宇宙の瑕瑾《きず》か汚れのようなものでした。これさえなければ、宇宙は完璧なものであるはずです」

ハントは彼女の話がどこに向かっているかに気づいて愕然《がくぜん》とした。

「惑星から病害を駆除すべきだ、という提案が出されました。地球動物を撲滅して、そのあとへミネルヴァの生きものを送り込もうという考え方です。この提案の支持者たちは、要するにこれは地球のルールで勝負することに他ならないのだ、と主張しました」

ハントは驚きのあまり声もなかった。どう考えても、ガニメアンが現実にそのような過激な手段を発想し得たとは信じ難《がた》いことだった。ハントの心を読み取ったかのように、シローヒンは言葉を続けた。

「ガニメアンの大半が、この提案に反対しました。反対というより、生理的に拒否したのです。反対派は一歩も譲りませんでした。本来の性質から言っても、とても承服できないことです。大衆は抗議行動に出ましたが、おそらく、この時の運動の激しさはガニメアンの歴史上空前絶後でしょう。

「とはいうものの、放っておけばミネルヴァが居住不能の世界になることは目に見えています。政府はその責任においてあらゆる対応策を検討することにしました。そこで、秘密裡《ひみつり》に地球に小規模な植民地を建設して、限られた場所で実験生活を試みることになったのです」

シローヒンはハントが質問を挟《はさ》もうとするのを手を上げて制した。「植民地が地球上のどこに作られたかについては勘弁して下さい。どのような実験が企てられたかもお尋ね下さいませんように。この話をこうして口にするだけでもわたしはとても苦しいのですから。とにかく、結果的にはこれが大失敗に終わったということだけを知っていただきたいのです。実験のせいで、ある地方ではエコロジーが完全に破壊されて、あなたがたが漸新世《ぜんしんせい》と呼んでいる時代の地球動物の多くが絶滅しました。また、ある実験の影響は、現在なお砂漠という形で地球上に痕跡を留めています」

ハントは返すべき言葉を知らなかった。沈黙を守るしかなかった。シローヒンの話は、その目的や方途を聞くだけなら特に驚くには値しない。人間社会では珍しいことではない。むしろ、あまりにも思いがけないことだった故にハントの驚愕は大きかったのだ。彼にとって、それは未知の事実に触れた驚き以外の何ものでもない。しかし、ガニメアンにとっては、その失敗は癒《いや》し難い傷であるらしかった。

ハントが激しい感情の動きを示さないと知って、シローヒンは安堵《あんど》した様子でさらに言った。「植民地の住民が受けた心理的効果もまた惨めなものであったことは言うまでもありません。この悲しむべき企ては密《ひそ》かに打ち切られて、数ある歴史の愚かしいエピソードの一つとして葬られることになったのです。わたしはできることなら早くこのことを忘れてしまいたいと思っています」

笑い声の混じったざわめきが廊下を近づいてきた。目が覚めたようにふり返ろうとするハントの腕を、シローヒンはそっと押さえて今一度自分のほうに注意を引き止めた。

「ハント先生、わたしたちは、本当はこのことがあるので漸新世時代の地球や動物の話をするのが辛いのです」

13

〈シャピアロン〉号の修理が完了すると、ガニメアン一行は太陽系外辺に試験飛行に出かけることになった。約一週間の予定であった。

科学者、技術者、それにUNSAの将兵らはピットヘッドの食堂に詰めかけ、本部基地から中継される〈シャピアロン〉号出発の模様を壁面の大型スクリーンで見物した。ハントはカリザンとタワーズと後ろの隅のテーブルでコーヒーを飲んでいた。秒読みが進むにつれてざわめきは静まり、期待に満ちた空気が室内を覆った。

「UNSA全舟艇撤退完了。定刻に出発されたし」本部の管制官の声がスピーカーから流れた。

「了解」耳馴《みみな》れたゾラックの声が応答した。「上昇前点検異常なし。これより上昇。それでは地球人の皆さん、一週間後に、また会う日まで《オ・ルヴォワール》」

「成功を祈る」

尾部を引き揚げてハッチを閉じた巨塔はなお数秒間静止状態を保った。前景に無秩序に拡がった基地の施設と際立った対照を見せて、空に聳《そび》える宇宙船の威容は圧倒的と言うに相応《ふさわ》しかった。やがて、〈シャピアロン〉号はゆっくりと、滑らかに上昇しはじめた。無数の星をちりばめた果て知れぬ空間に向かう宇宙船を追ってカメラは仰角に変わり、やがて氷の地平線が画面の下へ切れた。それを合図のように、宇宙船は急速に小さく遠ざかっていった。角度の変化は加速の大きさを物語っていた。

「おい、見ろよ、あの飛び方を」本部で叫ぶ声が伝わってきた。「まだレーダーの視野に入っているか、J5？」

「消し飛ぶっていうのはまさにこれだな」別の声が応えた。「だいぶ霞《かす》んできた……映像が流れはじめたな。もう、メイン・ドライヴで飛んでいるんだ……ストレス・フィールドがエコーを乱しているんだな、きっと。光学スキャナーの像も歪《ゆが》みだした……やった！　消えたぞ。もう影も形も見えない。こいつは凄《すご》い！」

あっと言う間のことだった。ピットヘッドの静まり返った食堂のあちこちに低い驚嘆の口笛が走った。それをきっかけにざわめきが拡がり、やがて脹《ふく》れ上がって室内にいつもの喧噪《けんそう》が甦《よみがえ》った。スクリーンの画像はもとの本部基地に戻った。背景に聳えたつ宇宙船がなくなった今、その風景はぽっかり穴が開いたようだった。ほんの短い期間起居を共にしただけであったにもかかわらず、巨人たちは基地の生活に溶け込み、彼らのいない基地はまるで隙間風が吹くような感じになっていた。

「さて、わたしはもう行くよ」ハントは腰を上げた。「クリスが何か話したいことがあるそうなのでね。あとでまた会おう」

技術屋二人はテーブルから彼を見上げた。

「ああ、またな」

「じゃあな、ヴィック」

ドアへ向かいながらハントは、このピットヘッドもやはりガニメアンの姿がないと何かそぐわない感じになっていることに気づいた。ガニメアンたちが一人残らずテスト・フライトに参加しなくてはならないというのは不思議でなくもなかったが、もっとも、それは地球人がとやかく言うべき筋ではない。ゾラックと接触が絶えたことも、やけに勝手が違う心持ちだった。その自覚はなかったが、彼はゾラックを介してガニメアンや遠く離れた誰彼と直接言葉を交わし、夜昼の別なく好きな時に好きな場所でこの大頭脳と対話することにすっかり馴れっこになっていたのだ。ゾラックはいつしか彼にとって、案内人と教師と相談役、それに茶飲み友だちを兼ねる存在になっていた。常に傍《そば》にいて決して裏切られることのない親友であった。ゾラックと接触を絶たれて、ハントは急に激しい孤独感に襲われた。ガニメデにゾラックと接触を保つ中継装置を残していってくれてもよかったのではなかろうか。もっとも〈シャピアロン〉号の超光速のせいで相対的に時間は遅滞し、飛距離が伸びればその差は開く一方だから、いずれ正常なコミュニケーションは成立し得なくなるであろう。長い一週間になりそうだ、とハントは密《ひそ》かに覚悟した。

ダンチェッカーは研究室でミネルヴァ植物の手入れに余念がなかった。植物は盛大に繁茂して、今では廊下にはみ出すまでになっていた。ダンチェッカーの話というのは、ガニメアンの登場以前にハントと共同で打ち立てたミネルヴァ陸棲《りくせい》動物の二酸化炭素に対する耐性の理論に関することだった。耐性の低い特性は化学代謝機構と共にガニメアンと共通の祖先である海洋生物からすべての陸棲動物に承《う》け継がれたものである、と彼らは推断したのだが、ゾラックを介して何人ものガニメアン科学者と議論した結果、ダンチェッカーはその考えが間違いであることを確信するに至っていた。

「それどころか、ミネルヴァにいよいよ陸棲動物が出現した時には、すでにその動物たちはこの二酸化炭素濃度の高い惑星大気に見事に適応する体の仕組みを持っていたんだよ。それが後思案の便利とでも言うか、実に単純明快、そのものずばりの進化だったのだね」ダンチェッカーは茂った葉を掻《か》き分ける手を止めてふり返り、ハントがその言葉を胸におさめるのを待った。ハントは丸椅子に軽く腰を乗せ、傍の実験台に片肘《かたひじ》を突いて黙って耳を傾けていた。

「ミネルヴァの動物は循環器の負担を軽くする、第二循環器系統を持つようになったんだ」ダンチェッカーは話を続けた。「これは、最初は体内の老廃物や毒素を除去するためのシステムだった。そのためにはお誂《あつら》え向きの、出来合いの構造だったのだよ」

ハントは思案をめぐらせながら顎をさすった。

「要するに……」ややあって彼は言った。「陸棲動物が祖先から低い耐性を承け継いだと考えるのは大きな見当違いだったわけだ……曲論だな」

「曲論だ」

「で、その特質は定着したんだろう？　つまり、その後に現われた動物は種類を問わずその機構を持っていた……ミネルヴァの動物はちゃんと環境に適応していたんだな？」

「そうだとも。完璧に適応していた」

「しかし、どうもよくわからんなあ」ハントは眉を寄せた。「今の話が本当だとすれば、ガニメアンは二酸化炭素に対して耐性が高いはずだろう。それなら何も問題はなかったろうに。ところが現に彼らは二酸化炭素が命にかかわる問題だったと言ってるんだ。これはどういうことだ？」

ダンチェッカーは向き直り、白衣に両の掌《てのひら》を擦りつけると歯を見せて笑った。

「承け継いだのだよ……耐性のメカニズムをね。にもかかわらず、彼らは問題に直面した。実はね、これは自然の問題ではない。極めて人為的に招来されたことなんだ。ガニメアンは自らそれを手繰《たぐ》り寄せた。ずっと後世のことだがね」

「クリス、何の話だかさっぱりわからんよ。はじめから、順を追って話してくれないか」

「いいだろう」ダンチェッカーは手にした器具を拭《ぬぐ》って戸棚の抽斗《ひきだし》にしまいながら話しはじめた。「今も言ったように、ミネルヴァの陸棲動物はいずれも登場した時すでに第二循環器を備えていた。これがために毒を持って、餌食になることから身を守ったし、二酸化炭素濃度の高い大気にもよく適応したのだね。そんなわけで、地球にくらべてはるかに二酸化炭素の多いミネルヴァで、動物は大いに繁殖した。完全な適応の例をわれわれはここに見るわけだけれども、自然の働きというのはそうしたものだよ。それから数億年下って、知的生物が原始ガニメアンの姿を取って登場した。彼らも体の基本的構造は、祖先から承け継いだまま、本質的には変化していなかった。ここまではいいね？」

「やっぱり毒を持っていて、環境によく適応していた、ということか」ハントは言った。

「その通り」

「で、それからどうした？」

「ここで実に興味深い出来事が起こったのだよ。ガニメアン原人は、すべて文明が必ず通過するであろう段階を一歩一歩着実に踏まえて進歩したに違いない。道具を作ることを覚え、農耕技術を身につけ、住居を建て……というふうにね。ところが、そうやって文化が興ってくる頃になると、遙か昔の海洋生物から、肉食類に対する保身のために伝えられた体内の仕組みが、かえって非常に厄介な障害に変わってきたのだよ。すでに、身のまわりには肉食類の脅威はない。この先もそういう相手が現われる心配はまずなさそうだ。反面、自分が毒を持っているために怪我《けが》に弱いということが、ガニメアンにとってはどうしようもない欠陥でしかなくなった」ダンチェッカーは第二関節に小さく絆創膏《ばんそうこう》を巻いた人差指を立てて見せた。「昨日、メスで切ってしまったのだがね、その当時のガニメアンだったら一時間ともたずに死んでいるところだよ」

「ああ、それはもうわかったよ」ハントはうなずいた。「しかし、ガニメアンとしてもそればっかりはどうにも仕方がなかったろう」

「今話している時代……古代文明初期の頃だけれども、ガニメアンの祖先は第二循環器に蓄積した毒素がある種の植物と菌類を摂取することで中和されることを発見したんだ。これはね、普通だったら死んでしまうような怪我をしても平気でいる珍しい動物が何種類かいて、その習性を観察してわかったことなのだよ。この小さな一歩が、ガニメアンにとってはおそらく最も記念すべき一大飛躍だった。何しろ知性の高い彼らのことだからね、怪我で死なない方法を発見したことによって彼らは事実上ミネルヴァの生物界の支配権を獲得したんだ。例えば、これがきっかけで医学の開かずの扉が開かれた。自家中毒の危険から解放されたために、手術が可能になったのだよ。さらに時代が進むと、彼らは薬物ではなしに、極めて簡単な外科手術を施すことによって第二循環器の毒物を永久に中和する方法を開発した。ガニメアンの世界では生後直ちにこの手術をすることが普通になったのだね。しかも、彼らはそこで止《や》めようとはしなかった。あらゆる技術が現在の地球より進んだ段階に達すると、彼らは遺伝子から第二循環器を作り出す情報を消去して、胎児の時にすでにしてこの器官が分化しないようにしてしまった。ガニメアンは祖先とは文字通り断絶した新しい体質を人工的に作り出したわけだよ。だから、今わたしらが付き合っているガニメアンたちは全部が全部、生まれながらにして第二循環器を持っていない。数代前あたりからもうそういうふうになっていたようだね。実に水際立ったやり方だと思わないか？」

「驚いたね」ハントは嘆声を発した。「わたしはまだそういう話をする機会がなくてね……今までのところは」

「いや、大したものだよ」ダンチェッカーは一人でしきりにうなずいた。「彼らは超一流の遺伝子工学技術者だよ。われらが盟友ガニメアンはね……超一流だ」

ハントはふと思いついて指を鳴らした。

「しかしねえ、そうやって遺伝子をいじくったせいで、彼らは二酸化炭素に対する耐性を失ったわけだろう」

「そこだよ、ヴィック。ミネルヴァの動物はどれもみな耐性が高い。ガニメアンだけが例外になってしまった。怪我に強くなった代償だよ」

「それにしても、どうしてそんなことをしたのかな?」ハントはまた眉を寄せた。「方法としては理解できるがね、しかし、現実にその手段を取って危険を招いたというのはガニメアンにしてはあるまじきことじゃあないか。二酸化炭素に対する耐性は本来必要だったはずだろう。必要だからこそ第二循環器が発達したんじゃあないか。ガニメアンがそれを考えなかったはずはないよ。彼らはそんな馬鹿じゃあない」

ダンチェッカーはハントが次に言おうとしていることはもうわかっているとばかり、心得顔にうなずいた。

「当時はその点が、わたしらが考えるほど自明のことではなかったのではないかな。地球の例からも言えることだけれども、ミネルヴァの大気の組成は時代によってかなり変動しているのだよ。各分野の研究から、ガニメアンは陸棲動物が登場した時代に火山活動が最盛期にあったことを確認したんだ。したがって、その頃、二酸化炭素濃度は最も高かった。だから初期の動物は高い耐性を持っていたのだよ。ところが、時間とともに大気中の二酸化炭素濃度は目に見えて下降線を辿《たど》った。そうして、ガニメアンの時代に入って安定したと考えられていたのだね。ガニメアンは、第二循環器は遠い祖先から伝わった遺物であって、もうそれを必要とする条件は除かれたと考えた。実験の結果からも、第二循環器がなくても支障はないことがわかった。地球の水準から見れば、その頃まだ二酸化炭素濃度は相当高かったけれども、ガニメアンは辛うじてその中で生きていけることがわかったのだよ。それで、とうとう彼らは自分たちの体から永久にこの器官を取り去る決心をしたんだ」

「なるほど。ところが、その後また大気中の二酸化炭素が増加した……」ハントは先回りして言った。

「それも急激に、一天にわかに掻《か》き曇りといったふうにね」ダンチェッカーは大きくうなずいた。「もちろん、地質学的な時間尺度の上での話だけれども。だからガニメアンは何も今日か明日かという危険に見舞われたわけではないよ。とは言っても、測定や計算の結果から、いずれ彼ら、ないしは彼らの子孫が深刻な局面に立ち至るであろうことは火を見るより明らかだった。過去の耐性のメカニズムを放棄した彼らは、そうなると種族として生き延びられない。動物たちは二酸化炭素の濃い空気を吸って平気で生きていけるのに、ガニメアンは滅亡の危機に瀕《ひん》することになったのだね」

ハントもようやくガニメアンの直面した困難の重さ、大きさを理解した。彼らは片道切符を手にして苦役を課せられた強制収容所を飛び出したが、行きつく先はガス室だったのだ。

「さあ、どうしたらいいだろう?」ダンチェッカーは自分の問いに応える可能性を数え上げた。「まず第一に考えられるのは、彼らの進んだ技術を駆使して、二酸化炭素濃度を人工的に抑えることだ。ところが、モデルを使ってこの方法を検討してみると、プロセスを制御する確実な手段がないことがわかった。まかり間違えば、惑星全土が凍結してしまうおそれがある。ガニメアンは用心深い人種だから、本当に背に腹は代えられないというところまで行かない限り、この方法は採らないことにしたんだ。

「第二は、二酸化炭素の値を下げるのは前と同じだけれども、技術的な破綻《はたん》が生じてプロセスが制御しきれなくなった場合に備えて、温室効果の損失を補うために太陽の温度を上げる用意をしておく、という考え方だ。その技術をテストするために彼らはイスカリスへ出かけたけれども、実験は失敗に終わった。〈シャピアロン〉号が脱出直前に発信したメッセージをミネルヴァの科学者は受信しているのだよ」

ハントは言葉を挟《はさ》もうとさえしなかった。ダンチェッカーは先を続けた。「第三は……地球へ移住することだ。実際、彼らは小規模ながら遠征隊を送り込んで試験的に地球で生活するところまでやっているんだね。しかし、これもうまくいかなかった」ダンチェッカーは万策つきた思い入れで、両手を拡げて肩をすくめた。ハントはしばらく無言で待ったが、教授はもはや話すべきことがなかった。

「で、結局、彼らはどうしたのかね？」ハントは尋ねた。

「わたしにはわからない。ガニメアンたちもそれは知らないんだ。他に試みがあったとすれば、それは彼らがミネルヴァを発《た》った後のことだからね。だから、彼らはわたしらと同じように、その点に非常な関心を抱いているよ……いや、それはわたしら以上に関心が強いだろう。何しろ自分たちの母星のことだから」

「例の地球の動物だがね」ハントはこだわった。「あれも後で運ばれたものだろう。何か問題解決の方策とかかわりがあったのではないだろうか？」

「おそらくは、かかわりがあっただろうね。しかし、具体的にどうということになると、わたしには何とも言えないよ。ガニメアンたちにしてもそれは同じさ。ただ、地球型のエコロジーを持ち込んで、それで二酸化炭素を吸収しようとしたのではない、ということは言えるね。そんなことでうまくいくはずはないんだから」

「その考え方は、頭から没か」

「頭から没だね」ダンチェッカーは確信をもって言った。「だとしたら、何のために彼らは地球動物をミネルヴァに運んだのか、そもそも、それと大気問題は関係があるかないか……今もってこれは謎のままだよ」教授は言葉を切って、眼鏡越しにじっとハントの顔を見つめた。「いや、もう一つ謎がある。新しい謎だよ……今、こうやって話しているうちにふと浮かんだことなんだ」

「もう一つ？」ハントは教授の目を見返した。「何だ、それは？」

「ガニメアンを除く、全ミネルヴァ動物だよ」ダンチェッカーはゆっくりと言った。「そうだろう？　動物たちは二酸化炭素の濃度が上がったところでびくともしない体の構造を持っていたんだ。ミネルヴァの大気の変化と動物の絶滅とは直接の因果関係はないわけじゃないか。だとしたら、何故ミネルヴァの動物は死に絶えたのだろう?」

14

見渡す限り何一つ目を遮るものとてなく、ただ氷原が波のようにうねり拡がって、地平線の全周で闇の虚空に融《と》け込んでいた。頭上の小さな太陽は、無数の星の中で辛うじてそれと知れるほどでしかなく、その弱々しい光は荒涼たる氷原を薄暮の幻想に満たしていた。

宇宙船の影は聳《そそ》りたつ黒い巨塔と化し、やがてその先端は闇に吸い込まれて輪郭を失っていた。外板側部の高い位置からアーク灯が円錐《えんすい》状に眩《まばゆ》い光を投げかけ、宇宙船の傍らにくっきりと氷の一大円盤を浮き彫りにしていた。その光の輪の円周に沿って、宇宙服に身を固めた身長八フィートの巨人数百が四列に並び、手を前に軽く組んでじっと頭を垂れていた。光の輪の中は等間隔の同心円に区切られ、それぞれの区画に氷を矩型《くけい》に穿《うが》った穴が、中心から放射状に配置されていた。そして、穴の縁に、長さ九フィート、幅四フィートほどの鉄の箱が横たえてあった。

数人のグループが列を離れて円の中心に進み、無言のまま鉄の箱が穴に降ろされるのを見守っては次の穴に移った。別のグループが後に続いて暖めたホースで水を注いだ。水はたちまち凍りついて穴を塞いだ。最初の輪が終わると、彼らは次の輪で同じ作業を繰り返し、順に鉄の箱を埋めて、やがて一番外側の輪に達した。

彼らは円の中心に建てた簡素な慰霊碑を長いこと仰ぎ見ていた。それは金のオベリスクで、四面に碑銘を刻み、天辺《てっぺん》に焔《ほのお》が燃えていた。百年間燃え続けるはずの焔であった。彼らはその焔を見上げて、今は慰霊碑に名残《なご》りを留めるばかりの、かつて苦楽を共にした仲間たちの面影を瞼《まぶた》に描いた。

出発の時がやってきた。彼らは列を乱すことなく、ゆっくりと宇宙船に向かった。アーク灯が消えると、オベリスクの小さな焔だけが僅《わず》かに夜の闇を押し戻した。

彼らは長の年月、胸に秘めていた誓いに促されて、時代と場所の隔たりを越えてここに来たのだ。

冥王星《めいおうせい》の厚い氷原の下にはミネルヴァの大地が眠っている。

巨人たちは死者を弔うために故郷に帰ってきたのだ。

15

〈シャピアロン〉号は飛び去った時と同じように、忽然《こつぜん》と虚空に姿を現わした。J5の監視レーダーは彼方《かなた》の空間から目を見張るばかりの速度で接近する曖昧《あいまい》なエコーを捉えた。近づくにつれてエコーは見る間に鮮明になった。光学スキャナーの有効距離に入った時、すでに宇宙船ははじめて登場した時そのままの姿でガニメデの軌道に乗ろうとしていた。もっとも、〈シャピアロン〉号を迎える地球人たちの気持ちは前とはまるで違っていた。

J5通信センターの日誌に記録されたやりとりは心安げな再会の模様を伝えている。

シャピアロン　ただいま
J5　やあ、旅はどうだった？
シャピ　快適だよ。こっちの天気はどうかね？
J5　まあ、相変わらずだな。エンジンの調子は？
シャピ　最高。場所は空いているかな？
J5　前と同じだ。降りるか？
シャピ　ありがとう。手順はわかっているよ。

五時間足らず後、〈シャピアロン〉号はガニメデ本部基地に降り立ち、またお馴染《なじ》みの八フィートの巨人たちがピットヘッドの通路を窮屈そうに行き来するようになった。

ダンチェッカーと話してハントは生体内の毒物や老廃物の害に抵抗する生物学的なメカニズムへの関心を呼び覚まされ、続く何日かJ5のデータ・バンクを検索して知識の吸収に努めた。シローヒンの話では、地球生物は第二循環器を必要としなかった初期の海洋生物から進化したという。地球の温暖な環境では酸素の消費量も少なく、二系統の循環器が機能を分担するまでのことはなかったのだ。しかし、この第二循環器があったればこそ、後にミネルヴァで進化した陸棲《りくせい》動物は二酸化炭素濃度の高い大気に順応できたのである。地球からミネルヴァに運ばれた動物はそのメカニズムを持っていなかった。にもかかわらず、新たな環境に苦もなく適応した。何故そのようなことが可能だったのか、ハントは不思議でならなかった。

しかし、情報を漁《あさ》ってみても目を開かれるような事実は何一つ出てこなかった。二つの惑星で、それぞれに生物の体系が進化した。両者の基本的な化学組成は同じではない。月面に残ったルナリアン基地の廃墟《はいきょ》から発見されたミネルヴァ原産の魚を調査してダンチェッカーがつとに指摘した通り、ミネルヴァの生物はより複雑繊細な化学組成を持っていた。その体質を承け継いだ陸棲動物は、二酸化炭素も含めてある種の毒物に対し、極めて敏感であったに違いない。それ故、大気が生存に適さないものになった時、何らかの有効な自衛手段によって高い耐性を獲得しなくてはならない。この自然の要求が陸棲動物の最も初期の段階において第二循環器の分化をもたらしたのだ。地球動物はこれにくらべて体質が大まかで許容性に富んでいた。そのために、体の構造に新たな改変を加えることなく環境の変化に順応することができた。ざっと右のしだいであって、他に加えるべきものは何もなかった。

ある日の午後、ハントはピットヘッドのコンピュータ室でヴュウ・スクリーンの前に坐っていたが、どうやってみても新しい視野が開けるわけもなく、話す相手もいず、思いあぐねた末にガニメアン・コンピュータを呼び出してゾラックに相談を持ちかけた。ゾラックはハントが話す間、ほとんど言葉を挟《はさ》もうとしなかった。ひと通り聞き終えて、ゾラックはそっけなく言った。「他に加えることは何もないね、ヴィック。まずは充分に理解をつくしているじゃないか」

「わたしが見逃していることは何もないと言うのか？」ハントは尋ねた。当代一の科学者が機械を相手に発する質問としてはいささか間の抜けた感がなくもなかったが、それまでの経験からハントはゾラックの無謬《むびゅう》を信じていた。一見水も洩《も》らさぬ論理の中にある些《さ》細《さい》な齟《そ》齬《ご》や欠落をゾラックは間違いなく発見する驚くべき能力を備えている。

「ないね。確実にわかっている事実を積み重ねていけば、今あなたの話した通りの結論になる。ミネルヴァの動物は環境に適応するために第二循環器を必要としたけれども、地球の動物はそれを必要としなかった。このことは事実であって、推論ではないよ。だから、その上補足することは何もないね」

「うん、そうだろうな」ハントは溜息《ためいき》混じりに言った。彼はディスプレイの電源を切り、煙《たば》草《こ》をつけて椅子の背に凭《もた》れた。「要するに、どうでもいいことなのかもしれないな」ややあって、彼は誰にともなく言った。「地球とミネルヴァの生命体の生化学構造の違いに何か重大な意味があるのかと思っていたんだが、どうやら、そんなことは問題ではなさそうだな」

「何か見つけ出す目当てがあったのかね？」ゾラックが尋ねた。ハントはわれ知らず肩をすくめた。

「いや、別に……ただ、このところ疑問に思っていることがあって、何か解決の手がかりが得られればと、いろいろ情報を漁っているのだがね……ミネルヴァの陸棲動物はどうなったのか、地球動物が生き延びて、ミネルヴァの動物にはそれができなかった条件は何か……二酸化炭素の濃度が上がったこととそれとは無関係であることがわかっているわけだし……その辺のところがどうも釈然としなくてね」

「要するに、何か特別の条件をそこに見出《みいだ》したいわけだね」ゾラックはハントの気持ちを読んで言った。

「うん、まあ……そういうことだな」

いかにも思案をめぐらす体《てい》でしばらく沈黙があってから、ゾラックは抑揚のない声で言った。「それは、問題の捉え方が違うのではないかな」

一瞬ハントは相手の言う意味がわからなかった。彼は銜《くわ》えていた煙草を手に取って身を乗り出した。

「どういうことだ？　どこが違っていると言うんだ？」

「〝ミネルヴァと地球の動物は何故違っていたかという設問だろう。しかし、それでは〝違っている故に違うのだ〟という答しか出てこない。動かし難《がた》い事実ではあるけれども何の説明にもならないね。それは、塩は水に溶けるのに砂はどうして溶けないか、というのと同じだよ。塩は水溶性だけれども砂はそうではない。まさにその通りだけれども、この答では何の説明にもならない。ちょうどこれと同じことをきみは言っているんだ」

「どうどう巡りをしている、ということか？」ハントは言った。事実その通りであることは自分でもよくわかっていた。

「そう単純な話ではないがね、でも、その議論を突き詰めて考えれば……やっぱり、そういうことになるね」ゾラックは言いきった。

ハントはうなずいて煙草の灰を落とした。

「いいだろう。じゃあ、この問題はどう捉えるべきなのかね？」

「ミネルヴァと地球をくらべることはひとまず措《お》いて、地球の動物に考えを集中することだね」ゾラックは言った。「人間は何故他の動物と違うのか、それを考えるのだよ」

「今さら考えるほどのことでもないと思うがね」ハントは内心首を傾《かし》げた。「脳味噌《のうみそ》の大きさ。他の指と向き合った拇指《おやゆび》。発達した視覚。そういう長所を併せ持っていること……いずれも知識欲を刺激する要因だよ。それがどうだって言うんだ？」

「どこが違うかではないよ」ゾラックは言った。「何故違うかが問題なんだ」

ハントは手の甲で顎をさすりながら思案に暮れた。「そこが重要だと言うのか？」

「非常にね」

「ようし。じゃあ訊《き》こう、人間は何故他の動物と違うんだ？」

「わたしにはわからない」

「これはいい」ハントは溜息とともに長々と烟《けむり》を吐いた。「わたしの問題の立て方とどこが違うんだ？」

「違わないさ」ゾラックは一歩譲った。「しかし、何故という疑問には答が必要だよ。特別な条件を求めるなら、このあたりからはじめたらいいのではないかね。人類というのは実に特異な存在なのだから」

「ほう。どうしてまた？」

「それはね、人類はそもそもあり得べからざる存在だからだよ。人類の進化は考えられないことだった。人類が生まれる必然はどこにもなかったのだよ。にもかかわらず、人類は進化した。これは極めて特異と言わなくてはならないね」

ハントは面食らって頭をふった。ゾラックの言うことはまるで意味をなさなかった。

「わからないな。どうして人類の進化が考えられないことなんだ？」

「わたしはね、地球の高等動物における神経単位の活動電位と刺激の相関を示す行列式を計算したよ。反応係数のうち、あるものは微量化学物質の作用の集中度と分布に大きく左右される。大脳皮質の最も重要な部位における反応パターンは、動物一般の微量化学レベルでは安定しない。人間だけが例外だよ」

ゾラックは言葉を切った。

「ゾラック、何の話だ、いったい？」

「わからないかな？」

「控え目に言っても、ちんぷんかんぷんだ」

「そうか」ゾラックは考えをまとめようとするらしく、再びしばらく沈黙した。「オランダのユトレヒト大学におけるカウフマンとランドールの最近の研究については知っているかな？　J5のデータ・バンクに詳しい記録がおさめられているけれども」

「ああ、わたしも覗《のぞ》いてみたことがあるよ」ハントは言った。「復習してくれないか」

「カウフマンとランドールは、地球の脊椎《せきつい》動物が体内に侵入した毒物や有害な微生物からどのようにして身を守るかということを詳しく研究しているね」ゾラックは言った。「動物の種類によって細かい違いがあるけれども、基本的なメカニズムは共通だ……おそらくは遠い過去に共通の祖先から伝わったものが、進化の過程を経るあいだに改良されて、それぞれの種に特有の形を取ることになったのだね」

「ああ、思い出したぞ。一種の自己免疫性プロセスだな」

それはユトレヒト大学の生物学者が発見した自然の働きであった。地球上の動物は自身の体内で微量ながらあらゆる種類の毒物を含む複合汚染物質を作り出して血液に溶かし込んでいる。その微量の毒物の刺激によって特殊な抗毒素が生じるが、この抗毒素生成の〈青写真〉は以後その生体の化学構造に永久に焼きつけられ、外部から生命を脅《おびや》かすような毒物が入ってくると、たちまち大量の抗毒素が生産されるというものである。

「その通り」ゾラックは言った。「だから動物は人間と違って不潔な環境でも生きられるし、汚染したものを食べても病気になったり死んだりしない」

「人間は違う。だから動物と同じようなわけにはいかない。そうだな？」

「そういうこと」

「それじゃあふり出しに戻ってしまうじゃあないか」

「そういうこと」

ハントはコンソールの何も映っていないスクリーンを見つめた。ゾラックの狙いを読みとろうと努力してみたが、しょせん彼の理解のおよばぬところだった。

「いまもってわたしにはよくわからんね」ややあって、ハントは言った。「人間は動物と違う。何となれば、人間は違っているからだ。これじゃあ、さっきと同じでまるで意味がないじゃあないか」

「そんなことはないよ」ゾラックは言った。「問題はね、本来、人間は違うはずがなかったということさ。そこが面白いところだよ」

「どうして？　ついていけないよ、わたしは」

「ちょっとわたしが解いた計算を見てくれないか」ゾラックは調子付いた。

「いいよ」

「チャンネル・アクティヴェイト指令のキーを押してくれたら、UNSAの通信網で大きいスクリーンに方程式を出すよ」

ハントは言われるままに、目の前のキーボードに一連のコードを打ち込んだ。一瞬、正面のスクリーンに万華鏡のように色が流れてすぐに画像は静止した。夥《おびただ》しい数式が画面をぎっしり埋めていた。ハントはざっと目を走らせてから首を横にふった。

「これはいったい、どういうことかね？」

ゾラックは待っていましたとばかり得々として説明した。「これは、地球の脊椎動物の平均的な中枢神経組織の活動を量的に捉えた数式だよ。特に、血液中の化学物質量の変化に神経組織がどう反応するかがこれで見るとよくわかる。赤で出ている係数は種に固有の因数だがね、ここで決定的なファクターは緑で出ている共通のパターンだよ」

「それで？」

「これで見ると、地球の動物が化学的環境から身を守るために採用した方法はそれ自体、根本的に一つの害があることがわかる。というのはね、自己免疫処置によって血液中に溶け込む毒物は、神経組織の機能に影響をおよぼすからなんだ。特に、これは脳の活動を妨げる」

ハントはゾラックの言わんとするところにはっと気づいた。が、それを声に出す閑《ひま》も与えずにゾラックは先を続けた。

「ということは、つまり、この機構を持った動物は知性を獲得できないわけだ。体積がより大きく、より複雑な脳はそれだけ大量の血液を要求する。ところが、その大量の血液は、その分だけ余計に汚染物質を運んでくる。汚染物質は脳に蓄積されるから、脳は程度の高い活動に充分対応できない。つまり、知性の働きは望めないということだよ。

「言い換えれば、地球の脊椎動物はどこまで進化しても、その過程から知的生物が登場することはあり得なかったはずなんだ。今画面に出ている数字はどれを取ってみても、地球の動物はいずれ袋小路に行き当たって進化が停滞するであろうことを暗示しているんだ」

ハントは長いことスクリーンに示された数式を見つめながらゾラックが言ったことの意味を頭の中でつぶさに検討した。数億年の昔、脊椎動物の遠い祖先が作り出した自衛機構は当面の用には立ったかもしれないが、長い目で見ると自らの進歩を阻む手枷《てかせ》足枷となったのだ。ところが、人類は進化の過程のどこかで自己免疫機構を放棄した。それによって、環境から来る危険は増大したが、一方において人類は並びなき知性への道を拓き、やがては持って生まれた不利益を克服し、無防備の欠陥を補って余りある文明の進歩を実現したのである。

だとすれば、ことの順序として、人類はいつ、いかにして自己免疫のメカニズムを放棄したかが問われなくてはならない。ユトレヒト大学の研究者の仮説によれば、その時期は人類の祖先が他者の意思によってミネルヴァに運ばれてから地球に帰還するまで、すなわち二千五百万年前から五万年前までの間であるという。二千五百万年の昔、地球動物の多くの種類がミネルヴァに移送された。そしてそれからほぼ同じ二千五百万年近くの後、地球を去った時とは似ても似つかぬ姿に変貌した種が一つだけ戻ってきた。それはルナリアンの姿を取ったホモ・サピエンスであった。ルナリアンは二つの惑星の生存競争の闘技場《アリーナ》にかつて例のない勇猛を誇る強者だった。ルナリアンは地球で類人猿がようやく歴史の薄明の中を手探りで歩きはじめた頃、すでにしてミネルヴァを征服し、さらにはこの惑星を破壊して父祖の地に舞い戻り、地球における生存権を主張して遠い類縁の者たちを情け容赦《ようしゃ》もなく駆逐したのだ。

ダンチェッカーは、ミネルヴァに隔絶された人類の祖先はその進化の過程で劇的な変異を体験したのだと説明した。ユトレヒト大学の研究成果であるこの最新の情報は、その変異がいかなる性質のものであったかを措定《そてい》するが、しかし、その変異が何に起因するかは説明していない。もっとも、変異とはそもそもにおいて偶然の産物である。特定の原因を捜し求めようにも手がかりは何もない。

高度な知性を備えたガニメアンが出現した事実はカウフマン＝ランドールの理論を裏づけるものに他ならない。ミネルヴァの陸棲動物は細胞に血液を運ぶ循環器と老廃物を運び去る器官とが分離していた。それ故、脳は体積が増大した時も毒物に汚染されることなく充分な血液を採り入れることができた。知性への道は大きく開かれていたのだ。血管網は密度を増した。第二循環器は変化しなかった。脳はより次元の高い機能を苦もなくこなした。ガニメアンの知性はミネルヴァの進化の自然な、そして論理的な帰結であった。しかし、一方の地球ではそのような自然の進化が見られなかった。人類はどこかで自然を欺いたのだ。

「うん」かなり経ってからハントはやっと口を開いた。「なるほど、面白いな。でも、人類の進化が考えられないことだったと言う根拠は？　変異というのは偶然の産物だろう。ミネルヴァの進化の過程のどこかで、何らかの変異が生じてルナリアンが出現した。そのルナリアンから人間が生まれた。と、こう考えれば不思議なことは少しもないじゃあないか。どこが間違っていると言うんだ？」

「そう来るだろうと思っていたよ」ゾラックは言った。いかにも嬉《うれ》しそうに聞こえたのはハントの気のせいだろうか。「まずそう考えるのが自然だろうね」

「だから……そのどこがいけないんだ？」

「そういう具合にはいかなかったのだよ。ミネルヴァの進化の初期の段階で変異が起こって、自己免疫のメカニズムが失われた、と言いたいんだろう」

「ああ」ハントはうなずいた。

「そこだよ、問題は」ゾラックは期するところあるふうに言った。「実はね、わたしはJ5から検索し得る限りのデータを使って詳しい分析をしたのだよ……脊椎動物の染色体に書き込まれている遺伝情報を調べたのさ。どんな動物の場合も、自己免疫のメカニズム制御を胎児に伝える情報はそれ自体のうちに、その動物が過剰な二酸化炭素に対処できる体質を持つための情報を含んでいるんだ。つまり、自己免疫のメカニズムを失えば、同時に二酸化炭素に対する耐性もなくなってしまう……」

「ところが、ミネルヴァでは大気中の二酸化炭素濃度が高まりつつあった」ハントは論点を摑《つか》んで言った。

「その通り。きみの言うような変異が生じたとすれば、それ以降の動物はミネルヴァで生き延びることはできなかったはずだよ。だから、ルナリアンの祖先はそういう変異を経ていない。仮にその変異が生じたとしたら死に絶えるしかなかったろう。そうなると、ルナリアンという存在はあり得ない。したがって人類が出現するはずはないわけだ」

「ところが、わたしは現にこうしてここにいる」ハントは言わずもがなのことを言ったが、どこかで軽い満足に似た気持ちを覚えていた。

「そうだよ。でも、さっきから言っているように、それは本来あり得べからざることなんだ。

「そこがわたしには理解できない」ゾラックは言った。

ハントは煙草を揉《も》み消して今一度考えに耽《ふけ》った。「クリス・ダンチェッカーがしきりに問題にしている得体の知れない酵素についてはどうかね？　ガニメアン宇宙船に保存されていた漸新世《ぜんしんせい》の動物は例外なくその酵素を持っていると言うじゃないか。チャーリーの細胞にもその変種と思われる酵素の痕跡があった。この酵素が、何か今の変異の問題と関係を持っているとは思わないか？　例えば、ミネルヴァの環境が何らかの影響をおよぼして、適応の必要からある変異が生じた。その過程でこの酵素が登場した、というようなことはないだろうか。もしそうであれば、現代の地球の動物がこの酵素を持っていないことも説明がつくじゃあないか。地球動物の祖先はミネルヴァの空気を吸っていないんだから。現代人がその酵素を持っていないのも同じことだよ。人類が地球に帰還してからもう長い時間が経っているからね。その酵素を必要とする環境とは絶縁したままになっているんだ。どうかね、これは？」

「何とも言いかねるな」ゾラックは答をはぐらかした。「問題の酵素に関しては、今のところデータが不足でね。結論を出すのはまだ早すぎるよ。それに、今の話では説明しきれない点もある」

「ほう。それは？」

「放射性物質崩壊の残滓《ざんし》だよ。漸新世の動物の酵素が放射性同位元素から生成されたと見られる節がある一方、チャーリーの酵素ではその形跡がないのはどういうことかな？」

「わからんね」ハントは一歩引き下がった。「たしかに、そう言われてみると辻褄《つじつま》が合わないな。しかし、生物はわたしの専門ではないからね。今度クリスに話してみよう」ハントはふいに話題を転じた。「ゾラック……さっきの計算のことだがね」

「ああ」

「きみはどうしてあんなことをしたんだ？　だから、その……きみは、自分の意思で、勝手にあんなことをやってのけるのかね？」

「それは違う。シローヒンとガニメアンの学者集団に指示されてしたことだよ」

「狙いはわかるか？」

「特にどうということはないよ。シローヒンたちが進めている調査にあの種の計算はつきものだから」

「その調査というのは？」ハントは突っ込んで尋ねた。

「今ここで話している問題だよ。さっきわたしが提出した疑問も、実はわたしが考え出したことじゃあない。シローヒンのグループが前から首を傾げていることなんだ。彼らもこの問題には非常に関心が強くてね。手に入る限りのデータも、彼らが作ったモデルも、人間が自滅の道を辿《たど》ることを予測している。にもかかわらず人間はここまで進化した。いったいどうしてそんなことがあり得たのだろう、というわけで、彼らは探究心を掻《か》き立てられているのだよ」

　ガニメアンたちが地球人類をそれほどまで熱心に研究しようとしていると知ってハントは意外に思い、また煽《あお》られるような気持ちにもなった。同じ問題に取り組みながら、ガニメアンたちはすでにUNSAの研究チームより遙かに先を行っている様子だった。ゾラックがそのような、扱いに慎重を要する微妙な情報を何の躊躇《ちゅうちょ》もなく披露することもハントにとっては驚異だった。

「驚いたね。そんなことを相手構わず話してもいいのかい？」

「どうして？」

問い返されてハントは面食らった。

「どうして、と言うこともないがね。地球では、その種の情報は、然《しか》るべき立場にいる人間でなくては触れることを許されないのが普通でね……知りたいからと言って誰でも無差別に情報を公開することはないんだ。ガニメアンの世界でも、それは同じではないかと思ってね」

「地球人が被害妄想気味だからといって、ガニメアンが秘密主義だということにはならないよ」ゾラックはずばりと言ってのけた。

ハントは苦笑してゆっくり頭をふった。

「これは一本参ったな」彼は溜息をついた。

16

ガニメアンたちにとって最初にして最大の仕事はめでたく完了し、彼らの宇宙船は十全に機能を回復した。そこで、ピットヘッドにおける彼らの行動の焦点は第二の課題に移り、遭難した宇宙船のコンピュータ・システムの解明に全力が注がれることになった。ガニメアンが種族を挙げて他の恒星系に移住したのかどうか、そして、もし移住したとすればその星はどこか、という問題は依然として未解決だった。それを知る手がかりが氷に埋もれた宇宙船のコンピュータの大集積分子回路や記憶装置の中で発見を待っている可能性は大いに考えられることだった。何となれば、移住問題の回答は宇宙船の建造以前に出されたに相違なく、情報は同船のデータ処理コンプレックスに格納されているはずだからである。それどころか、宇宙船そのものが移住計画の一端であったとしても不思議はない。

とはいえ、現役の宇宙船〈シャピアロン〉号の修理とは違って、ことはそう簡単にはいかなかった。ピットヘッドの宇宙船は〈シャピアロン〉号よりも後代の建造で、設計も進んでいたが、推進機構の原理は変わらず、その部品も細かい改良の跡を別とすれば、構造も機能もほとんど同じだった。この事実はガニメアンの技術が〈シャピアロン〉号の時代にすでに爛熟《らんじゅく》を極め、その後はさして大きな変遷がなかったことを物語るものであった。〈シャピアロン〉号の修理が可能であったのもそのせいに他ならない。

ところが、コンピュータ技術については事情が違った。ガニメアンの科学者たちは一週間ほどシステムの分析に没頭したが、成果はあまり芳《かんば》しくなかった。何よりも厄介なことに、解明を目指すシステムを構成しているコンポーネントからして、ほとんどが彼らのかつて見たこともない代物だった。演算装置はいくつかの重厚なクリスタル・ブロックから成っており、その内部には分子規模の回路素子が想像を絶する複雑さで立体的に配置されていた。そのような素材を扱う工学技術に熟達し、かつシステム設計の知識を身につけている者でない限り、とうていそこに包蔵された情報を取り出すことは覚束《おぼつか》なかった。

大型演算装置のうち、あるものは電子工学と重力工学を融合した、ガニメアンの目から見ても実に革命的な設計哲学に裏づけられていた。二つの技術は不可分に結びつき、電子データを負ったセル間の物理的接続は重力工学的結合によって自由に組み合わせを替えることができた。ハードウェアの構成自体がプログラム可能であって、個々のセルは記憶素子と演算素子の機能を併せ持ち、システム全体がナノセカンド単位で大小自在の規模に配列できた。要するに、コンプレックスのあらゆる部分で厖大《ほうだい》な量のデータ処理が同時進行する、平行操作《パラレリズム》の極致であった。興味を惹《ひ》かれて見学に出向いたUNSAのある技術者は毒気を抜かれた体《てい》で述懐した。「言うなれば、ソフト・ハードウェアだな。人間の頭脳の十億倍の演算速度を持った……」

右のような演算装置が相互に連接して結節《ノード》を作り、通信、航行、飛行制御、計数管理、推力制御、その他ありとあらゆるサブシステムのデータ処理をつかさどっていた。そして、さらに無数のノードが連鎖して、宇宙船内全域に稠密《ちゅうみつ》なネットワークを張りめぐらせていた。しかし、詳細な図面と設計便覧がなくてはシステムの全貌を把握することは不可能だった。しかし、それに類する文書はない。必要な情報はすべて解明すべきシステムそのものの中に封じ込められている。鑵詰《かんづ》めを開けようにも、鑵切りが鑵の中に封じ込まれているのと同じ理屈だった。

そんなわけで、〈シャピアロン〉号上で開かれた進行会議の席上、ガニメアンの主任コンピュータ技術者はあっさり兜《かぶと》を脱いで作業放棄を宣言した。それに対して別の一人が、地球人だったらそんなことで諦めたりはしないだろう、と言った。彼は考え直し、納得して今一度ピットヘッドに出向いてシステムの解明に取り組んだ。また一週間が過ぎた。彼は、今度はつくづく参った体《てい》で、地球人がやれるというならどうぞやってくれと言い、自分は降りると敗北を表明した。

もはやどうする術《すべ》もなかった。


これ以上ガニメデに留まっても得るところはないと判断して、ガニメアンたちはついに地球各国政府のかねてからの招待に応じることにした。ただし、それは地球を訪問することであって、定住するかどうかについては、また話は別だった。何光年四方、見渡したところで彼らの行くべき場所は他にない。とはいえ、ガニメアンの多くは今なお〈悪夢の惑星〉で彼らを待ち受けているかもしれない禍《わざわ》いに、強い不安を抱いていた。合理主義を旨とする異星人たちは、その懸念を抑えて予断を排し、とにもかくにもまず地球の現実を自らの目で見極めなくてはならないと考えたのだ。将来にわたる長期の展望は、具体的な情報を得た上であらためて検討すればよい。

ＵＮＳＡの将兵の多くが木星探査隊の任期満了を迎え、宇宙船の便を頼って地球に帰る順番を待っていた。ガニメアンが〈シャピアロン〉号に便乗希望者を募ると、たちまち申し込みが殺到した。

ハントはたまたま直属の上司であるUNSA航行通信局本部長グレッグ・コールドウェルから最新の連絡で、ガニメデにおける任務はひとまず完了したものとして、別の仕事のためにヒューストンに戻るように伝えられていた。宇宙船の手配も進められていた。彼がUNSAの待機者名簿から自分の名前を抹消して〈シャピアロン〉号便乗者の列に加わるのは何の造作もないことだった。

ダンチェッカーがガニメデまでやってきた第一の目的はピットヘッドの宇宙船から発見された漸新世《ぜんしんせい》の地球動物を調査研究することだった。教授はガニメアン遠征隊の副官モンチャーを説き伏せ、研究対象とするに値する標本を残らず〈シャピアロン〉号に積み込む許可を取りつけ、一方、ヒューストンのウェストウッド生物学研究所に掛け合って、さらに綿密な調査を設備や機材のととのった地球で続けることにしたいと申し入れた。ダンチェッカーの思惑通りにことは運んで、彼もまた便乗組の一人として地球に戻ることになった。

出発の時が近づき、ハントは荷物をまとめて、長いこと塒《ねぐら》にしていた小さな部屋に最後の一瞥《いちべつ》を与えた。通い馴《な》れた、床も摩《す》り減った廊下を抜けてドメスティック・ドームに行くと、すでに一緒に出かける何人かが顔を揃《そろ》えていた。彼らは名残《なご》りの一献《いっこん》を傾け、残留組と別れの挨拶を交わした。いつかきっと再会の折もあろうが、それまでは消息を絶やさないようにしよう、と約束し合って、彼らは連れ立って現地作戦本部へ向かった。基地司令官と幹部将校たちがエアロックの控え室で待っていた。幹部一同は彼らに公式の挨拶《あいさつ》を送った。エアロックからアクセス・チューブを通って氷上牽引《けんいん》車のキャビンに乗り込んだ。〈シャピアロン〉号の待つ発着所まで、牽引車に揺られていくのである。

ハントは複雑な気持ちで牽引車の窓外を流れるピットヘッドの殺風景な施設群を眺めた。絶えて晴れることのないメタンとアンモニアの霧が渦巻く中に建物の影が次々に浮かんでは後方に消え去った。長期の滞留を終えて帰途に就《つ》く気持ちはもちろん、何度味わってもいいものである。とはいえ、馴れ親しんだ基地生活の折節《おりふし》に愛着があることも隠せない。こぢんまりとまとまったUNSAの共同体では見知らぬ顔もなく、皆が他人の労苦を分かち合って日々の暮らしを営んでいた。共通の目的に結ばれた連帯感や帰属意識が今さらのように思われて、彼は敵意を孕《はら》むガニメデの辺境に築かれたこのささやかな安全地帯に惜別の情を禁じ得なかった。今こうして彼の胸を満たしている感慨は、地球に帰って巷間《こうかん》に齷齪《あくせく》と日を送るうちに、やがて薄れて消えうせるものには違いない。地球では無数の人間が、それぞれに異なる手段と価値観をもって、てんでに忙しく生きている。慣習や制度は人と人を隔てる垣根《バリア》の役を果たし、境界を画定して、特定の社会集団に帰属したいという人間の心理を満たしている。ガニメデの植民地では、彼らと外界を隔てるのに人為的な障壁は必要なかった。生命を拒む自然環境と、何億マイルもの宇宙空間が彼らを完全に隔離していたからである。

この隔絶の境地と共属の意識を求めて人はエベレストのサウス・コルにテントを張り、七つの海を周航し、あるいはまた、毎年同期の集《つど》いを持って学生時代や軍隊生活を懐かしむのであろう。艱難辛苦《かんなん》はそれを分かち合った者同士の間に、日常生活の安全な殻の中では望むべくもない強い絆《きずな》を生み、生涯変わらぬ誇りを互いのうちに植えつける。船乗りや登山家たちと同様、ハントもまたガニメデの生活を通して得たものを、この後折にふれては感銘とともにふり返ることになるであろう。

ダンチェッカーは彼と違って感傷に乏しい男だった。

「彼らが土星へ行って七つ頭の怪物を発見しようとどうしようとわたしの知ったことではないね」牽引車に乗りながら教授は言った。「帰ったら、わたしはもう二度と地球を離れる気はないよ。今までだってすでに、こういう機械地獄の生活が長すぎたくらいなんだ」

「地球へ帰ったら、きみはきっと広場恐怖症《アゴラフォビア》になっているよ」ハントは言った。

本部基地でまたひとしきり別れの場があってから、彼らは宇宙服を着て〈シャピアロン〉号の引き降ろされたエントランス・セクションに向かった。基地の建物から望遠鏡のように伸びてUNSAの宇宙船に直接出入りできるアクセス・テューブはガニメアン宇宙船のエアロックとは構造が合わなかった。ガニメアンの乗組員たちがランプに出迎えて、地球人たちを船尾に案内した。一行はそこからエレベーターで遙か頭上の宇宙船本体に運ばれた。

三時間後には貨物の積み込みも終わり、出発準備は完了した。ガルース以下ガニメアンの重《おも》だった面々がランプの下まで見送りに出た基地司令官と幹部将校らと最後の挨拶を交わした。地球人たちは地上車で基地に戻り、ガニメアンたちは船尾に姿を消した。船尾が引き揚げられて〈シャピアロン〉号はもう飛び立つばかりとなった。

ハントはあてがわれた個室に寛《くつろ》いで、これが見納めと壁面スクリーンに映し出された基地の風景を眺めていた。ゾラックが間もなく上昇開始と告げた。何の動きも感じなかった。ただ、スクリーンの情景が見るみる小さく遠のいていった。宇宙船の高度が増すにつれて、周囲からガニメデの荒涼たる氷原が画面に流れ込み、細部はたちまちぼやけて白い霧の海に沈んだ。やがて本部基地の小さな光も立体感を失った背景に溶け込み、画面の下端からガニメデの昼と夜の境を区切る黒い円弧が迫《せ》り出してきた。画面の上端から衛星の昼側の円弧が見えはじめ、それが中央へ寄っていくあとに星屑《ほしくず》の散る暗黒の空間が拡がった。画面を帯状に横切る昼側のガニメデは見る間に狭まって、やがて両端がすっぽりと視野に入ると、光り輝く利鎌《とがま》は早くも闇の中に小さく後退した。ほどなく、その鎌のような輪郭は滲《にじ》み、周囲の星も溶けだして、画面全体が形を失って七色の光の渦に変わった。宇宙船は出力全開で飛びはじめたのだ。しばらくは外界との交信も遮断される。いっさい遮断されるわけではないとしても、電磁波によって搬送される情報は無効である。とすると、ガニメアンは何を手がかりに宇宙船の位置を測定し、針路を決定するのだろうか。またゾラックに尋ねることが増えた。

しかし、まあ、それは急ぐことではない。ハントはひとまず休息して、これから先のことを考え、心の準備をしておきたかった。J5の往路の宇宙航海とは違い、地球までは僅《わず》か数日の旅だった。

17

かくてとうとうガニメアンは地球にやってきた。

ガニメアンが招待に応じた時、受け入れ国をどこにするかについて依然各国政府の主張は対立したままだったが、ヨーロッパ連合議会はいざという場合に備えて独自に態勢を整えることを決定した。場所はスイス、レマン湖畔の美しい田園地帯が選ばれた。そのあたりの気候はガニメアンの体質に合うと考えられたし、スイスの永世中立の歴史は何よりも異星人を迎えるに相応《ふさわ》しいと判断されたからである。

ジュネーヴとローザンヌのちょうど中程、湖に臨む一平方マイル強の地域をフェンスで囲った中に、お国ぶりの山荘村《シャレー》が建設された。ガニメアンの体格に合わせて天井は高く、出入り口は大きく取って、ベッドその他の家具も頑丈なものを入れ、窓ガラスは薄いグレーペインを使用した。ガニメアンたちが一堂に会せる大食堂の他に娯楽室も用意され、テレビは世界中のネットワークと接続して、娯楽、データ、報道のあらゆる番組を観ることができるようになっていた。屋外には大きなプールや運動場の設備もあり、限られた時間内で、ガニメアンの快適な生活に資すると思われるものはできるだけ取り入れるよう努力が払われた。ガニメ〈シャピアロン〉号とその艦載舟艇、その他の交通手段を収容する広いコンクリートの発着所も作られた。柵内《さくない》には公用で訪れる地球人の宿泊施設や、会議場、社交場の建物も並んでいた。

ジュピターから異星人が二週間以内に地球に向けて出発する予定であり、しかも驚くべきことに、出発後僅《わず》か数日で地球に着く、と連絡があった時には、もはや既定の事実として各国政府はこのレマン湖畔のガニメアン村を認めざるを得ない格好であった。虚空の彼方に忽《こつ》然《ぜん》と姿を現わした〈シャピアロン〉号が地球の軌道に乗る頃には、異星人歓迎の式典に参加するべく地球全土から各国代表を乗せた亜軌道《サブオービタル》エアクラフトがジュネーヴに殺到していた。ジュネーヴ国際空港と、今ではガニヴィルの名で呼ばれるようになったガニメアン村の間をVTOLジェットがひっきりなしに往復した。自家用機の付近一帯航行が禁止されたため、ジュネーヴ・ローザンヌ間の高速道路は車がバンパーを接するほどの渋滞に陥った。ガニヴィルを見下ろす緑の斜面に、ガニメアンの到着を特等席で見物しようという市民の姿がちらほら目立ちはじめたと見る間に、その数は日ましにふくれ上がって片丘は色とりどりのテントや寝袋、毛布で埋まり、ピクニック・ストーヴから炊煙が立ち昇った。ガニヴィルを囲むフェンスから二百メートル幅の緩衝地帯が設けられ、警官隊がずらりと並んで群集の侵入を防いでいた。スイスの警察だけでは人手が足りず、イタリア、フランス、ドイツの警察から応援隊が狩り出されていた。警官隊は陽気で愛想がよく、群集と衝突することはなかったが、この警戒網は少々大袈裟《おおげさ》でなくもなかった。一方、湖上では警察のランチが巡洋艦隊さながらガニヴィル沿岸を遊弋《ゆうよく》して、ありとあらゆる大きさ、形の船で押し寄せる野次馬の群を食い止めていた。沿道にはあっという間に青空市が立ち、近郷近在の商売熱心な店主らがトラックに品物を満載して稼ぎまくった。インスタント食品から、厚手のセーターやハイキング・ブーツ、はては高倍率の望遠鏡にいたるまでおよそないものはないと言ったありさまで、商《あきな》いの高も馬鹿にならなかった。

数千マイル上空の〈シャピアロン〉号も地上の熱狂と無縁ではなかった。UNSAの宇宙船団が編隊を組んで同号をがっちり取り囲み、一時間半の周期で地球を回った。宇宙船には報道記者やカメラマンが乗り込み、ワールド・ニュース・グリッドを通して上空の模様を実況中継で地上に伝えた。人々は食い入るように画面を見つめた。ゾラックや〈シャピアロン〉号で木星から帰った地球人のインタヴュウや、異星人の宇宙船から見た地上の光景と、レマン湖畔の現地取材班の報告が交互に放映されると世界中は興奮の渦に巻き込まれた。その間を縫って解説者たちは入れ替わり立ち替わり、ガニメデ上空にはじめて〈シャピアロン〉号が現われた時の様子やその後の経緯についてくどくどと視聴者がうんざりするほどしゃべり立てた。ガニメアンの起源について説明する評論家もいた。遠征隊がイスカリスへ行った目的や、そこで何が起こったかについての解説もあった。最大の見せ場である宇宙船着陸までの時間をつなぐために、番組制作者は考えうる限りの趣向を凝《こ》らして視聴者への情報提供に努めているわけだった。地球上の会社、工場の半数は仕事の能率が上がらず、宇宙船が着陸するまでは開店休業の状態が続くと思われた。従業員たちは皆どこかでテレビに齧《かじ》りついていたし、職場のテレビも黒山の人だかりだった。ニューヨークのある会社社長はNB

Cの街頭インタヴュウに応えて言った。「何世紀も前にカヌート王が言ったことを、いまさら何千ドルも損をして思い知るまでもありませんよ……潮の流れは動き出したら変えられるものではありません。うちは思いきって休みにしました。今年は休日が多いと考えればいいんです」社長自身はその休日をどう過ごす予定かと訊《き》かれて、件《くだん》の男は意外そうな顔をした。

「わたしですか？　もちろん、テレビで宇宙船の着陸を見ますよ」

〈シャピアロン〉号の司令センターに、ハントとダンチェッカーをはじめ数人のガニメアンと地球人が集まっていた。はじめての記念すべき表敬訪問でJ5から移乗したハントとストレルの一行が案内された場所である。〈シャピアロン〉号を離れた卵型宇宙船が八方に散り、高度を下げて地球各地の鳥瞰《ちょうかん》を母船のスクリーンに送っていた。ハントらは映像を見ながら要所要所で説明を加えた。ガニメアンたちはニューヨーク、東京、ロンドンなど過密な大都市の景観に目を見張り、アラビアの砂漠やアマゾンの密林の偉観に息を呑んだ。とりわけ、ミネルヴァにはなかった密林の眺めは彼らに感銘を与えたようだった。アフリカの草原で縞《しま》馬《うま》の群を襲うライオンを望遠レンズが捉えた映像に、ガニメアンたちは恐怖のあまり声を失った。

ハントにとって、永遠にも感じられた氷と岩と宇宙の暗黒に閉じ込められた生活の後で目にする緑の大陸や陽光に灼《や》けた砂漠、紺碧《こんぺき》の海は胸を締めつけられるほど懐かしかった。モザイクのような地球の光景がスクリーンに浮かんでは消えるうちに、ガニメアンたちの気持ちにも微妙な変化が起こりはじめた様子だった。彼らの一部に根強く残っていた懐疑や不安は拭い去られ、代わって彼らを捉えた感動は時とともに高まって今や陶酔の域に達しているかと思われた。ガニメアンたちは身を乗り出し、運命の気まぐれに案内されてやってきたこの信じ難《がた》い世界に一刻も早く降り立って、自分の目でそのありさまをつぶさに見たいと逸《はや》っているらしかった。

卵型宇宙船の一隻がレマン湖上空三マイルから、ガニヴィルを見下ろす丘とその周辺の牧草地帯の模様を〈シャピアロン〉号に伝えていた。群衆はさらにその数を増して付近一帯を埋めつくしていた。ガニメアンたちは快《こころよ》い驚きと同時に、言いようもない困惑を覚えていた。自分たちがこれほどまで衆目を集め、興奮を煽《あお》る存在であるとは彼らには信じ難いことだった。ハントは、異星人の宇宙船が現われただけでも驚天動地の出来事であって、ましてそれが二千五百万年の時間を飛び越えてきたとなれば地球人が狂乱しないほうが不思議なのだ、と説明したが、それでもなおガニメアンたちは、いったい何がこれほどの大騒擾《だいそうじょう》にまで人間を駆り立てるのか納得しかねていた。モンチャーは、これまで付き合ってきた地球人たちは人間のうちでもむしろ冷静で合理的な判断を持った者たちで、ごく一般的な階層を代表してはいないのではないかという疑問を表明した。ハントはそれには答えず、成り行きに任せることにした。遅かれ早かれガニメアンは自分たちの見聞を通して答を見つけることであろう。

対話はしばらく跡切《とぎ》れて、一同は黙ってスクリーンを見守った。ガニメアンの一人がゾラックに、卵型宇宙船の高度を下げて画像を引き寄せるように指示した。画面は草に覆われた小高い丘の斜面に寄った。そこには体つきも身なりもまちまちな老若男女の群が犇《ひしめ》き合っていた。料理をする者があり、酒を飲む者があった。跳び回っている者もあり、ただじっと坐っている者もあった。競馬とポップ・フェスティバルと航空博覧会を一つにしたような光景だった。

「ああして野外にいて安全ですか？」しばらくして、ガニメアンの一人が心配そうに尋ねた。

「安全？」ハントは怪訝《けげん》な顔で訊き返した。「何のことかね？」

「だって、誰も銃を持っていないじゃありませんか。わたしはてっきり皆銃を持っているだろうと思っていました」

「銃？　何のために？」ハントはまごついた。

「肉食獣ですよ」ガニメアンはわかりきった話ではないかと言いたげだった。「肉食獣に襲われたらどうするんです？」

ダンチェッカーが、人間に危害を加える動物は極めて少なく、棲《す》んでいる場所も限られていて、いずれもスイスからは何千マイルも離れたところだ、と説明した。

「ああ、なるほど、わたしは、あのまわりの柵は肉食動物の襲撃を防ぐためかと思いました」ガニメアンは言った。

ハントは笑った。「あれは動物を避けるためじゃない。人間を遠ざけるためだよ」

「じゃあ、わたしたちは襲われるというんですか？」ガニメアンはうろたえた。

「いやいや、その心配はないよ。あれはただ、きみたちのプライバシーを確保する目的でね。邪魔者が割り込んだりしない用心に柵で囲ってあるんだよ。きみたちだって、絶えず野次馬だの観光客だのに覗《のぞ》かれては迷惑だろうという政府の配慮でね」

「それだったら、政府は人があの場所に近づくのを法律で禁じたらいいのではありませんか？」シローヒンが離れた席から言った。「そのほうがずっと話が早いのではないかしら」

ハントはまた笑った。久方ぶりに地球に戻って、彼はいくらか気持ちが弛《ゆる》んでいた。「きみたちはまだ地球人をよく知らないからね。そんな規制はほとんど意味をなさないんだよ。地球人は、何というか、その……ちょっとやそっとの規律ではなかなか言うことを聞かない人種でね」

シローヒンは驚きを隠そうともしなかった。「そうでしょうか？　わたしはまったくその反対だと思っていましたけれど。実はわたし……地球の旧《ふる》いニュース映画を見たんです。J5のコンピュータ・アーカイヴで、地球で戦争があった頃のニュース映画を。その中に、何千という地球人が全部同じ服装をして、整然と隊列を組んで行進するところがありました。片方に号令をかける人がいて、隊伍《たいご》を組んだ人たちは号令通りに一斉に動くのです。戦争の場面もありました。そこでも、彼らは命令に従って他の地球人たちを殺害していました。あれは規律が徹底しているとは言えませんか？」

「ああ……それはまあ」ハントは曖昧《あいまい》にうなずいた。説明を求められたら困ると思ったが、シローヒンはそれ以上尋ねようとはしなかった。

しかし、肉食獣の心配をしたガニメアンはこだわった。

「じゃあ、地球人は明らかに間違ったことを命令されれば迷わずそれに従うのに、当然のことであるばかりか儀礼にも適《かな》っていることを命令されると、それを無視するんですか？」

「そう……まあ、そんなところだね」ハントは閉口した。「往々にしてね」

コンソールに向かっていたガニメアンの乗組員の一人がふり返って臆面もなく言った。

「地球人は皆狂っているんだ。おれは前から言ってるだろう。地球は銀河系最大のマッドハウスさ」

「地球人はわれわれの恩人だ」ガルースが鋭く口を挟《はさ》んだ。「われわれの命を救ってくれたばかりか、こうして生活の場所まで提供してくれている。その地球人をつかまえて、そういう言い方は許せない」

「失礼しました」乗組員は憮然《ぶぜん》としてコンソールに向き直った。

「今の発言をお許し下さい、ハント先生」ガルースは言った。

「なあに、一向に構わないよ」ハントは肩をすくめた。「事実、その通りかもしれない……それを知っているからわれわれは辛うじて正気を保っているんだ……」ハントはこれといった理由もなく言い足した。それを聞いてガニメアンたちはますます困惑を深めた様子でそっと視線を交わし合った。

と、そこへゾラックの報告が入った。

「ジュネーヴの地上管制塔からです。ハント博士に接続しますか？」

ハントはコミュニケーション・コンソールに席を移した。地球に接近して以来ずっと彼はその席でガニメアンと地球人の対話の交通整理を務めている。ガニメアンの大きな椅子に落ち着いて、彼はゾラックに接続を指示した。すっかりお馴染《なじ》みになったジュネーヴの管制官の顔がスクリーンに現われた。

「やあ、またお目にかかりましたね、ハント先生。どうです、そちらの様子は？」

「どうって、こっちはただ待っているだけだよ」ハントは言った。「何かニュースはあるかね？」

「オーストラリア首相と中国国家主席がジュネーヴに到着しました。三十分後にはガニヴィルに着く予定です。そちらは一時間後にわたしの判断で着陸許可を出せる状態ですが、それでいかがです？」

「一時間後に着陸だ」ハントは期待に満ちた室内に向かって言い、ガルースの了承を求めた。

「そちらの了解の意を伝えようか？」

「そうして下さい」ガルースは答えた。

ハントはスクリーンの管制官に向き直った。「了解。今から六十分後に降下する」

ニュースはたちまちにして地球全土に伝わった。人々の興奮は狂騒の域に達した。

18

ハントは〈シャピアロン〉号の中央エレベーターに乗って目の前の飾り気のない大きなドアを見つめていた。ドアの向こうを宇宙船の際限もなく続くかとさえ思われる内壁が凄《すさ》まじい速さで上方に流れているはずだった。背後にはガニメデから帰還するＵＮＳＡの一団が肩を寄せ合って立っていた。皆じっと口をつぐんだまま、それぞれに目前に迫った帰投の瞬間に思いを馳《は》せていた。〈シャピアロン〉号はすでに尾部を地上に向けた垂直降下の姿勢を取っていた。エレベーターにはガニメアンたちも何人か乗っていた。最初に地球の土を踏む先導集団に選ばれた者たちで、もうその大半は船尾に待機していた。

ドアの脇の標示パネルの点滅が止まった。大きなドアが音もなく横に滑って、一行はエレベーターを降り、宇宙船のコアを取り巻く広いフロアに立った。外壁に大きなエアロックのドアが六つ等間隔に配置されていた。フロアを埋めつくしたガニメアンは皆緊張の面持ちで黙りこくっていた。エアロックの一つに近く、ガルースがガニメアンの幹部集団に囲まれて立っていた。シローヒンとモンチャーが彼の両脇に控え、ジャシレーンもすぐ近くにいた。他のガニメアンたちと同じように、彼らも宇宙船内核の壁面上方に設けられた書き割りさながらの大型スクリーンをじっと仰いでいた。ハントは巨人の群を掻《か》き分けてガルースたちのいるほうへ向かい、傍らに立ってスクリーンをふり返った。

画面は湖畔を真上から俯瞰《ふかん》していた。画面をほぼ二分して、緑と褐色の丘と青空を映す水が見えた。色彩は鮮明だった。白い雲が点々と浮かんでいた。地面に落ちた雲のくっきりした影は、地上がさわやかな好天であることを物語っていた。宇宙船の降下につれて、大地はしだいに起伏を明らかにしながら画面の外へこぼれていった。

画布に掃かれた絵具のように見えていた雲は地上の景色を背景に脹《ふく》れ上がって白く逆巻き、やがて狭まる視野から流れ去った。

点のようだった人家がはっきりそれと見分けられるようになった。丘の襞《ひだ》の間にぽつんと建っている家もあり、うねうねと続く小径に沿って何軒かがかたまっているところもあった。画面の中央、〈シャピアロン〉号の中心線を延長した直下に、湖に面したガニヴィルのコンクリートの発着所が白く見えていた。柵に囲まれた中に整然と並ぶシャレー群もよく見えるようになった。柵に沿った細い緑の帯はガニヴィルの輪郭を浮き彫りにしていた。そして、その緑地を隔てた外側は、空を仰ぐ群衆の顔が作り出す併置混合の効果で一面の明色に塗りつぶされていた。

ハントはガルースがそっと襟首のマイクに話しかけては応答に耳を傾けているのに気づいた。司令センターの乗組員から報告を求めて刻々の情況を摑《つか》もうとしているに違いなかった。ガルースを妨げてはいけないと考えて、ハントはリスト・ユニットのチャンネルを呼び出した。「ゾラック、どんな具合だ？」

「高度九千六百フィート、毎秒二百フィートで減速降下中」耳馴《みみな》れた声が返ってきた。「アプローチ・レーダーの視野に入った。万事良好、異常なし」

「大変な歓迎ぶりだね」ハントは言った。

「探査船から送ってくる画を見てごらん。周辺何マイルという丘が人で埋まっているよ。湖は岸から四分の一マイルのところまで船で水も見えないくらいだ。発着所の真上の空域はあいているがね、まわりはエアカーでぎっしりだよ。地球人の半分は詰めかけているのではないかね」

「ガニメアンたちはどう思っている?」ハントは尋ねた。

「いささかたじろいでいるだろうね」

シローヒンがハントに気づいて寄ってきた。

「こんなことってあるかしら?」彼女はスクリーンを指して言った。「わたしたち、本当にこんな騒ぎを惹《ひ》き起こすだけのことがあるんですか?」

「異星人がやってくるなんて、そうざらにあることではないからね」ハントは愉快げに言った。「これを見逃してなるものか、という気持ちなのだよ」彼はふと思いついて言葉を足した。「いや、実に面白い話だよ……地球人の間では何百年も昔から、UFOだの空飛ぶ円盤だのを見たという話があるんだ。誰かがそういうことを言う度《たび》に、UFOは実在するか云々《うんぬん》の議論が巻き起こってね。見たという人間は信じるし、見ていない者はそんなものがあるはずはないと言う。しかし、まあ、これでその種の議論もきっぱりとけりがついたわけだ」

「接地二十秒前」ゾラックが言った。ハントは周囲の巨人たちの間に興奮の波が伝わるのを感じた。

すでにスクリーンに映るのはワッフルの焼き型のように配置されたガニヴィルのシャレーとその向こうに白く拡がる発着所ばかりとなっていた。宇宙船は水辺に寄った一画に向かって下降した。山側の半分はシャレーの列のはずれからいっぱいに点描の幾何学模様で埋まっていたが、さらに高度が下がると、その点の一つ一つは人間であることがわかった。

「十秒前」ゾラックの声が響いた。脹れ上がったざわめきがふっつり跡絶《とだ》えた。聞こえるものといえば、僅《わず》かに遠い空気の唸《うな》りと出力を絞った推進機関の駆動音ばかりであった。

「タッチダウン。本船は惑星地球に着陸。司令官の指示を待ちます」

「船尾離脱降下」ガルースは指示を発した。「フライト・システム閉鎖。手続完了を待って機関士よりその旨報告しろ」

体に感じる動きはなかったが、ハントは今自分たちの立っている船尾の一部が胴体から切り離され、三本のエレベーター・チューブが望遠鏡のようにするすると伸びて地上に向かっていることを知っていた。その間、頭上のスクリーンには宇宙船の周囲三百六十度の展望が映し出されていた。

〈シャピアロン〉号のテイル・フィンが橋のアーチのように視野を区切った向こうに、シャレーの列を背景に数百の人間がいくつかの集団に分かれて大きな弧を作り、さながら閲兵式のパレードのようにかしこまっていた。各集団の先頭に、地球各国の旗を掲げて旗手が立ち、さらにその前に各国の代表とその側近たちがダークスーツに威儀を正して整列していた。ハントは星条旗とユニオン・ジャックを真っ先に認めた。ヨーロッパ連合のいくつかの旗もすぐにわかった。ソ連のハンマーと鎌、中国の赤い星もよく目立った。即座には国の名が思い出せないものも少なくなかった。ずっと後ろのほうに儀式用の派手な軍服に着飾った一団が綬章《じゅしょう》を陽光にきらめかせて控えていた。ハントは地上に立っている者たちの気持ちを考えてみた。彼らのうちの誰一人、異星人と直接向きあったことのある者はいないのだ。今しも天空から降り立った銀色の巨塔を仰ぐ胸のうちにははたしてどのような感情が波打っているだろうか。人類の歴史を通じて唯一《ただ》度あってまたとない記念すべき瞬間であった。この後、また異星人が訪れることがあったとしても、史上初めてというこの瞬間は二度とあり得ない。

再びゾラックの声が響いた。

「テイル・ゲート降下完了。圧力均衡。エアロック外板開扉。昇降ランプ伸張。離船準備完了」

周囲の緊張が高まるのが手に取るようによくわかった。巨人たちの視線はガルース一身に注がれていた。ガニメアンの指導者はゆっくりと一同を見渡し、エレベーターの前にかたまっている地球人にちょっと目を止めてから真っすぐハントに向き直った。

「われわれは定められた順序で降りる。しかし、われわれにとって地球は未知の世界だ。その地球に帰った人々がここにいる。ここは彼らの世界だ。彼らこそ、先頭に立つべき人々だ」

ガニメアンたちはそれ以上言われる必要もなかった。ガルースが言い終わるより早く、巨人たちは二つに割れて、エレベーターの傍《そば》からガルースとハントのいるところまで、地球人の一行に通路を開けた。しばらくして、地球人たちはゆっくりと歩きだした。ダンチェッカーが先に立っていた。彼らがハントのいるエアロックに近づくと、ガニメアンたちは脇へ寄ってドアの前の場所を譲った。

「じゃあ、もういいね、クリス」ハントはやってきた教授の顔を覗《のぞ》いて言った。「ドアが開けば、地球へ帰還だぞ」

「できることなら、この大騒ぎは願い下げにしてもらいたいね」教授は言った。「何だか民族を引き連れてエジプトを出るモーゼの心境だね。とにかく、早いとこ終わりにしよう」

ハントはダンチェッカーと並んでドアの前に立ち、ガルースをふり返ってうなずいた。

「ゾラック、五番エアロックの内扉《インナー・ドア》を開けろ」ガルースは指示を下した。

波型鋼板のドアが音もなく横に滑った。ハントはエアロックに踏み込んで外側のドアに向かった。胸の底から何やら衝《つ》き上げてくるものを感じながら、彼は目の端にダンチェッカーの姿を認め、背後に続くUNSAの一行の気配を意識していた。ドアを抜けると広いランプが緩やかな勾配でコンクリートの地面に通じていた。ランプの上に立って、彼は〈シャピアロン〉号のテイル・フィンが形作る大伽藍《だいがらん》の穹窿《ヴォールト》にも似た構造をふり仰いだ。四枚のフィンは大きく弧を描いて頭上遥かの船体で一つに合していた。ランプは船体と大きなフィンの影に入っていたが、その影をはずれた向こうでは明るい陽光の中に絢爛《けんらん》たる色彩が乱舞していた。周囲の丘には緑が萌《も》え、その向こうの山々は紫紅色に霞《かす》み、青空には白雲が流れていた。丘の斜面を埋める群衆の服の色は、ある限りの絵具をいさぎよくぶちまけたかのようだった。立ち並ぶシャレーはパステル調でピンク、緑、赤、青、そしてオレンジ。足下から拡がるコンクリートは白く眩《まばゆ》く、直立不動の姿勢を取っている各国代表のダークスーツの胸に覗くシャツは雪を欺くばかりだった。

歓呼の声が湧き起こった。遠い潮鳴りのようなざわめきが丘の斜面を伝い降り、やがて津波の轟音《ごうおん》となって脹れ拡がり、ついには耳を聾《ろう》するばかりのどよめきが大地を揺すった。丘全体が動きだしたかのように、視野いっぱいの群衆がこの数日の間に身内に募らせた期待と興奮を体中で表わし、声の限りに吐き出していた。人々は手をふり、帽子やシャツやコートをふり、はては手当たりしだいにまわりのものを取ってふりまわした。そして、その大歓声の波を縫って、大編成のブラスバンドが負けてはならじと絶叫した。

地球人の一行はランプの半ばでこの吹き殴る嵐のような喚声に一瞬立往生したが、やがてまた歩を進めて、聳《そび》えたつ〈シャピアロン〉号の下の地球の大地に降り立った。彼らは影を出て、降り注ぐ陽光の中を地球代表団が歓迎団本隊より前に進んで待ち受けているほうに向かった。周囲の丘や背後の湖面を見回しながら彼らは夢遊病者のように歩いた。ふり仰ぐ空に向かって屹立《きつりつ》する宇宙船は、今やひっそりと音もなく、大地に根が生えたかのように微動だにしなかった。一行の何人かが斜面の群衆に手をふった。そのささやかな動作に群衆は狂喜し、前に倍する歓呼でこれに応じた。やがて、帰還組の全員が手をふりはじめた。

代表団に近づいてハントは顔ぶれをあらためた。サミュエル・K・ウィルビー国連事務総長。隣はワシントンDCから駆けつけたアーウィン・フレンショーUNSA総司令官。そして、UNSA制服部隊の最高司令官ブラッドリー・カミングス将軍。ウィルビーはにっこり笑って手を差し出した。

「ハント博士、ですね。ようこそのお帰り、ご無事で何よりです。それにまた、此度《こたび》は珍しいお連れがご一緒のようで……」彼はふと脇へ視線を移した。「ああ、ダンチェッカー先生。ようこそ」

ダンチェッカーが事務総長と握手を交わす途端に、群衆の叫びはいやが上にも高まった。彼らは宇宙船をふり返った。

ガニメアンの登場であった。

ガルースを先頭に巨人の第一集団がランプに姿を現わした。巨人たちはランプの上で足を止め、途方《とほう》に暮れた様子できょときょととあたりを見回した。

「ゾラック」ハントはそっと襟元のマイクに呼びかけた。「連中、どうしていいかわからないらしいな。こっちへ来て地球の代表団に挨拶《あいさつ》するように言ってやれよ」

「大丈夫だよ」スーパーコンピュータの声が返ってきた。「じきに馴れるから。何しろ、彼らは二十年ぶりに自然の大気を呼吸するんだからね。その間、たったの一度だって直《じか》に空気に触れたことはないんだ」

船尾のエアロックが次々に開いて、さらに大勢のガニメアンが顔を出した。ガルースが神経を凝《こ》らして決めた登場の順序は早くもすっかり乱れていた。ガニメアンのある者はエアロックの戸口でまごつき、またある者はそそくさとランプの半ばまで降りかけていた。ただ呆《ぼう》然《ぜん》と立ちつくす巨人もいた。

「彼らは少々戸惑っています」ハントはウィルビーをふり返って言った。「行って整理してやったほうがよさそうです」ウィルビーはうなずき、側近たちを促した。国連の職員がガニメデから戻った地球人の一行を各国代表団のほうへ案内する間に、ハントとダンチェッカーは二、三の仲間を連れてウィルビーの一団とともにランプに取って返した。

「ゾラック。ガルースに繋《つな》いでくれ」歩きながらハントは言った。

「どうぞ」

「こちら、ヴィック・ハント。どうかね、感想は？」

「皆、一時はすくみ上がってしまいましたよ」耳馴れた声が応えた。「いや、それはかく言うわたしも同じです。長いこと屋外の空気に触れていませんから、そっちのほうはある程度覚悟していましたがね、まさかこんな騒ぎになろうとは……人の数にまず圧倒されますね。それにあの声……。何といったらいいか、言葉に窮します」

「今、地球の代表団と一緒にそっちへ行くからね」ハントは言った。「きちんと列をまとめて降りてきたまえ。きみたちにまず挨拶してもらいたい相手を引き合わせるから」

ランプの下に行きついて見上げると、ガルース以下、シローヒン、モンチャー、ジャシレーン、それに数人を加えた幹部集団が降りてくるところだった。左右には、すでに他のランプから降り立ったガニメアンたちが群をなしてウィルビーの一行が出迎えているほうに向かいはじめていた。

ガルースは幹部らを引き従えてランプを降り、立ち止まって事務総長を見下ろした。二人はゆっくり、しゃちこばって握手を交わした。

ハントはゾラックの助けを借りて通訳を務め、二つのグループを引き合わせた。

「こちらはUNSA国連宇宙軍の総司令官でね」アーウィン・フレンショーのことをハントはガルースに説明した。「UNSAの探査計画というものがなかったら、そもそもわたしらはあそこまで出かけることはなかったし、きみたちに出会うこともなかったわけだよ」

両人種は一つの集団に溶け合って歩きだした。エアロックからさらに八フィートの巨人たちが続々とランプを降りてその後に従った。彼らは日向《ひなた》に出ると、ちょっと足を止めて前方にずらりと並んだ各国代表団を見渡した。丘の群衆は水を打ったように静まり返った。

ガルースがゆっくりと右手を上げて挨拶した。ガニメアンたちは順にそれに倣《なら》った。数百のガニメアンが無言のまま姿勢を正して右手を上げ、全地球人類に初対面の挨拶を送り、友好の意志を表わしたのだ。

再び割れるばかりの歓声が周囲の丘をどよもした。前の大歓呼が津波だとすれば、今度のそれは山をも呑む大洪水であった。群衆の叫びは山や谷に谺《こだま》し、スイスの連峰満山が挙げて歓呼に鳴動しているかと思われた。

ウィルビーはハントに顔を寄せて耳打ちした。

「あなたのお仲間は大した人気のようですな」

「かなり大騒ぎになるだろうとは思っていましたがね」ハントは言った。「まさか、これほどとは夢にも知りませんでした。このまま、進めますか？」

「行きましょう」

ハントはゾラックを介してガルースに呼びかけた。

「頼むぞ、ガルース。今度は地球人のほうから挨拶する番だ。ずいぶん遠くからわざわざこのためにやってきた人たちもいるんだよ」

地球人とガニメアンの混じり合った小集団を先頭に、巨人の大群はひとかたまりになってゆっくりと、地球各国の代表団が待ち受けているほうへ移動した。

19

続く一時間あまり、ガニメアンの幹部たちは地球各国の代表団を渡り歩いて短い友好の言葉を交わし合うことに忙殺された。交歓の儀礼を済ませた代表団は次々に分散して〈シャピアロン〉号の下のエプロンに数を増しつつある両人種の混成集団に加わった。ガニメデ基地の氷上の、初対面の探り合いとは似ても似つかぬ交流風景であった。

「まだどうもよくわからないのだがね」マレーシア代表団のほうへ向かいながらジャシレーンがハントに話しかけた。「ここにいるのは皆政府の代表ということだけれども、その政府

「というのはいったい誰なのかね？」

「政府？」ハントは質問の意味を解しかねた。「どこの？」

巨人はじれったそうに手をふった。

「だから、この惑星を支配する政府だよ。この中の、どれがその政府の代表なんだ？」

「誰でもないさ」ハントは言った。

「ああ、やっぱり。じゃあ、どこにいるんだ？」

「そんなものはいないよ。地球は各国政府全部の手で運営されているんだ。特定の政府一つが治めているんじゃあない」

「そうか、そこがなかなかわからなかったんだ」ジャシレーンは言った。通訳したゾラックは巧みに閉口らしい溜息《ためいき》を真似た。

カーニバルのような雰囲気のうちに公式行事は終日続いた。ガルース以下ガニメアンの幹部たちはもっぱら各国代表団との会談に時間を費やし、友好関係の樹立や各国への公式訪問の日程について話し合った。ハントをはじめとするガニメデからの帰還組も、席の温まる閑《ひま》もなかった。異星人の気心を知っている彼らは引っぱり凧《だこ》で、紹介を頼まれ、通訳や対談の介添え役に同席を求められた。ヨーロッパ政府の呼びかけで、国連を母体とする超党派の国際連絡機関リエゾン・ビューローが誕生し、日暮れ近くには両人種の間で話し合うべき問題の整理や日程の調整もどうにかこうにか目鼻がついてきた。

その夜、ガニヴィルで盛大な歓迎パーティが催された。料理はもちろん菜食主義者《ヴェジタリアン》向けだったが酒はふんだんに用意され、話は弾んだ。食後のスピーチも終わると両人種は会場を自由に歩き回ってあちこちで歓談の花を咲かせた。ハントはグラスを片手に会場の一隅で三人のガニメアンと話していた。〈シャピアロン〉号の上級士官、ヴァリオとクラロム、それに女性行政長官のストレルシアだった。ヴァリオは一日の見聞から疑問に感じたことを次々に繰り出した。

「イマニュエル・クロウという名前だったと思うけどね。きみの暮らしているところの代表団の一人だよ……アメリカ合衆国だね、ヴィック。ワシントンから来たそうだよ。国務省とか言っていたっけ。わたしが不思議に思ったのはね、そのクロウが、レッド・インディアンだというんだよ」

ハントは傍らのテーブルに軽く腰を預けてスコッチを啜《すす》った。

「ほう。それがどうした？」彼は言った。

「実はね、そのあとでわたしはインド政府のスポークスマンだという人に会ったんだ。ところが、その人がいうには、インドとＵＳＡは全然はなれた場所なんだね。そうすると、クロウはどうしてインディアンなのだろう？」

「いや、それはインディアンが違うんだ」ハントは答えながら、これは話がややこしくなりそうだと予感した。はたせるかな、クラロムが横から口を挟《はさ》んだ。

「わたしは西インド出身という人に会ったよ。でも、西インドはアメリカの東だと言っていた」

「東インド諸島というところもあるわ……」ストレルシアも割り込んだ。

「ああ、でもそれはずっと西のほうだ」クラロムが言った。

ハントは、さてどう説明したものかと思案しながらポケットの煙草《たばこ》を探った。彼が口を開く閑もなく、ヴァリオがたたみかけた。

「レッド・インディアンと聞いた時わたしは、本当は中国人なのかもしれないと思ったんだ。中国は赤いと聞いていたからね。それにインドの隣だし。ところが中国は黄色なんだ」

「ロシア人じゃあないのか」クラロムが言った。「ロシアも赤いそうだよ」

「ロシア人はピンク色よ」ストレルシアが自信ありげに言った。彼女はすぐ近くのグループに、こちらには背を向けて立っている短軀《たんく》肥満のダークスーツの男のほうへ顎をしゃくった。

「たしか、あの人、ロシア人よ。自分で見てくるといいわ」

「あの人ならわたしも会った」クラロムが言った。「白系ロシア人だって、自分で言ったよ。でも、全然白くない」

異星人たちは、いったいどういうことかと説明を求める顔でハントを見つめた。

「あまりむずかしく考えることはないよ……いずれも旧《ふる》い時代の名残《なご》りでね。今では世界中の人種が混じり合っているから、赤だとか白だとか、そんなことはどうでもいいんだ」ハントは適当にお茶を濁した。

夜は更けて、周囲の丘にはまだ何千という小さな火影が揺れていたが、ガニヴィルはひっそり寝静まった。時折、他より遅れてほろ酔い加減の巨人が足もとも怪しげにシャレーの間の小径を上機嫌で自分の部屋へ戻って行く他は、夜の静寂を乱すものは何もなかった。

一夜明けると、世界中からやってきたお偉方たちはぼつぼつ荷物をまとめて引き揚げて行き、ガニヴィルに一週間の小閑《しょうかん》が訪れた。その一週間は、各国から訪れた主として科学者集団との軽い日程が組まれているだけで、一般の関心に応えるためにその模様はニュース特集で報道された。が、ガニメアンたちはほとんどの時間を邪魔されることなく、大地に足を踏みしめる実感を楽しみながらのんびりと過ごした。

ガニメアンたちの多くは芝生に寝そべって、彼らにとっては熱帯の強い日射しを全身に浴びて寛《くつろ》いだ。中には終日飽きずにガニヴィルの柵に沿って散歩をする者もあった。彼らは時時足を止めては夢ではないことを確かめるかのように澄んだ空気を胸いっぱいに吸い込み、歓喜の目で湖や丘や、雪を戴《いただ》く彼方《かなた》のアルプスを打ち眺めた。また、シャレーに閉じこもってテレビに齧《かじ》りついているガニメアンもいた。彼らは底なしの好奇心を示し、人間の社会と歴史、地理など地球についてあらゆることを知りたがった。彼らの好奇心に応えるために、ゾラックが地球のネットワークに接続され、二つの人種が蓄積した厖大《ぼうだい》な知識が交換されることになった。

何よりの圧巻はガニメアンの子供の情景であった。〈シャピアロン〉号の宇宙漂流譚の発端となったイスカリス脱出以降に生まれた子供たちは青空というものを見たことがなかった。山はおろか、変化に富んだ風景というものを知らなかった。自然の大気を呼吸したこともなく、生命維持装置の助けなしに宇宙船の外に出ることなど間違っても考えたことはなかった。彼らにとっては、生命のかけらもない星間空間だけが理解できる唯一の世界であった。はじめのうち、子供たちは恐がって宇宙船から出たがらなかった。生まれてからずっと教え込まれ、叩き込まれて骨の髄《ずい》に染みている真実を彼らは疑おうとしなかった。大人たちが説得すると、ものわかりのいい、勇気のある何人かが恐るおそるエアロックのドアの陰から外を覗《のぞ》いた。彼らは目を疑って立ちすくんだ。眼前の光景は彼らの理解を超えていた。彼らは混乱した。大人たちやゾラックに教えられて、彼らはおぼろげながら惑星や宇宙の概念を持っていた。〈シャピアロン〉号よりも広く大きく、閉ざされた中で暮らすのではなく、その上に立って生きることのできる世界があるらしい、と彼らは想像した。しかし、それが何を意味するかはよくわからなかった。その知識をもって彼らはガニメデに降りた。これが惑星だ、と彼らは考えた。

そして彼らは地球にやってきた。何ということだろう。宇宙船の外に群がる何万という人間は上着さえ着ていない。そんなことがあっていいものだろうか？　どうして呼吸ができるのだろうか？　減圧のせいで体が弾《はじ》けてしまわないだろうか？　宇宙は果てしないはずではなかったか？　しかし、ここは宇宙とは違う世界だ。宇宙はどうなってしまったのだろう？　どうして世界は急に上と下の二つに分かれてしまったのだろう？　上と下という区別は宇宙船の中にしかないものではなかったか？　下が一面の緑なのは何故だろう？　いったい誰が、何のためにこのような広い場所を作り出したのだろう？　しかも、ここは平らではなく、見渡す限り不思議な形の大きな起伏が続いている。どうして上のほうは真《ま》っ蒼《さお》で、おまけに星がないのだろう？　この明るい光はどこから射《さ》してくるのだろう？

大人たちがさんざんなだめすかして、彼らはやっとランプを降りた。恐ろしいことは何もなかった。やがて彼らは不安を捨て、この新しい驚異に満ちた世界を見回した。コンクリートのエプロンや、その向こうの緑の芝生、シャレーの板壁……みなそれぞれに彼らを吸い寄せる魅力を持っていた。しかし、何にもまして彼らを驚かせ、心を捉えたのは背後に遠くどこまでも続く湖水であった。彼らは宇宙全体の水を集めても、これだけの量に達することはないのではないかと訝《いぶか》った。

ほどなく、子供たちはあたりを跳ね回るようになった。今までに味わったことのない大きな自由に彼らは有頂天だった。スイス警察がランチを遊覧船に仕立ててレマン湖を周航すると、子供たちの感激はここに極まった。もはや、地球定住問題に難色を示しているのは偏見に凝《こ》り固まった大人ばかりであることが明らかだった。子供たちの気持ちは決まっていた。

着陸二日後、ハントがガニヴィルの居住者用カフェテリアでコーヒーを飲んでいると、リスト・ユニットのブザーが低く鳴った。彼はボタンを押して受信した。すぐにゾラックの声が伝わってきた。「リエゾン・ビューローの連絡事務所《コーディネーション・オフィス》が通話を求めているけれども、繋《つな》ぐかね？」

「いいよ」

「ハント先生？」若々しい声だった。美人だ、とハントは直観した。

「ハントはわたしだが」

「こちら、コーディネーション・オフィスです。おそれいりますが、ちょっとこちらにおいで下さいません？　お願いしたいことがあるんです」

「わたしと結婚の約束をしてくれればね」ハントはそんな気分だった。地球を長いこと離れていすぎたせいかもしれない。

「え……？」相手は面食らって声を撥《は》ね上げた。「あの……もしもし……真面目な話ですよ」

「わたしは真面目じゃないって言うのかね？」

「ご冗談ばっかり。あの、来ていただけるんですか？　公用ですけど」彼女は健気《けなげ》に立ち直った、とハントは思った。

「きみは、誰？」彼はさりげなく尋ねた。

「ですから、申し上げましたでしょ……コーディネーション・オフィスです」

「それはわかっているよ。きみの名前を訊《き》いているんだ」

「イヴォンヌですけど……どうして？」

「うん、じゃあ、取引きしよう。きみのほうは何かわたしに頼みがあるんだね。わたしはアメリカへ帰る前に、誰かにジュネーヴを案内してもらいたいんだ。興味があるかい？」

「それとこれとは別ですわ」女は食ってかかった。可愛《かわい》らしい眉を吊り上げているに違いない。「わたしは国連の仕事で連絡しているんです。そちらは私的なお話でしょう。いらして下さるんですか？」

「乗るかい？」

「ええ……それは……それはまた後のこととして、当面の問題をどうにかして下さらなくては」

「問題というと？」

「ガニメアンたちが外へ出たがっているんです。それで、先生に一緒に行っていただいたほうがいいだろうということで」

ハントは吐息を洩《も》らして首を横にふった。「わかったよ」断るわけにはいかなかった。「すぐ行くと言ってくれ」

「そのように伝えます」女は声を落として早口に付け加えた。「わたし、日月火と空いてるわ」カチリと音がして交信が絶えた。ハントは一人ほくそえみ、コーヒーを飲み干して席を立った。ふとある考えが浮かんだ。

「ゾラック」彼はマイクに低く呼びかけた。

「何かね、ヴィック」

「きみは地球ネットの局地通信グリッドに繋がっているんだな？」

「そうだよ。今の通話もその回線だ」

「うん、それはわかっている……わたしが訊きたいのは、今の女性が双方向映像端末で話していたか、ということなんだ」

「そうだよ」

「映像も同時に?」

「ああ」

ハントは顎をさすった。

「時に、きみはひょっとして、彼女の顔を録画しはしなかったかね?」

「したよ」ゾラックは言った。「再生しようか?」

ハントが答えるより早く、リスト・ユニットのスクリーンに最前《さいぜん》のやりとりの再生が出た。ハントは満足げにうなずいて低く口笛を鳴らした。イヴォンヌはブロンドで、目は青。国連の薄いグレーのジャケットと白いブラウスの清楚な制服姿がかえって魅力を引き立てる可愛い娘だった。

「きみは扱った情報は何ごとによらず全部記録するのか?」ドアのほうに向かいながらハントは尋ねた。

「いや、全部というわけではないよ」

「なら、どうして今のを録《と》った?」

「君がそういうだろうと判断したから」

「盗聴されるのはあまり好きじゃあないね」ハントは言った。「きみに文句を言っているんだぞ」

ゾラックはその一言を黙殺した。「彼女の内線番号も記録しておいたよ。きみが訊き忘れ

「彼女は、亭主持ちか？」

「知るものかね」

「知るものかって、きみ……きみなら呼び出しコードを検索して、地球ネットか何かを通じて彼女の人事記録を当たるくらいお手のものだろう」

「それはできるよ。でも、そんなことはしない」ゾラックは言った。「優秀なコンピュータはするべきことと、そうでないことの区別をわきまえているからね。この先は、きみのほうで好きにやることさ」

ハントは通話を切り、頭をふりふりカフェテリアを出るとビューロー・ブロックに向かった。

数分後、ハントは一階のコーディネーション・オフィスに顔を出した。ガルースと数人のガニメアンが国連の役員たちと彼を待っていた。

「地球の人々の歓迎に応えなくてはいけないと思いましてね」ガルースが言った。「それで、柵の外へ出て、皆さんに会うことにしました」

「いいかな?」ハントは、いあわせた中では一番の上級らしい太りぎみの銀髪の男に尋ねた。

「もちろんですよ。彼らは賓客です。囚人ではありません。ただ、誰かガニメアンのことをよく知っている人が同行したほうが何かと都合がよかろうと思いましてね」

「わたしは構わないよ」ハントはうなずいた。「出かけようか」戸口のほうへ行きかけて、彼はオフィスの奥のヴィデオ・コンソールに坐っているイヴォンヌをふり返り、いたずらっぽく片目をつぶった。イヴォンヌはぽっと頰《ほお》を染めてキーボードに顔を伏せたが、すぐにその顔を上げ、にっこり笑ってウインクを返すと、また用ありげに手もとに視線を戻した。

建物を出ると、さらに大勢のガニメアンが待っていた。スイス警察の署長が部下の一団を引き従え、そわそわしながら脇に控えていた。一行は通路を左に折れ、シャレーの間を抜けて金網の柵《さく》に切られたゲートに向かった。シャレーがつきて、緩い勾配の砂利道をゲートのほうへ登っていくと、分離帯の向こうの草に覆われた小丘に屯《たむろ》していた群衆が騒ぎだした。人々は一斉に伸び上がって柵の中を見下ろした。ガニメアンの一行を待たせてスイス警察の巡査がゲートを開けると群衆の興奮は頂点に達した。

ガルースと署長に挟まれてハントは先頭に立ち、ゲートを抜けて口々にはやしたてる群衆のほうにガニメアンたちを案内した。人々は押し合いへし合い斜面を駆け降り、警備隊の手前に寄りかたまると、分離帯を横切ってやってくるガニメアンたちに手をふり、歓声を浴びせた。

警備隊は脇へ避《よ》けてガニメアンたちを通した。正面の群衆は異星人たちの奇怪な顔をまともに見上げる形になった。歓声はなおも激しくなりまさったが、巨人たちともろに向き合った者たちは何故か急に黙りこくり、たじたじと後退《あとずさ》った。ガルースは立ち止まってゆっくりと半円の人垣を見渡した。彼と目が合うと人々はぎこちなく顔をそむけた。ハントには彼らのたじろぎがよくわかったが、巨人たちのせっかくの好意が報いられないのは好ましくなかった。

「わたしはヴィック・ハントです」彼は群衆に向かって声を張り上げた。「わたしはこの異星の人々と木星からずっと一緒にやってきました。ここにいるのは、ガニメアン宇宙船の司令官ガルースです。彼らは、彼ら自身の意思によって、皆さんと直《じか》に会うためにこうして出てきたのです。わたしたちはガニメアン諸君を快《こころよ》く迎えようではありませんか」

人々はそう言われてもまだ尻ごみしている様子だった。中には好意を示そうとしている者もあったに違いない。しかし、皆、誰かがきっかけを作るのを待っていた。と、一人の少年が母親の手をふり解《ほど》いて、つかつかとガルースの前に進み出た。年の頃十二、三の少年はアルプスふうの革の半ズボンに山男の頑丈なブーツを履《は》いていた。金髪のもじゃもじゃ頭で、顔はそばかすだらけだった。母親は思わず彼の後を追いかけたが、傍らの男がその手を摑《つか》んで押し止《とど》めた。

「この人たちなんかどうでもいいよ、ガルースさん」少年は澄んだ声で言い放った。「僕と握手してよ」彼は悪びれずに手を突き出した。巨人は笑っているらしく、顔を異様に歪《ゆが》めて体を屈《かが》め、少年の手を取ると穏やかに揺《ゆす》った。群衆の不安は消し飛んだ。彼らは小躍りしてどっと巨人たちを取り囲んだ。

ハントはあたりを見回した。今しがたのよそよそしさが嘘のようだった。ガニメアンの一人が相好《そうごう》を崩した中年婦人の肩を抱き、亭主らしい男が写真を撮っていた。別のところでは巨人が盛んにコーヒーを勧められていた。また今一人の巨人はある家族が連れてきたシェパードを胡散《うさん》臭げに見下ろしていた。犬は尻尾をちぎれるばかりにふっていた。おそるおそる犬の頭をそっと叩いてから、ガニメアンはしゃがみ込んで毛深い背中を撫《な》でまわした。犬はガニメアンの細長く尖った顔をめったやたらに舐《な》めまわした。

ハントは煙草をつけて署長の傍《そば》へ寄った。署長はハンカチで額に噴き出す汗をしきりに拭っていた。

「ほうら……調子よくいってるじゃないか、ハインリヒ」ハントは言った。「だから、心配することはないって言ったんだ」

「そりゃあ、まあね、ハント先生」ハインリヒ署長はまだ安心できないらしかった。「でも、正直言って、あたしはもう、さっさとお払い箱にしてもらいたいですな」

ハントはそれからさらに二日ほどガニヴィルの地球人居住区に滞在して、リエゾン・ビューローの仕事を手伝いかたがた休養を取った。ひと息ついたところで彼は一計を案じ、公用の範囲を大きくはずれているのを承知の上で休暇を申請し、イヴォンヌを呼び出してまだ運行しているVTOLシャトルでジュネーヴに出かけた。久しぶりの都会で、彼らは存分に羽目をはずした。三日後、ガニヴィルの柵の外でハイウェー・バスを降りた時には二人ともまるでしまりがなく、夢見心地の千鳥足だった。

〈シャピアロン〉号が着陸してからまる一週間が過ぎる頃には、リエゾン・ビューローの活動もすっかり軌道に乗り、ガニメアンたちはいくつもの団体に分かれて各国歴訪の旅や、世界各地で開催される学術会議に出かけるようになった。一足先に出発した何班かからは早くも行った先々のありさまが報告されていた。

八フィートの異星人の小集団と片時も傍を離れない護衛警官隊の姿は、珍しくもないと言えば嘘だったが、タイムズ・スクウェア、赤の広場、トラファルガー広場、シャンゼリゼなどではもうさして人の目を驚かしはしなかった。ガニメアンたちはボストンでベートーベンのシンフォニーに感動し、ロンドン動物園では恐れおののきながらも驚異の目を見張り、ブエノスアイレス、キャンベラ、ケープタウン、ワシントンDCで盛大な歓迎レセプションに出席し、ヴァチカンを表敬訪問した。北京ではガニメアン文明こそ共産主義の理想を実現したものと賞讃を浴び、ニューヨークでは民主主義、ストックホルムでは自由主義の理想と讃辞を恣《ほしいまま》にした。どこへ行っても彼らは群衆の歓呼に迎えられた。

各地からの報告は、千差万別の生活形態、豊かな色彩、溢《あふ》れるばかりの生命力や熱気などに対する異星人の讃嘆を伝えていた。地球人は皆、生涯を一日のうちに過ごそうとしているとガニメアンの目には映った。見るべきものを見つくし、するべきことをしつくすには人の寿命は短すぎると地球人は考えているらしい。ミネルヴァ文明は、なるほどその技術や都市の規模において地球を凌《しの》ぐものがあったかもしれない。しかし、その変化の豊かなこと、生活に対する住民の旺盛《おうせい》な意欲、昼夜の別なく都市に渦巻くエネルギーなどにおいてミネルヴァは遠く地球におよばなかった。ミネルヴァの科学技術は明らかに地球のそれより遙かに進んでいた。しかし、人間社会の日進月歩のめまぐるしさにくらべれば、ミネルヴァの進歩は眠っているのと同じだった。この信じ難《がた》い惑星に、さながら沸騰するかのように犇《ひし》き合い、せめぎ合い、拡張を求める地球人たちのやみ難い衝動がかくも目覚ましい進歩を実現している。ガニメアンたちの地球人評価はざっとこんなところだった。

ベルリンで開催されたさる学術会議の席上で、ガニメアンの一人が聴衆に向かって言った。

「ガニメアンの宇宙起源説は均衡保存の理論に依拠するものです。そこでは、物質はある時宇宙に出現し、与えられた役割を密《ひそ》かに果たして、そっと静かに消滅していきます。それは極めて緩慢な、そして平穏な変化です。われわれガニメアンの気質と進化の歴史にこの理論はよく合致します。〈ビッグ・バン〉の破局的な断絶に宇宙の起源を求める考え方は、地球人類にしてはじめて発想し得たものでありましょう。今後、地球の皆さんがわれわれの理論をより精密に検証された暁《あかつき》には、必ずや〈ビッグ・バン〉説の放棄を余儀なくされることと信じます。が、しかし、何と申しましても、この理論はいかにも地球人類に似つかわしい考え方であるという意味において、わたしは讃嘆を禁じ得ないのであります。皆さん、〈ビッグ・バン〉の急激な拡張のモデルを前にした時、人類はそこに何を見たでありましょうか。その時、人類の目に映ったのは宇宙ではありませんでした。それは他ならぬ人類自身の姿だったのであります」

地球に戻ってから十日後、ハントはUNSAから連絡を受けた。休暇は楽しかったかというお愛想は聞き流せば済むことだったが、ヒューストンの一部には思いの外彼のことをよく知っている者がいて、そろそろ彼を呼び戻す考えらしかった。

具体的な話をすれば、UNSAはリエゾン・ビューローを通じて、ガニメアンの科学者集団がヒューストンのナヴコム司令部を訪問するように段取りをつけたのだ。ルナリアンについて意見を交換するというのがその第一の目的だった。ガニメアンたちは何故か人類の一時期前の祖先であるルナリアンに非常に強い関心を示していた。ルナリアン調査研究の本拠地はヒューストンである以上、そこにガニメアンを案内するのは今や遅きに失した観がある。ハントはいずれヒューストンに戻る身分だから、ガニメアン科学調査団のオーガナイザーと連絡係を兼ねて、彼らをテキサスまで無事に送り届けてほしい、というのがUNSAの注文であった。同じくヒューストンのウェストウッド生物学研究所で仕事が待っているダンチェッカーも一緒に出発することにした。

そんなわけで、地球に帰ってから二週間後、ハントは懐かしいボーイング一〇一七スカイライナーのシートに体を沈めて、北大西洋上空五十マイルを西に向かっていた。

20

「ガニメデへ行ってくれと頼んだのは、多少あの連中について調べてもらいたかったからだがね、まさかきみが宇宙船ごとそっくり生きたガニメアンを連れ帰るとは思ってもいなかったよ」グレッグ・コールドウェルは葉巻をしゃぶりながら、デスク越しに満足といささかの迷惑がないまぜになった顔つきでハントを見つめた。向き合った椅子に凭《もた》れて、ハントはにやりと笑ってスコッチを口に運んだ。馴染《なじ》みの深いナヴコム司令部に戻って彼はすっかり気持ちが寛《くつろ》いでいた。コールドウェルの豪華なオフィスは前と少しも変わっていない。一方の壁は夥《おびただ》しいスクリーンで埋まり、広い窓からはヒューストンの高層建築街のパノラマを一望のもとに見渡すことができる。そのヒューストンも以前のままだった。

「じゃあ、使った金も元は取ったわけだ、グレッグ」ハントは言った。「文句はないな？」

「冗談じゃない。誰が文句を言うものか。どうやら今回もまた、きみは水際立ったところを見せてくれたじゃあないか。ただ、きみに仕事をしてもらうと、いつも決まって、その……こっちの手に負えないところまで発展してしまうきらいがあるな。予想外の買い物をする結果になるのだよ」コールドウェルは葉巻を手に取って小さくうなずいた。「しかし、きみも言う通り、文句は何もありゃあしない」

本部長は何やら思案するふうに、しばらくハントの顔を窺《うかが》った。「で……はじめての地球外生活はどうだったね？」

「うん、まあ……ちょっとした体験ではあったよ」ハントは深い考えもなく答えたが、ふとコールドウェルの太い眉《まゆ》の下でいたずらっぽく光る目に気づいて、さては何か裏があるなと悟った。当然、予想しておくべきだったのだ。コールドウェルが理由もなしに何か言ったりしたりするはずがない。

「汝《なんじ》自身を知れ、か」コールドウェルはさりげなく呟《つぶや》いた。「同時に他のことも知る必要があるな、え？」彼は冗談めかして肩をすくめたが、何か企みがあって愉快でたまらないと言いたげな目つきは前のままだった。

ハントは一瞬眉を寄せたが、この何げない話の流れて行く先に思い至ってじわりと目を見開いた。その間約二秒。ハントは相手の思惑を明白に察知した。ハントがイギリスからヒューストンに移って間もないルナリアン調査の初期の頃、ダンチェッカーとは何かと食い違うことが多かった。謎の解明はともすれば二人の科学者の個人的な感情の対立に妨げられがちだった。ところが、月面の寂寥《せきりよう》や、地球と木星を隔てる空漠の間に起居を共にするうちに、いつしか二人の対立は解消した。以後、彼らは絶妙なコンビとして持てるものを寄せ合い、意見を交換し合って調査研究の実を挙げた。ルナリアン問題の解決は、事実彼らの優れた頭脳の統合なくしては望み得ぬものであった。二人の協力の前に、難題は音を立てて崩れ去ったのだ。今にして思えば、ハントにはその経過が目に見えるようである。そして、彼はそれが決して偶然の成り行きではなかったことに今さらのように気づいたのだ。彼は意識を新たにした顔でコールドウェルを見つめ、あっぱれとばかり小さく一つうなずいた。

「グレッグ」彼はわざと突っかかるような口ぶりで言った。「また糸を引いたな。こっちはまんまと乗せられたんだ」

「乗せただって？」コールドウェルは白《しら》ばくれた。

「クリスとわたしだよ。ガニメデへ飛ばされてはじめてわたしらはお互いに人間として認めるようになった。それから知恵を寄せ合うようになったんだ。それで、ルナリアンの謎が解けた。きみははじめからそうなるのを読んでいたな……」彼は詰《なじ》るようにデスク越しにコールドウェルを指さした。「だからわたしらを一緒にしたんだ」

コールドウェルはいかつい顎をぐいと引き、満足そうに口をすぼめて笑った。「つまり、きみとしても損はなかったということだろう」彼は言い返した。「文句はないはずだな、え？」

「きみはやり手だよ」ハントは讃辞を呈してグラスを上げた。「ともかく、お互いに得るところはあったわけだ。仕事というのはそうなくちゃあいけないんだろうがね……。それはそれとして、問題はこの先だよ。今度は何を考えているんだ？」

コールドウェルはデスクに両肘《りょうひじ》を突いて身を乗り出し、葉巻の青い烟《けむり》を吐いた。「きみがヨーロッパから連れてきた異星人たちはどうなっているんだ？　やっぱり、ずっときみが面倒を見なきゃあならんのか？」

「今はウェストウッドに預けてあるがね」ハントは言った。「何しろ、ルナリアンにえらくご執心なんだ。どうしてもチャーリーを見たいといってね。それで、そっちはクリス・ダンチェッカーの縄張りだから、わたしのほうはしばらく体が空いているよ」

「結構。そこできみに頼みたいのだが、ガニメアンの科学についてざっと概論をまとめてみてくれないか」コールドウェルは言った。「例のゾラックという電子頭脳だの、あちこちの会議や対談だの、もうそれだけでも情報量はわれわれの手に余るほど厖大《ぼうだい》なものになっている。今のお祭り騒ぎがひと通りおさまったところで情報を整理するとなると、これは殺人的だぞ。チャーリー問題では、きみは調整役として世界中の学者や研究機関を実に巧みに組織した。今度はそのチャンネルをもう一度活用して、新しい分野の情報を分析評価してもらいたいんだ。とりわけ、今後UNSAにとって有用な領域、例えば、ガニメアンの重力工学などについて、体系的な知識を把握してもらいたい。異星の巨人たちから新たに吸収したものに照らして、おそらくわれわれとしては今後の研究計画に大幅な手直しを加える必要も出てくるだろう。かかるなら今だ」

「となると、例のグループは当分もとのままだな?」ハントは言った。例のグループとは、彼を中心にルナリアン調査研究の先導役を果たし、彼のガニメデ滞在中も助手が後を引き継いで未解決の問題に取り組んできた特別組織、グループLのことである。

「ああ」コールドウェルはうなずいた。「あのグループの仕事ぶりは、今度の課題にもまさにうってつけだよ。きみはもう顔を出したのか?」

ハントはかぶりをふった。「今朝着いたばかりで、真っすぐここへ来たからね」

「じゃあ、ちょっと行って挨拶《あいさつ》するといい。きみとしても会いたい顔が大勢いるだろう。今週いっぱいはのんびり休んで、古巣に馴染んだところで、来週の月曜日から、今の話にかかってもらいたい。どうだ?」

「いいよ。とにかく、まず連中に会って、これからの仕事のあらましを説明することにしよう。皆やる気充分だと思うがね……月曜日にわたしが来る頃には、あらかた段取りをつけておいてくれるなんていうこともないとは言えないぞ」彼はコールドウェルの顔を窺った。

「それとも、その仕事も俸給のうちか？」
「UNSAはきみの頭脳に対して俸給を払っているんだ」コールドウェルは憮然《ぶぜん》として言った。「これを権能委任という。きみがその権能をさらにグループの面々に委任しようというなら、それもまたきみの頭の働きだ。とにかく、頼んだぞ」

ハントはこの後、直属の部下たちと一日を過ごした。不在中、おおまかなことは毎日連絡を受けていたが、細かい点については問い質《ただ》す必要もあった。そして、彼はその朝コールドウェルから与えられた最新の指示を皆に伝えた。事務連絡が片づくと、もう彼は抜け出せなかった。部下たちはハントを取り巻いてガニメアンの科学技術について彼が知っていることを洗い浚《ざら》い聞き出そうとした。食事も質問の雨の中で済ませるしまつだった。結局、ハントは早い機会にガニメアンの科学者を二、三人連れてきて、部下たちのために集中講義をしてもらおうと約束した。夜九時にやっと解放されて久しぶりに自宅へ帰る道すがら、グループの士気については何一つ問題はない、と彼は満足に思った。

翌朝、ハントは自分のオフィスがあるナヴコム司令部の建物へは寄らず、今一人の旧知、言語学グループの総帥ドン・マドスンを訪れた。ドンのグループこそはルナリアン調査研究を通じて最も大きな功績を挙げた殊勲者と言ってよかった。彼らは世界各地の大学や研究機関を動員し、チャーリーが携行していた文書と、その後月面のタイコ付近のルナリアン基地の廃墟《はいきょ》から発見されたマイクロドット・ライブラリーを底本《テキスト》に、ルナリアン語の解読を果たしたのだ。この翻訳がなかったら、ルナリアンとガニメアンが同じ惑星に進化した人種であることすら断定し得なかったはずである。

ハントはマドスンのオフィスのドアを軽く叩き、返事も待たずに中に入った。マドスンはデスクで何やら文書を読んでいた。あたりには書類がところ狭しと積み上げられていた。文書の山を置いていないマドスンの部屋を想像することはむずかしい。マドスンは顔を上げると一瞬目を疑うような表情を浮かべ、それから両耳まで口が裂けるばかりに笑った。

「ヴィック！　これはまた……」彼は腰を浮かせてハントの手を握り、ちぎれるほどに揺すった。「いやあ、久しぶりだねえ。嬉しいよ。地球へ帰ったことは知っていたがね、アメリカへ来ているとは誰も教えてくれなかったから……」彼はハントにデスクを隔てた安楽椅子を勧めた。「まあ、とにかく、そこへ掛けてくれよ……。で、こっちへはいつ？」

「昨日の朝だよ」ハントは椅子に深々と体を沈めて言った。「まずグレッグに会って、そのあと、グループの連中につかまってしまってね。グレッグはわたしらに、ガニメアンの科学概論をまとめろって言うんだ。グループLは大張りきりだよ……昨日はオーシャン・バーでさんざん質問攻めに遇《あ》って、何時頃までだったかな」

「ガニメアンか、え？」マドスンはにんまり笑った。「いずれここへも連れてくるだろうと思っていたがね」

「今、ウェストウッドのクリス・ダンチェッカーのところへ押しかけているよ」

「ああ、聞いているよ。あとでこっちへ回るという話だった。皆、首を長くして待っているんだ」マドスンは椅子の背に凭れ、両手を絡ませてじっとハントの顔を覗《のぞ》き込んだ。やがて、彼は頭をふって話しはじめた。「いやあ、何から話したらいいか迷ってしまうね、ヴィック。何しろ久しぶりだし……訊《き》きたいことは山ほどあるし……おそらく、一日中話しても足りないくらいではないかね。きみはもう方々で何度も同じ話をさせられてうんざりしているんじゃあないか？」

「そんなことはないさ」ハントは言った。「でも、話は昼食の時にしないか。他にも聞きたい人間がいるだろう。そうすれば、こっちは一度で済むからね。さもないと、本当に同じ話をするのがいやになってしまうかもしれないよ」

「うん、それはいい」マドスンはうなずいた。「きみの話は食事の時のお楽しみにしよう。それはそうと、わたしらは今、何をしていると思う？」

「誰が？」

「わたしらだよ。言語学班だ」

「何をやっているって？」

マドスンは大きく溜息《ためいき》をつき、正面からじっとハントの目を見つめると、咽喉《のど》の奥に引っかかるような声で何やらわけのわからない一連の音節を発した。そして、ハントに向かってどうだわかるか、とけしかけるようににったり笑った。

「何だ、それは？」ハントは首を傾げた。

「きみでもこれがわからないか」

「わかるわけがないだろう」

マドスンは見るからに満悦の体《てい》だった。「今のはね、きみ、ガニメアン語だよ」

「ガニメアン語だって?」

「ガニメアン語だとも」

ハントは目を丸くした。「どこで覚えたんだ?」

マドスンは呆気《あっけ》にとられたハントをじらすように、もったいぶってデスクの脇のディスプレイを指さした。

「ゾラックに通じるチャンネルがあるんだよ。ゾラックと地球ネットが接続されてから対話要求が殺到している。想像はつくことと思うがね。われわれはＵＮＳＡの研究組織だから、優先権があるんだよ。いや、それにしても大したマシンだね」

ハントはなるほどと感心した。「そうか、ゾラックにガニメアン語を習っていたのか。なるほど。きみがこの機会を逃すはずはないものなあ」

「面白い言葉だよ」マドスンは得々として言った。「非常に長い時間の中で熟成された言語だね。よく整理されていて、例外や曖昧《あいまい》な表現がない。文法に関してはむしろやさしい、覚えやすい言葉だよ。ただ、発音や抑揚が地球人には少々厄介だ。そこがむずかしいところだね」彼は手を上げて、何か投げ捨てるような仕種《しぐさ》をした。「しかしまあ、これは専門の語学屋の興味だよ……きみの言う通り、この機会を逃すことはできないね」

「タイコから出たルナリアンの資料はどうなった?」ハントは尋ねた。「あっちのほうもだいぶ調べがはかどっているかね？」

「それぞれ」マドスンはデスクと一方の壁に沿ったテーブルに山と積まれた文書を指さした。「このところずっとかかりっきりでね」

マドスンはハントの不在中、言語学グループの研究で明らかになった事柄について話した。ルナリアン文明が五万年前のミネルヴァに爛熟期《らんじゆくき》を迎えようとしていた当時のありさまが、その後の調査でかなりくわしくわかるようになっていた。戦乱に綴《つづ》られたルナリアン文明の歴史は概略全体を見渡せるまでになった。地理、気候、農業、工業などの実態を示す詳しい惑星地図も作られた。生産の場と要塞が一つになったミネルヴァの全体主義社会における市民の国家に対する義務を説いた論文も翻訳された。化石《こつぜん》から復原されたミネルヴァ原産の生命体の特徴を論じ、二千五百万年前にそれらの生物が忽然と消え去った理由をいろいろな仮説によって解明しようと試みる論文もあった。ルナリアン自身が出現する以前に惑星ミネルヴァを支配していた人種に関する記述はあちこちに多く見出《みいだ》された。ガニメアンほどの水準の高い文明が後世の研究対象となるべき遺物を残さないはずはない。ルナリアンたちはガニメアン都市の廃墟に驚異の目を見張り、彼らの理解を超えて遙かに進んだ技術を分析し、そうして彼ら以前の惑星の姿をかなり正確に再現していた。ルナリアンはそれらの記述の中でガニメアンのことを、ほとんどの場合ただ巨人とだけ呼称していた。

三十分あまり話してから、マドスンは一連の図表を取り出してハントの前に拡げた。それは星座図に当たるもので、星の組み合わせはすぐにはわからなかったが、それぞれの星座にルナリアン語の名前が、そして、その下に小さな活字でその英名が付されていた。

「これはきみが見たら面白いと思うよ、ヴィック」マドスンはますます興に乗って言った。「五万年前にルナリアン天文学者の手で描かれた星座図だよ。よく見ると、現在地球で行なわれている星座もほとんどわかる。もっとも、長いあいだに多少星の位置が移動しているから、形はいびつなところもあるがね。実はこれをヘイルの天文学者たちに見せたんだ。彼らはその形の歪《ゆが》みから逆算して、この図がだいたいいつ頃描かれたものか推定したよ。やっぱり、ほぼ五万年前という数字が出た」

ハントはものも言わずに乗り出して星座図に目を凝《こ》らした。感動的と言う他はない。ここにはルナリアン文明が絶頂を極め、やがて破局を迎えようとしていた時代の夜空の眺めが描かれているのだ。マドスンが言う通り、地球で観察されている星座はほとんど見分けることができた。形はいくらかいびつだった。図面にはルナリアンがどの星とどの星を結びつけ、どのような形象に見立てたかを示す線が縦横に走っているために、地球から見た星座を拾い出すのは必ずしも容易ではなかった。線を追って目を走らせるうちに見馴《みな》れた星座がどこかへ行ってしまうのだ。例えば、そこには明らかにオリオン座があったが、ルナリアンの星座ではこれが一つのまとまりではなく、ある部分が別の小さな星座として捉えられ、またある部分は地球人がうさぎに見立てているあのよく知られた平行四辺形と結びついてまったく別の星座を作っていた。この二つの星座を一度頭の中でばらばらにし、あらためてそこにオリオン座を見つけ出すのは、馴れないうちはなかなか時間のかかる作業だった。

「なるほどねえ」ハントはやがて感に堪《た》えた声で言った。「ルナリアンも地球人と同じに星からものの形を連想したのだね。ただ、その見立てが違っている。馴れないとこの図はなかなか読めないね」

「ああ……面白いだろう」マドスンは言った。「見立ても違うし、当然、星の組み合わせも違う。それは何も驚くには当たらないよ。わたしはいつも言うんだけれども大犬座に犬の姿を見るのは要するに観察者の空想力だからね。それにしても、ルナリアンが夜空の星を見て地球人と同じことを考えたというのは、やっぱり実に興味深いね……ルナリアンが非常に自己暗示にかかりやすい人種だったとしてもさ」

「これは……？」ハントはふと、図面の左手の星座を指さした。地球のヘラクレス、へび、かんむり、それに牛飼いの一部を併せた大きな星座だった。ひとでを思わせるその星座をルナリアンは〈巨人〉と名づけていた。

「きっと、きみがそれに目をつけると思っていたよ」マドスンは満足そうにうなずいた。「すでにわかっている通り、ルナリアンは自分たちより前にガニメアンがミネルヴァにいたことをよく知っている。おそらく、前の住民に敬意を表するといった気持ちから、ルナリアンはこの星座にこんな名前を付けたのではないかね」彼は大きく手をふって図面全体を示した。「こう見たところ、ルナリアンも星座にはずいぶんいろいろな名前を付けているけれども、これも地球人の場合と同じで、動物が圧倒的に多い。まあ、それが自然の連想というものだろうね」彼はあらためて、ハントが注目した星座を指さした。「ところで、ちょっと想像力を働かせてごらん。ここに、おぼろげながらガニメアンの姿が見えてきはしないかね……少なくとも、わたしにはそんなふうに見えるのだがね。ほら……ヘラクレス座は頭と両腕だよ。へび座は、ちょっと後ろへはね上げた脚、かんむり座からアークトゥルスへ繋《つな》がる線はもう片方の脚さ。わかるかな？　何か、こう、人が走っているか、飛び跳ねているか、そんな格好に見えるじゃあないか」

「うん、見える見える」ハントは言い、ちょっと遠くを見る目つきをしてから言葉を続けた。「この星座からまだ他にもわかることがあるな。ドン、ルナリアンは歴史の初期の段階から、すでに巨人の存在をよく知っていたんだ。科学が発達した後に、学術調査でわかったことじゃあなくて……」

「どうしてそんなことが言えるね」

「だって、きみ、ルナリアンがこれだけの星座につけた名前を見てごらん。きみも言ったように、非常に身近なものばかりだろう。動物の名前とか……。これはまだ世の中が単純でのんびりした時代に生きていた人間の発想だよ。だから、常日頃、身のまわりで見ているものをそのまま星座の名前にする……地球人の星座の名前の付け方もまったくそれと同じじゃないか」

「つまり、ここにある星座は古代のルナリアンから伝説や何かと一緒にずっと伝えられたものだというのか。うん、なるほど、あるいはそうかもしれないな」マドスンはちょっと言葉を切って思案した。「きみの言いたいことはわかったぞ。つまり、この〈巨人〉という名前も、他の星座と同じ頃からそう呼ばれていただろう、ということだな。他の星座はルナリアンがまだ古代人だった時代に名前が決まっている。だから、〈巨人〉も古代ルナリアンが名づけたものに違いない。すなわち、ルナリアンは歴史のはじまりからすでにしてガニメアンの存在を知っていた。なるほど……それは言えるね。しかし、別に不思議でも何でもないんじゃあないかな。だってそうだろう。ガニメアンがわたしらに見せた写真を考えたって、あれだけ高度な文明社会だよ。惑星のいたるところに、いろいろな形で痕跡《こんせき》や遺物を残していったはずじゃあないか。古代人だろうと未開人だろうと、ルナリアンがそれを見逃すことはないね。目の前にそういうものがあるんだから」

「ルナリアンの書き残したものの中に、しきりと巨人が登場するのも、そう考えればうなずけるね」ハントは言った。「だとすると、その知識が後世の文化文明、ものの観方考え方に与えた影響は測り知れないものがあったろうね。考えてもみろよ。シュメール人がもし、自分たちより遙か以前に失われた高度な技術文明の遺跡をそこいら中で発見したら、人類の歴史はどうなっていたと思う？　おそらく、人間は……おっと、これは何だ？」星座図を漫然と見回しながら話していたハントは、ふいに屈《かが》み込んで一つの名前を指した。それは星座の名前ではなく、さして大きくはないたった一つの星だった。にもかかわらず、ルナリアン語で記されたその名前は、他よりも文字が太く大きかった。英名は〈巨人たちの星〉としてあった。

「どこかおかしいかな？」マドスンは首を傾《かし》げた。

「いや、おかしいというわけじゃあないんだが……ちょっと気になるね」ハントは眉を寄せた。「この星は……さっきの星座とは全然繋がりがないだろう。第一、別の半球じゃないか。むしろ、牡牛座《おうし》に近い。それなのに、こういう名前が付いている。これはどういうことだろう？」

「別に、不思議はないだろう」マドスンは肩をすくめた。「名前なんてどうでもよかったんだよ。いい名前はもう、みんな先に使って種切れになってしまったのではないかね」

ハントは納得しなかった。

「だって、こんな暗い星だよ」彼は思案顔で言った。「ドン、この図で星の大きさがいろいろになっているのは、ちゃんと意味があるのか？ 現在地球でやっているように、この大きさは星の等級を表わしているのか？」

「お察しの通り、そうなっているよ」マドスンは言った。「でも、それがどうだっていうんだ？ そんなことは大して……」

「この星は何等星だ？」ハントは何やら思い当たったか、マドスンの言葉には耳も貸さなかった。

「さあねえ」マドスンは両手を拡げた。「わたしは星については素人だから。それが重要なことなのかね？」

「わたしはそう思う」ハントはどこか遠くを見る目つきで、声をひそめた。

「どういうことかな？」

「わたしはこんなふうに考えているんだよ。この星は決して明るいほうではない。おそらく、四等星か五等星、あるいはもっと暗いかもしれない。はたしてこれは、太陽系から肉眼で見えるだろうか？　わたしは、それは大いに疑問だと思う。だとすれば、これはルナリアンが望遠鏡を手にしてはじめて発見した星だということになる。そうだろう？」

「そういうことになるね」マドスンはうなずいた。「それで？」

「それで、問題はこの星の名前だよ。〈巨人たちの星〉……これは他の星座の名前と似たり寄ったりだ。古代ルナリアンが考えそうな名前じゃあないか。ところが、古代ルナリアンはこんな星があることすら知らなかった……肉眼では見えないんだから。したがって、これは後世の命名だよ。科学技術が進歩して、天文学が高度に発達してからのことだな。しかし、そこまで進んだルナリアンが、いったいどうしてこの星にこんな名前を付けたんだろう？」

マドスンの表情に微《かす》かな、しかし明らかな変化が拡がっていった。今やハントの言わんとするところをはっきりと理解して彼はその顔を覗き込んだが、驚嘆のあまり言葉もなかった。

ハントはマドスンの心を読んできっぱりうなずいた。

「その通り。われわれ地球人は闇の中を手探りで、ガニメアンが遺していった存在証明を捜しまわらなくてはならない。ところが、ルナリアンはその苦労がなかった。われわれがどう逆立ちしても手に入れることのできない唯一のものを、彼らは持っていたからだ。惑星ミネルヴァは無垢《むく》な姿で彼らの足の下にあったんだ。おそらく、ガニメアンについて知るための手がかりは惑星のいたるところで発掘されたに違いない。何代にわたって研究してもまだ研究しきれないだけ豊富なものがね」マドスンの茫然《ぼうぜん》とした顔を見て、ハントは今一度大きくうなずいた。「ガニメアンがかつてミネルヴァでいかに生き、何をしたか、ルナリアンはそうした資料からほぼ完全に知りつくしていたはずだよ。ところが、その生の資料も、ルナリアンがそれによって構築したガニメアンの歴史も、ミネルヴァとともに永久に失われてしまったんだ」

ハントはジャケットの内ポケットから煙草《たばこ》入れをゆっくりと取り出しながら、頭の中で自分の論理の筋道をふり返った。

「ルナリアンはこの星についてわれわれよりどれだけ多くを知っていたのだろう？」彼の声はしだいに低く穏やかになった。「この星に、この名前を付けなくてはならなかった何かがあった。ルナリアンはそれを知っていたんだ。じゃあ、その何かというのは？　前々からわたしらは、巨人たちが他の星へ移住した可能性を言っていた。しかし、それを証明するものは何もなかったし、ましてや移住先の星がどこかなどということは考えることもできなかったんだ。そこへ持ってきて、こういうものが現われた……」

ハントはライターをつけようとしてその手を止めた。「ドン。きみは、一生のうちには時に運命が助け船をよこすこともあると思うかね？」

「これまでそんなふうに考えことはないけれども」マドスンは相槌《あいづち》を打った。「そう言われてみれば、たしかにそれはあると思わないわけにはいかないね」

21

日が経つうちにガニメアンの科学者たちは地球の学術界と交流を深め、知識の交換も進んだ。異星人から提供された情報によって地球の学問が一足跳びに発展した分野も少なくない。ゾラックのデータ・バンクから、ミネルヴァの遠征隊が訪れた漸新世《ぜんしんせい》末期の地球の地図が復原された。それで見ると、大西洋は二十一世紀の地図に示されている海の半分ほどの広さしかなく、ガニメアンがこの惑星にやってきたのはアメリカ大陸が浮動しはじめて間もない時期であったことを物語っていた。地中海は現在より遙かに広く、まだアフリカが北向きに詰め寄ってアルプス造山運動を起こす前のことで、イタリアはヨーロッパに押しつけられてはいず、長靴の向きも違っていた。インドはアジアに接したばかりで、そろそろヒマラヤ山脈《せ》が迫り上がろうとしているところだった。オーストラリアは今よりもずっとアフリカに近かった。ゾラックの復原した地図を計測することによって現代のプレート・テクトニクスの理論は完璧な裏づけを得、地球物理の数々の領域に新しい光が投げかけられた。

この間を通じてガニメアンたちは、彼らの実験植民地が建設された場所や、実験の影響でエコロジーが破壊された地域については堅く口を閉ざして語らなかった。それは遠い過去のことである。寝る子を起こすようなことはせぬものだ、と彼らは言った。

世界各地の大学や研究機関でガニメアンの科学者たちは講演し、彼らの重力工学技術を導き出した科学の基本概念や基礎理論を紹介した。もっとも、彼らはそうした理論の応用については慎重で、地球人の理解のおよばない機械装置の製造技術は時期尚早として説明を避け、大ざっぱな目標を示すに止《とど》めた。地球人はきっと自分の力で理論を解明し、時至れば必ずその目標を達成するであろう、と彼らは言った。

ガニメアンはまた地球の未来を明るく満ち足りた展望で彩っていた。宇宙の無限の富がその根拠であった。ガニメアンの理論によれば、あらゆる物質は同じ原子から成り立っている。正しい知識と充分なエネルギーがあれば、金属、石英、有機高分子、石油、糖分、蛋白質《たんぱくしつ》、その他もろもろ、必要なものはただで手に入る豊富な素材から自由に合成できるであろう。すでに地球人も気づきはじめている通り、宇宙では無限のエネルギーが利用されるのを待っている。太陽が放射する全エネルギーのうち、地球が受け止めるのは僅《わず》か一兆分の一にも満たない。そのまた半分は無益に反射され、実際に地球が吸収するエネルギーのほんの一部が有効に利用されているにすぎないのだ。ガニメアンは地球人の経済用語を使って、この惑星表面で何らかの方法によって捉えられた一雫《ひとしずく》のエネルギーを人類の準備資本と言った。後の世代はアポロを人類がかつて行なった中で最も有利な長期投資の頭金としてふり返ることだろう、とガニメアンは予言した。

数か月が過ぎ、二つの人種は一層親密の度を増して互いにしっくり呼吸を合わせ、地球人の多くが異星の巨人はそもそものはじめから歴史を共に歩んできたと錯覚するまでになった。〈シャピアロン〉号は各地を歴訪し、世界中の主要な空港に何日かずつ滞在して人気を呼んだ。同号は何度かごく限られた地球人の団体を乗せて、月まで往復一時間の遊覧飛行を行なった。地球情報網アースネットに接続の便がある者は挙《こぞ》ってゾラックとの対話を求め、運よく込み合った回線の隙間に割り込めばこのスーパーコンピュータの声を聞くことができた。多数の優先チャンネルが教育関係の便宜に確保され、世界中の学校に割り当てられていた。旧世代のガニメアンとは異なり、異星の青少年は野球やサッカーその他のスポーツ競技に熱中した。閉ざされた宇宙船内では絶えて経験したことのない娯楽であった。ほどなくガニメアンの若者たちはリーグを組織して地球人に試合を挑むようになった。はじめのうちはそんな動きを苦々しく眺めていた大人たちも、やがて人類の競争意識こそが短時日のうちに驚異の進歩を実現した原動力であると納得し、ガニメアンの将来を見通す分析能力に地球人の闘争心を一滴の添加剤として垂らし込むのも悪いことではないのかもしれないと考えるようになった。

六か月にわたってガニメアンたちは地球を隈《くま》なく旅行し、世界中の国々を訪れてそれぞれの行き方を知ることに努め、文化に触れ、住民に接した。社会的な地位の上下、貧富、有名無名の別なく、彼らは公平に行く先々で人間と言葉を交わした。ガニメアンはもはや異星人ではなかった。彼らは地球人が古来、川の流れと観じている世の移り変わりの新たな一局面にすぎなかった。ハントはかつてガニメアンたちが冥王星《めいおうせい》に出かけた後ピットヘッドで味わった気持ちが、今では世界中の人間を捉えていることに気づいた。ガニメアンのいない地球はもう考えられなかった。身のまわりからガニメアンの姿が消え、彼らが毎日の報道を賑《にぎ》わせなくなった地球は、おそらく隙間風が吹き込むような、何か物足りない場所になるであろうと想像された。

そうこうするうちに、ある日、ガルースが近くアースネットを通じて、全地球人に向けて重大発表を行なうというニュースが流れた。発表の中身はいっさい伏せられていたが、何か深刻な局面が迫りつつあるに違いないことは誰にも容易に想像された。ガルースの演説が予定された刻限には、世界数十億の人民が固唾《かたず》を呑んでヴュウ・スクリーンを見守っていた。

ガルースはガニメアンの一行が到着してからのことをふり返って蜿々《えんえん》と話した。彼は地球で見たものや訪れた場所、学び覚えたことなどに細かく触れながら、あらためてガニメアンの地球人に対する讃嘆を述べ、「この想像を絶する驚異の世界」に満ちあふれる熱気と活力、生への執念には敬服の他はないと言った。そして、さらにガニメアンを代表して彼は、流浪の民に安息の場を与えてくれた地球各国の政府ならびに市民の限りない好意と親切に繰り返し感謝した。

この間ずっとガルースの態度は常になくあらたまった感じだったが、ここへ来て彼は一段としゃちこばった。「すでに大方の皆さんがご承知の通り、遙か昔、われわれの宇宙船がミネルヴァを出発した後のある時期に、われわれの民族は新しい母星を求めて惑星ミネルヴァを捨てたと考えられてきました。新しい母星は太陽とは異なる恒星、現在〈巨人たちの星〉として知られている遠い星の一惑星であるとする説もあります。

しかし、あくまでもこれは仮説であります。数か月来、われわれの科学者集団は地球の科学者の皆さんの協力を得てルナリアンの残した記録を調査研究し、この仮説を裏づける手がかりを求めて努力を重ねてまいりました。これまでのところ、その努力はすべて徒労に終わっていると申し上げなくてはなりません。〈巨人たちの星〉がわれわれの民族の新しい母星であると断言することはできないのです。それどころか、われわれの民族が事実、新しい母星に移住したか否かすら、確言はできません。

「とはいえ、その可能性がいっさい否定されたとも言えません」

ガルースは言葉を切ってじっとカメラを見つめた。沈黙はことさら長く感じられた。彼の細長い顔は、世界中の視聴者がこれから彼の語ろうとすることにはっと思い至るのを見越しているかのようであった。

「わたしはこの問題について、幹部の者たちと長時間にわたって話し合いました。そしてわたしどもは、いかに望みが薄かろうとも、答を見つける努力を怠ってはならないと考えるに至りました。かつて太陽系はわれわれの故郷でありました。しかし、今は違います。われわれは消息を絶った同胞を尋ねて、再び無窮の宇宙へ旅発《たびだ》たなくてはなりません」

彼はもう一度言葉を切って、視聴者たちの胸に今の発言の意味がおさまるのを待った。

「われわれにとって、これは辛い苦しい決断であります。われわれは与えられた寿命の多くを占める時間を宇宙放浪の旅に過ごしてきました。子供たちには故郷と言える惑星もありません。〈巨人たちの星〉への旅は長い年月を要するでありましょう。万感胸に迫る思いではありますが、しかし、われわれもまた皆さんと同様、結局は本能に従わざるを得ないのです。〈巨人たちの星〉をめぐる謎が解決しない限り、われわれはいつまでも、心の底のどこかにわだかまりを残すことになります。

「そのようなしだいで、わたしはこの放送を通じて、こうしてお別れの挨拶をすることにしました。わたしどもは青空と緑の美しい地球の思い出を胸に出発します。わたしどもは、地球の皆さんの温かい思い遣《や》りを決して忘れません。この惑星で皆さんから与えられたものを、われわれは生涯忘れることはないでしょう。しかし、悲しいことではありますが、この惑星の快《こころよ》い生活に終止符を打つ時がやってきました。

「きょうから一週間後にわたしどもは出発いたします。もし、この試みに失敗した時には、わたしども、あるいはわたしどもの子孫は、きっとまた地球に戻ってまいります。そのことを、わたしはここで約束いたします」

巨人は手を上げて別れの仕種《しぐさ》を示し、軽く会釈《えしやく》した。

「地球の皆さん、いろいろとありがとうございました。それでは、さようなら」

ガルースは頭を垂れた。そして、放送は終わった。

三十分ほど後、ガルースはガニヴィルの中央会議室正面のドアから姿を現わした。彼はその場に佇《たたず》んで、早くも山から冬の気配を運んでくる夜風を胸いっぱいに吸い込んだ。時折、オレンジライトに照らされたシャレーの間の通路を横切る影があったが、それを除けばあたりは森《しん》と静まり返っていた。夜気は水晶のように澄んでいた。彼は星空を仰いで長いことそこに立ちつくしていた。やがて、彼はシャレーに挟まれた広い通路をゆっくりと辿《たど》り、夜間照明を浴びて聳《そび》えたつ〈シャピアロン〉号のほうへ向かった。

彼は宇宙船を支える脚の脇を過ぎ、四枚の巨大なテイル・フィンが形作る堂宇《どうう》のような影の中に入った。微妙な曲線を描いて頭上に伸びる鋼鉄の壁の前で、身長八フィートの巨人の姿は急に小さくすくんだかのようであった。下降した船尾に通ずるランプが小さな光の輪の中に伸びているところまで行くと、数人の黒い影が昇り口に立ち上がった。夜風に当たって寛《くつろ》いでいた乗組員たちだった。昇り口に向かいながら、ガルースは自分を見つめる乗組員たちの態度がどこかいつもと違っているのを感じた。普通なら軽口を叩いて陽気に挨拶《あいさつ》をするはずの乗組員たちが、きょうに限ってむっつりと押し黙っている。ガルースがランプに近づくと、彼らは道を譲り、挙手の礼をして、一応の敬意を示した。ガルースは答礼してランプを昇った。乗組員たちの目をまともに見返すことはできなかった。誰も口をきこうとしなかった。彼らは放送を見たのだ。彼らがどんな気持ちでいるか、ガルースには手に取るようによくわかった。言うべきことは何もなかった。

彼はランプを昇りきって開け放ったエアロックを抜け、広いフロアを横切るとゾラックが手配したエレベーターに乗った。エレベーターは〈シャピアロン〉号の胴体に向かって音もなく舞い上がった。

エレベーターを降りるとそこは地上五百フィートのフロアであった。ガルースは短い通路を通って専用の居住区のドアを潜《くぐ》った。シローヒン、モンチャー、それにジャシレーンが思い思いの格好で椅子に沈んで彼を待ち受けていた。ガルースは今しがたランプのところで感じたのと同じぎごちない空気を感じた。彼は黙って三人を見下ろした。背後でドアが静かに閉まった。モンチャーとジャシレーンは気まずそうに顔を見合わせた。シローヒンは真っ向からガルースと目を合わせたが、口を開こうとはしなかった。ガルースは深く溜息《ためいき》をつき、ゆっくりと部屋の中央に進んで、奥の壁に掛かっている金属の光沢を帯びたタピストリを見つめた。ややあって三人をふり返ると、シローヒンが最前《さいぜん》のままの表情でじっと彼を見守っていた。

「きみたち、出発しなくてはならないことをまだ納得していないな」ガルースは言った。

言わずもがなのことだったが、誰かが口を開かなければいつまでも睨《にら》み合っていなくてはならない。もとより返事を求める言葉ではなかった。

女性科学者は目をそらせ、他の二人と自分を隔てている低いテーブルに向かって言った。

「今さら何を言ったところではじまらないでしょう。皆、頭からあなたのことを信頼しきっているのよ。イスカリスからこっち……何年ものあいだ、ずっと……あなたを……」

「待ってくれ」ガルースはドア近くの壁面に嵌《は》め込まれた小さなコントロール・パネルに向かった。「この場の話は記録に残したくない」彼は部屋からゾラックに通ずるチャンネルを残らず遮断した。それで室内の会談は宇宙船の資料庫《アーカイヴ》には記録されないはずだった。

「〈巨人たちの星〉であれどこであれ、これから行く先にガニメアンの社会が待っているはずがないことを、あなたは百も承知のはずよ」シローヒンは言った。ガニメアンとしては精いっぱいの難詰の声だった。「ルナリアンの記録を、わたしたちは何度も徹底的に調べたのよ。でも、何も出てこなかった。あなたは、どこかの恒星間空間に向かって死の旅に皆を連れ出そうとしている。二度と生きては帰れない。それなのに、あなたは皆に幻想を与えて、黙ってついてこいと言っている。どう考えても、それは地球人のやり方よ。ガニメアンにはあるまじきことだわ」

「地球人はここで暮らせと親切に言ってくれているんだ」ジャシレーンが頭をふりながら誰にともなく言った。「二十年間、われわれガニメアンは母星に帰るという、たった一つの夢にすがってきた。母星は失われたけれども、われわれは今やっと安住の地を見つけたんだよ。それなのに、あんたはまた皆を当てのない宇宙の旅に連れ出そうとしている。ミネルヴァはもう存在しない。これはどうにもならないことなんだ。でも、運命の気紛《きまぐ》れで、われわれは地球というこの新しい栖《すみか》を見つけた。こんなことは二度とあるもんじゃない」

ガルースはどっと疲労に襲われた。彼は近くのリクライニング・チェアに崩れるように腰を下ろすと三人の厳しい顔を見返した。すでに話されたことの他に言うべきことは何もない。彼らの言った通りなのだ。地球人は生き別れの兄弟に再会したかのように歓《よろこ》んでガニメアンの一行を迎え、惜しみなく、ある限りのものを彼らに与えた。しかし、この六か月の間にガルースはものごとの奥底までも見通していた。彼は目を凝《こ》らし、耳を澄ませた。彼は観察した。そして、彼は知ったのだ。

「今は、地球人は両手を上げてわれわれを歓迎している」彼は言った。「しかし、いろいろな意味で地球人はまだ子供だよ。新しい友だちに得意になって玩具箱を披露している子供なんだ。けれども、たまに遊びに来る友だちに玩具箱を開けて見せるのはいい。でも、その友だちが自分の家に住みついて、対等に玩具箱の持ち主であることを主張するとなると、これはまるで話が別だ」

ガルースは三人が何とかして自分たちも納得したいと思っていることをよく知っていた。ガルースの考えに同調できれば苦しむことはない。けれども、どんなに努力しても割り切れない気持ちが残った。それと知りつつ、ガルースは今一度同じ話を繰り返す他になす術《すべ》もなかった。

「地球人は、今はまだ自分たちが生きる知恵を身につけようとすることで精いっぱいなのだよ。それに、わたしらは今、ほんの一握りの異星人でしかない。珍しい客だよ。ところが、いずれわたしらの人口増加は無視できなくなる。地球はそれだけの規模で二つの人種が共存するところまで安定していないし、成熟してもいない。地球人同士の共存がやっとという状態だからね。彼らの歴史を見てごらん。将来きっと彼らはわたしらと共存できるところまで成長するだろう。この点、わたしはかけらほども疑っていない。しかし、今はまだ時が満ちていないんだ。

「彼らの自尊心や、何ごとにつけて闘争心を燃やす激しい気性も考えなくてはいけないよ。彼らは持って生まれた気質から、そのうち必ず、ガニメアンがとうてい太刀打《たちう》ちできない圧倒的な競争相手だということに思い至る。彼らはそういう受身の立場に甘んずることを決して潔《いさぎよ》しとしないだろう。そうなれば、わたしらはどうしたって出て行くしかない。快く思っていない地球人のお荷物になるのはよくないし、まして彼らにわれわれのやり方を押しつけるわけにはいかないのだからね。でも、そこに至るまでには、お互いにさんざん厭《いや》な思いをすることになるんだ。だから、こうして早いうちに出ていくほうがいいのだよ」

シローヒンは彼の言葉にじっと耳を傾けていたが、体中がその言葉に含まれる意味を拒絶していた。

「じゃあ、そのために、あなたは自分の同胞を騙《だま》すのね」彼女は声にならぬ声で言った。「この異人種の惑星が順調に進化するようにという、ただそれだけのために、あなたは自分の種族を犠牲にするというのね。それも、かけがえのない、わたしたち一族の最後の生き残りを……。そんな決断があっていいものかしら？」

「これはわたしの決断ではない。時間と運命が下した決断だ」ガルースは言い返した。「太陽系は、かつて誰憚《はばか》ることのないわたしらの領分だった。しかし、その時代はもう、遙か以前に終わったのだよ。今のわたしらは闖入者《ちんにゆうしや》なんだ。歴史の忘れものだよ。時間の海にひょっこり浮かび出た漂流貨物の破片でしかない。今や太陽系は人間が過去から正当に承《う》け継いだ遺産なんだ。ここはもうわたしらの世界ではない。もとより、それはわたしたち自身が決めることではない。わたしたちがここへやってくる以前に、情況によって決断は下されていたんだ。わたしらは、ただそれに従うしかないのだよ」

「でも、この船に乗っている皆は……」シローヒンは言い募った。「目隠しをされたままなの？　彼らにも知る権利があるのではないの？」彼女は両手をふり上げて憤懣《ふんまん》を示した。ガルースはしばらく口を閉ざしていたが、やがてゆっくりとかぶりをふって、決然と言い放った。

「〈巨人たちの星〉が約束の土地だというのが神話でしかないことを、わたしは彼らに明かすつもりはない。その秘密は、わたしたち指導者が負うべき重荷なのだ。彼らがそれを知る必要はない……今の段階ではね。約束の地に対する憧れと、いつかそこへ行きつこうという目的への信念があったからこそ、彼らはイスカリスから太陽系までの旅を持ちこたえたんだ。この先もなおしばらくは、その希望と信念で生きなくてはならない。冷たく暗い宇宙の果てのどこかで、人知れず、悼まれもせず死んで行くのがこの旅の終わりなら、最後の瞬間まで、彼らは希望を抱くことを許されていい。それがせめてもの慰めというものじゃあないか」

重苦しい沈黙が長く続いた。シローヒンはどこか遠くを見る目つきで今ガルースが言ったことを頭の中で反芻《はんすう》した。彼女はしだいに表情を曇らせた。やがて、彼女はきっと目を見開いて、ゆっくりとガルースの顔を見上げた。

「ガルース」異様に低く落ち着いた声で彼女は言った。それまでのいきり立った態度はすっかり影をひそめていた。「あなたに向かってこれまで一度だってこんなことを言ったことはないけれど……わたし、あなたを信じていないわ」ジャシレーンとモンチャーははっと顔を上げた。ガルースは意外にも一向に動ずる気配を見せなかった。まるで彼女のその一言を予期してさえいたかのようであった。彼は椅子の背に凭《もた》れて壁のタピストリを眺めた。ややあって、彼はゆっくりと体ごとシローヒンに向き直った。

「何を信じないというんだ、シローヒン？」

「あなたの説明……この何週間かあなたが口にしたことは何もかも……。あなたは……本心を話していないわ。何か別の……もっと深い理由があって、あなたはそれを正当化しようとしているのよ」ガルースは無言のまま正面から彼女の目を見つめていた。「地球はどんどん成熟しているわ」シローヒンは言葉を続けた。「わたしたちは地球人とうまく溶け合うことができたし、彼らもわたしたちを快く受け入れてくれたわ。それはもう、贅沢《ぜいたく》と言っていいくらい、お互いの関係はうまくいったのよ。あなたの予言を裏づける根拠はどこにもないわ。たとえわたしたちの人口が増加したとしても、共存できないと予測する材料は一つもないのよ。うまくいかないかもしれないという僅《わず》かな危惧《きぐ》のために、あなたが一族を犠牲にするとはわたしにはどうしても思えない。あなたなら、きっと共存のために努力するはず。少なくとも、あるところまでは試みるはずよ。それをせずに出ていこうと言うからには、きっと他に理由があるはずだわ。その理由を聞かないうちは、わたしはあなたの決断を支持するわけにはいかない。さっきあなたは、わたしたち指導者の負うべき重荷と言ったわね。だとしたらそれを負うわたしたちには知る権利があるはずよ」

シローヒンが言い終えてからも長いこと、ガルースは胸中に思案をもてあそぶ様子でじっと彼女の顔を見つめていた。そして、彼は表情を変えずにジャシレーンからモンチャーへと視線を移した。彼らの目はシローヒンの言葉をそのまま繰り返しているかのようであった。

ガルースは意を決した。

彼は無言で腰を上げ、コントロール・パネルのスイッチを入れてゾラックとの対話を復活した。

「ゾラック」

「はい、司令官」

「ひと月ばかり前、地球人の科学者たちがピットヘッドの難破船から発見した漸新世の生物の遺伝的データについて話したことを憶えているな?」

「はい」

「あのデータをきみが分析した結果を表示しろ。この情報は、わたしと今この部屋にいる三人以外には極秘だ」

22

〈シャピアロン〉号の出発を見送りにガニヴィルに押しかけた群衆は、数において着陸を迎えた群衆に劣らなかったが、その場の空気は夏と冬ほど違っていた。人々は声も立てずに打ち沈んでいた。すっかり馴染《なじ》みになった心優しい巨人たちと別れるのは悲しいことだった。群衆は無言のうちにその気持ちを訴えていた。

地球各国の政府は今度もまた代表を派遣した。宇宙船が聳《そび》えたつコンクリートのエプロンに、地球人と異星人の代表が向き合って別れの挨拶《あいさつ》を交わした。式次第が進んで決別の辞の交換が済むと、双方からスポークスマンが進み出て記念品を贈呈した。

国連議長は地球上の全国家とその人民を代表して、重厚な彫刻と宝石の象嵌《ぞうがん》を施した金属の小箱を二つガニメアンに手渡した。第一の箱には地球の樹木や草花の種がいろいろと取り混ぜておさめられていた。第二の、やや大きめな箱の中は万国旗であった。巨人たちが約束の地へ行きついたら、この種を然《しか》るべき場所に蒔《ま》いてもらいたい、と議長は言った。この種から育った草木は地球の全生命の象徴であり、かつ、この後二つの世界が等しく人類とガニメアンの故郷であることを永遠にわたって語り伝えるもの、という趣旨であった。万国旗はいつの日か地球の宇宙船がはじめて〈巨人たちの星〉に行きついた時に、その緑の地に掲げられるべきものであった。人類がついに恒星間に進出するまでになった時、旅路の果てには地球の飛び地とも言うべき小さな場所が待っている。宇宙船から見下ろす緑の土地には万国旗が翩翻《へんぽん》とひるがえっているはずであった。

ガルースから地球人への贈りものは知識であった。彼は書籍、図版、数表などがぎっしり詰まった大きな箱を差し出した。そこにはガニメアン遺伝学の全体系をなす情報がおさめられている、と彼は言った。ガニメアンは遠い過去のある時期に行なわれた忌《い》まわしい実験の犠牲となって絶滅した漸新世《ぜんしんせい》の動物の埋め合わせをしたいと考えた。そのための唯一可能な手段として地球人に知識を提供する、という趣旨であった。右の書物に述べられた技術を用いるならば、当時の生物のいかなる部分であれ石化した細胞からDNA暗号を取り出し、これによって人工的に増殖を誘発して有機生命体を作りだすことができる。骨の断片か体組織の痕跡、あるいは角の折れ端など、とにかく体の一部が何らかの形で残っていれば、この技術によって新たに胚《エンブリオ》を合成し、成体を育てることが可能である。したがって、たとえ微《かす》かにであれ、地球上に足跡をしるして死に絶えた動物はすべて復活の道が開かれている。ガニメアンは彼らの行為のために時ならぬ不慮の死に見舞われた動物たちが、再び地球上に群れ遊ぶようになることを期待している、とガルースは述べた。

ガニメアンの最後の一団は、周囲の丘を埋めつくして無言で手をふる群衆に答礼してゆっくりと宇宙船に姿を消した。ガニメデに行く地球人の一団が〈シャピアロン〉号に便乗した。ガニメアンたちはガニメデに立ち寄ってUNSAの探査隊に別れを告げる予定だった。

ゾラックが地球ネットワークを通じてガニメアンからの最後のメッセージを伝え、これをもって両人種間のコミュニケーションは杜絶《とぜつ》した。〈シャピアロン〉号の船尾はフライト・ポジションに引き揚げられ、しばらく巨大な宇宙船は全世界の視線を集めて屹立《きつりつ》した。やがて、威風堂々〈シャピアロン〉号はゆっくりと上昇を開始した。と見る間に、宇宙船は加速度を増しながら虚空の彼方へ遠ざかった。僅《わず》かに天をふり仰ぐ群衆の顔の海と、コンクリートのエプロンにぽっかり生じた空間を点々と取り巻く小さな人影、そして空き家となった規格外の木造のシャレーの列だけが、今しがたまでそこにガニメアンの宇宙船がいたことを物語るばかりであった。

〈シャピアロン〉号もまた沈鬱《ちんうつ》な空気に満たされていた。司令センターの指揮台下のフロアで、ガルースは幹部や上級士官らと共に押し黙ってスクリーンの中に遠ざかる青と白の斑《まだら》の地球を眺めていた。傍らで、シローヒンも黙りこくって彼女自身の思いにひたっていた。

壁全体から響いてくるようなゾラックの声が聞こえた。「発進状態異常なし。全システム稼動情況良好。確認応答を求めます」

「了解、すべて事前の指示に従うこと」ガルースは低く応答した。「これより本船はガニメデに向かう」

「針路ガニメデ」電子頭脳は言った。「到着時間予定通り」

「メイン・ドライヴ駆動は少し待て」ガルースはふと思いついたように言った。「もうしばらく地球を眺めていたい」

「補助ドライヴ維持」ゾラックは応答した。「メイン・ドライヴ、スタンバイ。次の指示を待ちます」

スクリーンの地球は刻々に小さく遠ざかった。ガニメアンたちは無言でそれを見守った。

しばらくして、シローヒンはガルースをふり返った。「考えてみれば、ずいぶんな話ね。わたしたち、地球のことを〈悪夢の惑星〉と言っていたんですもの」

ガルースは力なく笑った。まだ自分が自分でないような気持ちだった。

「今はもう、その悪夢から地球人たちは覚めているんだ」彼は言った。「実に恐るべき人種だよ。銀河系広しといえども、地球人ほどの知的生物は他にいないだろう」

「あのような起源をもった人種があそこまで進化した姿を現にこの目で見てきたということが、いまだに信じられない気持ちよ」シローヒンはガルースの言葉を受けて言った。「だって、そうでしょう。わたしは、そういうことはあり得ないとする学派の水に育ったんですもの。わたしたちの理論もモデルも、地球のエコロジーの中では知性は育たないと予測したのよ。まして、いかなる形態であれ、文明が発達するなんて考えられないことだったのよ。それなのに……」彼女はおそれいったという表情で肩をすくめた。「彼らはどう？　やっと空を飛ぶことを覚えたばかりで、もう恒星間飛行の話をしているのよ。二百年前には電気も知らなかった彼らが、今では核融合エネルギーを使っているのよ。本当に、彼らはどこまで行くのかしら」

「止《とど》まるところを知らない、というのは彼らのことだよ」ガルースは思案顔で言った。「やめられないんだ。彼らの祖先もそうだったけれども、人類は戦わずにはいられない。彼らの祖先は同士討ちをしたけれども、彼らは宇宙が投げかける挑戦を受けて立つ。その挑戦がなかったら、彼らはあたら優れた能力を持て余すことになるんだ」

シローヒンは今一度あの刮目《かつもく》すべき人類のことをふり返って考えた。彼らはある限りの困難や障害を乗り越え踏み越え現在の高みにまで登りつめたのだ。とりわけ彼らは彼ら自身の邪曲の性《さが》という重荷を負っていた。その人類が、かつてガニメアンたちの領分であった太陽系の、今では押しも押されぬ天下取りになっている。

「地球人の歴史には、やはりいろいろな意味で評価し難《がた》い面はあるけれど」彼女は言った。「わそれはそれとして、彼らは何かしら誇り高い、堂々としたところを持っているわね。わたしはたしたちだったら避けて通るところを、彼らはしゃにむに突っ切ってゆく。危険を乗り越える自信があるから。それに、彼らはわたしたちが考えもしなかったこと、最後まで知らずに終わったかもしれないことを身をもって立証したわ。そうやって獲得した知識や自信で、彼らはわたしたちが尻込みするところを構わずどんどん進んでゆくのよ。もし地球人が二千五百万年前のミネルヴァにいたら、事態はずいぶん変わったでしょうね。イスカリスの失敗にも彼らはへこたれなかったでしょうし、最後にはきっと何らかの方法を見つけたに違いないわ」

「ああ」ガルースはうなずいた。「彼らがいたら成り行きは変わっていたろう。しかし、わたしはね、その成り行きがはたしてどう変わったか、遠からず彼らが現実に示してくれるだろうという気がするのだよ。近い将来、地球人は銀河系狭しと飛び回るようになるだろう。そうなったら、おそらく彼らも前と同じではなくなると思うんだ」

会話が跡絶《とだ》え、二人のガニメアンは最後の見納めに彼らの理論や法則を覆《くつがえ》し、原理を否定し、予測を裏切った惑星を注視した。後に彼らは繰り返しその映像を再生して眺めることになるのだが、今この瞬間の感慨は二度と甦《よみがえ》らなかった。

かなり時間が経ってから、ガルースは呼びかけた。「ゾラック」

「はい、司令官」

「そろそろ行こう。メイン・ドライヴを始動しろ」

「スタンバイよりメイン・ドライヴ駆動に切り替え。出力上昇中」

スクリーン上の地球の輪郭が滲《にじ》み、色が乱れて流れだした。数分後にはその色も混じり合って、スクリーンは一面鈍い無彩色の霧に閉ざされた。ガニメデに着くまで、もうスクリーンには何も映らない。

「モンチャー」ガルースは副官を呼んだ。「わたしは済ませておかなくてはならないことがある。ここはしばらくきみに任せるぞ」

「アイアイ・サー」

「よろしく頼む。私室にいるから用があったら呼んでくれ」

ガルースは一同の敬礼に答えて司令センターを後にした。彼は物思いにふけりながら、あたりの様子も目に入らず、ゆっくりと通路を辿《たど》って私室に引き取った。後ろ手にドアを閉じると、彼は控え室の鏡に映った自分の顔を見つめて長いこと立ちつくした。自分の行為が顔までも変えてしまいはしなかったか、見極めようとでもするかのようだった。やがて、彼はリクライニング・アームチェアに体を沈め、虚ろな目で天井を見上げた。時間の感覚を喪失するまで、彼はじっとそうしていた。

しばらく後、ガルースは私室の壁面スクリーンに牡牛座《おうし》を含む天球の星図を呼び出した。長い旅程を進むにつれてしだいに明るさを増すであろう小さな星は微弱な光点によって示されていた。彼はその一点をいつまでも見つめていた。彼らが間違っていないとは言いきれない。最後まで可能性は残されている。もしガニメアンたちが本当にその惑星に移住したとしたら、〈シャピアロン〉号がミネルヴァを出発してから後何百万年の間にはたしてどのような社会が発達したろうか。科学はどこまで進んでいるだろう？　そこでは、現在ガルースたちの理解を超える驚異がごくありふれたことと受け取られるようになっているのだろうか？　星図の微かな光点を見つめているうちに、彼は身内に大きな希望が脹《ふく》れ上がってくるのを覚えた。旅路の果てに彼らを待ち受けている世界に想像を馳《は》せると、もういても立ってもいられない気持ちだった。現実を目の前にするまでに過ごさなくてはならない年月はあまりにも長く遅々としているように思われた。

地球人の楽天主義は底抜けだった。すでに月の裏側にある電波天文観測所の巨大なディスク・アンテナから、ガニメアン信号が高出力の搬送波に乗せられて〈巨人たちの星〉に〈シャピアロン〉号の接近を伝えていた。信号が先方に達するには数年の時間を要したが、それでもなお、宇宙船よりは遙かに早く到達するはずであった。

ガルースはふとわれに帰ると意気消沈して椅子の背に凭《もた》れた。腹心の幹部たちと同様、彼はそれが儚《はかな》い幻想であり、行きつく先に彼らを迎える誰もいるはずがないことを承知していた。ルナリアンの記録を漁《あさ》っても、その可能性を匂わせるものは何もなかった。すべては地球人たちの希望的観測でしかなかった。

ガルースは再び驚異の地球人のことを思った。幾千年もの長きにわたって想像を絶する困難と戦い、厚く高い障害を乗り越えた人類は、今やっと不幸な過去と袂《たもと》を分かち、知性の輝きに満ちた繁栄の端緒についたばかりなのだ。あと少し自由な時間を与えられれば、人類は不屈の信念で求め続けてきたものを、きっとその手に摑《つか》み取るに違いない。彼らはミネルヴァの哲学者や科学者の思想や予測を残らず否定して、混沌《こんとん》の中から彼ら自身の世界を築き上げたのだ。彼らは何人の妨げも受けずにその世界を謳歌《おうか》する権利がある。

今ではガルースと、シローヒン、ジャシレーン、モンチャーの三人だけが知っていることだが、地球人は他でもないガニメアン自身の手によって創造されたのだ。地球人をがんじがらめに縛りつけ、身動きもならぬほどに押さえつけたあらゆる類《たぐい》の欠陥、不備、障害はすべてガニメアンの行為に直接の原因があった。にもかかわらず、人類は見事にその困難を克服したのだ。今、人類はこれ以上ガニメアンの干渉を受けることなく、自身のやり方でその世界を完成する機会を正当に与えられるべきである。

すでにガニメアンは干渉しすぎたのだ。

23

ヒューストンの郊外にあるウェストウッド生物学研究所本館最上階のダンチェッカーのオフィスで、ハントと教授は軌道衛星から送られている望遠レンズが捉えた〈シャピアロン〉

号の姿を眺めていた。倍率が変わって一旦小さく遠ざかった宇宙船が再び画面をいっぱいに満たし、それからあらためて縮小していった。

「まだ加速していないな」片隅の安楽椅子で画面を見つめながらハントが言った。「地球に名残《なご》りを惜しんでいるようだな」

ダンチェッカーはデスクに寄りかかって画面に見とれたまま無言でうなずいた。解説者の声がハントの見方を裏づけた。

「レーダーで見ますと、〈シャピアロン〉号は以前わたしどもの目の前で披露したあの加速ぶりにくらべて、かなりゆっくり飛んでいるようです。まだ軌道に乗る気配はありません……ただしだいに地球から遠ざかってゆくだけです。あの驚くべき宇宙船の姿を生で見られるのはこれが最後であると思われます。皆さん、この機会を逃さず、どうぞじっくりとご覧下さい。今まさに、人類の歴史を通じて空前絶後と申すべき、意義深い一章のページが閉じられようとしています。このような体験は二度とあり得ないのです……」解説者はちょっと言葉を切った。「今、連絡が入りました。何か動きが起こったようです。……ああ、宇宙船は加速しはじめました。見るみる加速度を増しながら遠ざかっていきます……」スクリーンの映像は不規則な伸縮を繰り返しながらぼやけはじめた。

「メイン・ドライヴ駆動で飛びはじめたな」ハントの声を掻《か》き消すように解説者は話し続けた。

「映像が滲《にじ》みはじめました。ストレス・フィールドの影響が現われています……宇宙船は……どんどん消えていきます……ああ、もう見えなくなりました。どうやらついに……」映像とともに解説者の声がふっつり跡絶《とだ》えた。ダンチェッカーがデスクのスイッチを切ったのだ。

「あとは運命の波に任せるだけだね。無事を祈ろう」教授は言った。ハントはそれには答えず、ポケットを探ってライターと煙草《たばこ》入れを取り出した。再び椅子に体を沈めてから彼は言った。「しかし、考えてみると何だね、クリス、この二年ばかりは実に大変な時期だったね」

「大変なんて、そんな生やさしいものじゃあなかったよ」

「チャーリー。ルナリアン。ピットヘッドの難破船。ガニメアン……そうして、これだ」ハントは何も映っていないスクリーンのほうへ顎をしゃくった。「こういう時に生まれ合わせたわれわれは幸福と言うべきだろうね。これにくらべたら、歴史の他の時期はどこを見たって大して面白くないからな」

「まったくだ……およそ退屈だよ」ダンチェッカーは上の空で相槌《あいづち》を打った。彼の意識の一部は〈シャピアロン〉号と共に宇宙のどこかを突き進んでいるかのようだった。

「しかし、それにしてもいくらか残念な気がするな」しばらくしてハントが言った。

「何が?」

「ガニメアンさ。こっちはいろいろと関心があったけれども、ついに核心に触れる話はせずに終わってしまったじゃあないか。もう少し長く滞在してくれたらと思うと、それが残念でならないんだ。もうちょっといてくれたら、まだ二、三答を聞き出せることもあったろうに。

ああやって急に飛び立っていったのは少々意外だったね。問題によっては、向こうのほうがよっぽど関心が強いことだってあったんだ」

ダンチェッカーはハントの言葉を長いこと思案する様子だった。と、彼は顔を上げ、異様な光をその目に宿してハントを見つめた。口を開いたダンチェッカーの声には挑むような響きがあった。

「ほう、そうかね。きみが答を捜していたというのは例えば、どういう問題か、聞かせてもらいたいね」

ハントは眉《まゆ》を寄せ、肩をすくめて長々と烟《けむり》を吐いた。

「今さら言うまでもないだろう。〈シャピアロン〉号が出発した後、いったいミネルヴァで何があったのか。ガニメアンは何のために地球の動物をミネルヴァへ運んだのか。ミネルヴァの動物が掻《か》き消すように絶滅した原因は何か。いずれも前からの疑問だよ……今となっては学問的な興味の範囲を出ないことかもしれないけれども、疑問が氷解したらずいぶん気持ちがすっきりすると思うんだ」

「ああ、その問題か」ダンチェッカーはいともさりげない口ぶりで言った。「そういうことなら、わたしがきみの疑問に全部答えてみせるよ」ダンチェッカーはあっさり言ってのけた。

ハントは呆気《あっけ》にとられた。教授はちょっと首を傾《かし》げて、探るようにハントを見つめていたが、内心してやったりという気持ちでいるのは隠しきれなかった。

「へえ……それはまた。是非聞かせてもらいたいものだな」ハントはやっとのことで言った。

驚きのあまり、彼は煙草を取り落としていた。慌《あわ》てて拾って、彼は椅子に散った灰を払った。

ダンチェッカーはハントが落ち着きを取り戻すのを待って答えた。「そうだね、きみの今の質問に直接答えてもあまり意味はないと思うんだ。すべて相互に関連し合った問題だからね。わたしはガニメデから戻って以来、ずっと広範囲にわたってその問題を考え続けているんだ。それでいろいろとわかってきたのだよ。はじめから順を追って話したほうがわかりやすいね」ハントは黙って先を待った。ダンチェッカーは椅子の背に凭《もた》れ、組んだ両手に顎を乗せると正面の壁を見つめて考えをまとめた。

一呼吸あってダンチェッカーは話しはじめた。「こっちへ戻ってすぐ、きみがわたしのところへ言ってきたユトレヒト大学の研究のことを憶えているかね？　動物が毒素や老廃物を少量ずつ蓄積して抵抗力を身につけるという……」

「自己免疫のプロセスだね。ああ、憶えているとも。ゾラックがそれを指摘したんだ。動物にはそういうメカニズムがあるが、人間にはそれがないということをね。で、それがどうだと言うんだ？」

「わたしもこれはなかなか面白いと思ってね、あの後、ケンブリッジのテイサム教授と時間をかけて詳しい話をしたんだ。テイサムはわたしの旧《ふる》い友だちでね、その方面を専門にやっている男なんだ。わたしは特に、胎児にその自己免疫メカニズムの形成を促す遺伝情報について突っ込んだことを知りたいと思ったのだよ。動物と人間のこの決定的な違いが何に起因するか、それを突き止めるには遺伝子レベルに焦点を絞るべきだと考えたものでね」

「それで？」

「それで、実は非常に面白いことがわかった……いや、驚くべきことと言ったほうがいいかな」ダンチェッカーは声を落とす一方、言葉一つ一つに力を込めた。「ゾラックが指摘した通り、現存の地球動物のほぼ全種において、自己免疫メカニズムを規定する遺伝情報はもう一つ別のプロセスを制御する情報と密接に関連している。言うなれば、この二つのプロセスは一つのプログラムのサブセットなのだね。で、その、もう一つのプロセスというのが、二酸化炭素の吸収、排出なんだ」

「なるほど……」ハントは曖昧《あいまい》にうなずいた。ダンチェッカーの話がどこへ向かっているのかはまだわかりかねたが、極めて重要な意味があるらしいことは充分に察せられた。

「きみは日頃から、偶然の一致ということを認めないと言っているね」ダンチェッカーは話を続けた。「わたしもそれは同じだよ。今の話にしても、偶然の一致と言うには理屈が合いすぎる。そこで、テイサムとわたしはこの点を少し追究してみることにしたのだよ。ピットヘッドとJ5の実験室で行なわれた試験結果を調べていくうちに、わたしらは第二の驚くべき事実に遭遇した。何とこれが、前々からわたしが言っていたこととうまく結びつくのだよ……ピットヘッドの宇宙船から発見された漸新世《ぜんしんせい》動物に関する問題だがね。漸新世の動物はいずれも同じ遺伝情報因子を持っている。ところが、ピットヘッドから発見された動物と現存の動物では遺伝子座に違いがあるんだ。今話した二つのプロセスが、どうしたわけか分離している。同じDNAの鎖の上に別のグループとして並んでいるんだ。これはただごとではないと思わないかね？」

　ハントはその問いかけをしばらく思案した。

「すると何かい？　現存する動物では二つのプロセスが絡《から》み合っているけれども、漸新世の動物では分離している、ということか？」

「ああ」

「漸新世の動物は全部、種類の別なく？」ハントはもう一度念を押した。ハントが話の筋を正しく追っていることを知ってダンチェッカーは満足そうにうなずいた。

「その通りだよ、ヴィック。例外なくだ」

「しかし、それは全然おかしいじゃないか。だってそうだろう。まず考えられるのは、何らかの変異が生じて一つの型から別の型へ移ったということだよ……仮に、混在型と分離型としておこうか。これは両方向の変異が考えられるね。混在型が地球動物の自然な形態で、それがミネルヴァへ行って変異したというのが一つ。この考え方でいけば、ミネルヴァへ行った動物の子孫が分離型で、地球に残ったほうは混在型だというのは説明がつく。反対に、二千五百万年前の動物は本来、分離型だった、という考え方も成り立つな。それだったら、当然その子孫はその型を承《う》け継いでいるだろうし、地球に残ったほうはその後の進化で混在型に変わったと解釈していいわけだ」ハントはダンチェッカーに向かって大きく両手を拡げた。「ところが、この議論には根本的なところで一つ大きな穴がある……混在型と分離型が見事に二つに区別されて例外がないということだ」

「そこだよ」ダンチェッカーはうなずいた。「しかも、わたしらがこの問題を考える土台としている自然淘汰《とうた》による進化の法則からすれば、そのような変異はあり得ない……少なくとも、自然の変異はね。数多い、それも類縁関係を持たない別種の動物が一斉に、自然発生的にそういう変化を示すというのは……これはとうてい考えられないことなんだ」

「自然の変異？」ハントは眉を寄せた。「どういうことだ？」

「単純明快だよ。今言った通り、自然発生的に、一斉にそういう変化が起きるということはあり得ない。これはきみも認めるだろう。にもかかわらず、現にそういうことが起こっている。とすれば、考えられることは唯《ただ》ひとつ。変異は自然発生的なものではなかったんだ」

ハントはあり得べからざる考えが浮かんでくるのを打ち消そうとして頭が混乱した。ダンチェッカーはその表情を読み取って、ハントの疑問を声に出して言った。

「言い換えると、そんな変異は起こりはしなかった。作り出された変異なんだ。遺伝暗号が故意に組み替えられた……つまり、これは人為的な変異なんだ」

ハントはしばらく声もなかった。人為的とは、そこに何者かの意思が働いたということである。知的な行為の介入があったということである。

ダンチェッカーは今一度ハントの思考を読んでうなずいた。「だから、さっきのきみの疑問をわたしなりに言い直すとだね、問題は、ミネルヴァに運ばれた動物が変わったのか、それとも、その後に残った地球の動物が変わったのか、というふうに置き換えられるわけなのだよ。しかるに、そこへ今まで話してきたことから動かし難《がた》い事実、何者かが人為的にその変異を起こさしめた、ということを加えると……出てくる答は一つしかないじゃあないか」

ハントは引き取って議論を展開した。「二千五百万年前、地球上にそれだけのことをやってのける知性は存在しなかった。したがって、それはミネルヴァで行なわれたことである。とすれば、手を下したのは……」結論を目の前にしてハントは言葉を失った。

「ガニメアンだ」ダンチェッカーが言いきった。そこまでの議論がハントの胸におさまるのを待って、ダンチェッカーは先を続けた。「ガニメアンは地球の動物を自分たちの惑星へ連れていって、そこで遺伝子を組み替えたのだよ。ピットヘッドの宇宙船から回収した標本は、そうやって人為的に作り変えられた形質を忠実に承け継いだ子孫に間違いない。今まで話してきたこととの唯一の論理的結論だよ。それに、もう一つこれを裏づける興味深い事実がある」

ハントはもうどんなことにも驚かなくなっていた。

「ほう。その事実というのは？」

「漸新世の動物全部から出た例の特殊な酵素だよ」ダンチェッカーは言った。「今ではもう、あの酵素の役割もわかっているんだ」ハントの表情を見れば、彼の抱いている疑問はこれこれと手に取るようによくわかった。ダンチェッカーは先を続けた。「あの酵素はね、ただ一つの目的のために合成されたものなんだ。あの酵素はね、ＤＮＡの鎖の上に二つの遺伝情報グループが隣り合っている、まさにその境目を切り離す鋏《はさみ》だったんだよ。もちろん、きみの言う分離型の場合だよ。つまり、あの酵素が二酸化炭素に対する耐性をつかさどる遺伝情報を隔離していた、ということだよ」

「なるほど」ハントは低く言った。まだ半信半疑だった。「それはきみの言う通りだとしよう……しかし、どうしてそれが今のガニメアンの話を裏づけることになるんだ？　どうもわたしにはその点が……」

「だから、あの酵素は自然に生成されたものではないと言っているじゃあないか。あれは人工的に合成されたものなんだ。放射性物質の残滓《ざんし》を留めているのはそのためだよ。あれは放射性同位元素をトレイサーに使った人工酵素なんだ。動物の体内でどう働くか追跡するためにね。これは現在、地球の医学、生理学の世界でごく普通に利用されている技術だよ」

ハントは手を上げてダンチェッカーを遮った。彼は椅子の中で前屈《まえかが》みの姿勢を取り、目をつむって教授の説明を今一度順を追って検討した。

「うん……なるほど……きみははじめから、生化学的プロセスで放射性同位元素が分別されるはずはないと言っていたね。だとすると、その酵素はどうやって自身のうちに放射性同位元素を選択的に取り入れたのか。答——それは選択的に取り入れたのではない。人為的に加えられたものである。したがって、酵素そのものが人工的に合成されたものである。ならば、何故にアイソトープが使用されたか。答——トレーサーとして使用された」ハントは教授の顔を覗《のぞ》き込んだ。ダンチェッカーはしきりにうなずいた。「ところで、この酵素は変異したDNAの鎖にある種の働きを加える特定の役割を持っていた。その変異したDNAとはきみの説明にあった通り、ミネルヴァに運ばれた動物のDNAだった……ああ、なるほど……やっとDNAとガニメアンが繋《つな》がってきたぞ。つまり、ガニメアンは地球動物の暗号を組み替えた。しかる後に、特殊な酵素を合成して、この組み替えＤＮＡの複製を助けた」

「その通り」

「それにしても、そもそも何の目的でそんなことをしたんだ？」ハントは見るからに興奮していた。「その点については、解釈があるかね？」

「ああ」ダンチェッカーは言った。「わたしはわかっているつもりだよ。と言うより、今ここで考えてきたことが、おのずとその目的を物語っているのではないかね」教授は椅子の背に凭れて、また顎の下に手を組んだ。「酵素は今わたしが説明したような働きを持っていた。となれば全体の目的は明らかじゃあないか……少なくとも、わたしにはそう思えるのだがね。ＤＮＡはすでに組み替えられている。そこへ、この人工酵素が植えつけられる。当然、その動物の生殖細胞の染色体は組み替えられた形を持つことになるね。これで、二酸化炭素に対する耐性をつかさどる遺伝子が分離型を持つという形質が子孫に承け継がれていくじゃあないか。コンパクトにまとまった、極めて扱いやすい形でだよ。一歩進めて考えれば、この方法によって、一つの遺伝的特質を切り離して扱うことができる。おそらく、後の世代の実験対象にする狙いがあったろうと思うのだがね……」ダンチェッカーは最後の一言を不思議な抑揚で押し出した。これからがいよいよ本題だと匂わせる口ぶりだった。

「きみの話はよくわかるよ」ハントは言った。「しかし、どうしてそういうことをしたのか、その理由がわたしには呑み込めない。彼らは何を考えていたのかな？」

「それで環境問題の解決を図ろうとしたのだよ。すでに、それまでの試みはことごとく失敗に終わっている」ダンチェッカーは言った。「おそらくミネルヴァにおけるガニメアンの歴史でも、ずっと後の発想だろう。〈シャピアロン〉号がイスカリスへ発《た》った後の試みだよ。それ以前だったら、シローヒンたちが知らないはずはないからね」

「どうしてそれが問題の解決に繋がるんだ？　正直に言って、クリス、まだわたしにはぴんと来ないね」

「ここでちょっと、当時の情況をふり返ってみよう」ダンチェッカーは講義調で言った。「ガニメアンはミネルヴァの大気中の二酸化炭素濃度が上がりだしたことを知っていた。いずれ、その濃度が彼らの耐性の限界を超えることは目に見えていた。ところが、ガニメアンを除くミネルヴァ原産の動物は二酸化炭素が増えたところで痛くも痒《かゆ》くもなかった。ガニメアンは怪我《けが》に対する抵抗力を獲得するのと引き換えに、二酸化炭素に対する耐性を失ってしまった。第二循環器をもはや不用のものとして除去した結果だね。彼らは気候改良には難があると判断して、地球移住とイスカリスの改造を試みて、ともに失敗した。そうして、最後の手段に訴えたということだろう」

ハントは全身を耳にしてダンチェッカーの話に聞き入っていたが、完全にお手上げの表情だった。「それで？」

「地球移住の実験は失敗に終わったけれども、そこで彼らは一つ新しい発見をした。地球という、ミネルヴァよりも温暖な環境で、生物は独自の進化の体系を作っていたんだ。地球の動物は、ミネルヴァでは標準の形態である二重循環器構造による機能分担の必要に迫られることがなかった。とりわけ彼らガニメアンの関心を惹いたのは、地球の動物が第二循環器によらずに、まったく別のメカニズムによって二酸化炭素を処理していることだった」

ハントは驚愕《きょうがく》に目を見張った。ダンチェッカーは反応を窺《うかが》う目つきでその顔を見つめた。

「じゃあ……ガニメアンは、そのメカニズムを盗もうとした……というのか？」

ダンチェッカーはうなずいた。「わたしの考え方が間違っていなければ、まさにそれこそが彼らの狙いだったのだよ。彼らは大々的な遺伝子工学実験を思い立って地球の動物をミネルヴァへ運んだ。実験の目的は三つあったと思う。第一に、DNAを組み替えて、地球で自然に進化した、きみのいわゆる混在型から二酸化炭素耐性をつかさどる暗号を切り離すこと。第二に、その切り離された暗号群をそっくり次の世代に伝える手段を開発すること。具体的には例の酵素だね。これによって遺伝的特質が操作しやすいまとまった形で確立されるわけだ。第三に……これは推測だけれども、そうやって新しく作り出された遺伝情報をミネルヴァの動物に植えつけて、第二循環器によらずに二酸化炭素を処理するメカニズムを持つ動物に改良できるかどうか試験すること。これまでに判明した事実から、ガニメアンは最初の二つの目的を達成したと言って間違いないね。第三の目的については、今のところまだ何とも言いきれない」

「もし、第三の目的も達成されたとすると、次の段階は……」ハントは途中で言葉を切った。ガニメアンのやり方は巧妙を極めていた。あまりにも手順が整いすぎているようで、ハントはそれをそっくり了解する気になれなかった。

「実験がうまくいって、好ましくない影響も残らないとなれば、当然ガニメアンはその遺伝情報を自分たち自身に植えつける考えだったのだよ」ダンチェッカーは断言した。「そうすれば、二酸化炭素に対する高い耐性は後の世代に遺伝するし、一方、第二循環器を捨て去ることで獲得した有利な条件もそのまま活《い》きるのだからね。知性がどこまで自然を凌《しの》ぎ得るかということを如実《にょじつ》に示す好個の例と言っていいだろう。自然の進化による解決が完璧というには程遠いとあってはなおさらだよ。そうは思わないかね?」

ハントは椅子から立ち上がり、そのような解決策を考え出したガニメアンの卓抜な発想に舌を巻きながら、オフィスを行きつ戻りつしはじめた。ガニメアンは地球人が自然の投げかける挑戦を真っ向から受けて立つ果敢な気性に驚きを示したが、ことこの問題に関しては立場が逆転して、ガニメアンの大胆さにハントはただ驚き呆れるばかりだった。地球人は遺伝子組み替えにはおよび腰である。ガニメアンは持って生まれた本性故に肉体的な危険を避ける。対立を嫌う。しかし、知的領域における彼らの冒険心、闘争心は際限がない。その精神が彼らを恒星間宇宙に進出させたのだ。ダンチェッカーはじっとハントの言葉を待っていた。次にハントが何を言うか、すでに教授は知っていた。ハントは足を止めてデスクに向き直った。

「なるほど、大したもんだ」彼はうなずいた。「ところが、それがうまくいかなかったんだな、クリス」

「不幸にして、うまくいかなかったのだよ」ダンチェッカーは言った。「ただし、失敗の原因を考えると、わたしはガニメアンを責められないと思うね。技術的にはわたしらはまだまだ彼らにおよばない。けれども、後を歩いている立場から、彼らがどこで間違ったかよく見えるんだ」彼はここで当然ハントが発すべき質問を待とうともせずに先を続けた。「われわれは自分たちの惑星について、当時彼らが知り得たであろうよりも遙かに詳しい知識を持っている。その点、われわれのほうが有利だと言えるね。何世紀にもわたって多数の科学者が研究し、蓄積した情報をわたしらは自由に手に入れることができるのだよ。ところが、二千五百万年前に地球にやってきたガニメアンはそれだけの情報を持たなかった。特に、ケンブリッジのテイサム教授一門の最近の発見は彼らが夢想だにしなかったことだろう」

「自己免疫のメカニズムと二酸化炭素に対する耐性を規定する遺伝情報が込みになっていることか？」

「そうだよ。その通り。後の実験がやりやすいように耐性をつかさどる遺伝情報を分離すれば、自己免疫のメカニズムも失われるのだということを、ガニメアンの遺伝学者はとうてい知る由《よし》もなかったろう。だから、彼らは二つを分離した。その後に飼育された動物は、二酸化炭素に対する耐性の研究には理想的な特質を持ったに違いないけれども、自己免疫能力を失っていたのだよ。つまり、ガニメアンは地球動物界の断面図ともいうべき多種多様の動物を育てたけれども、その動物たちは、少量の毒物を血管に流し込むことによって抵抗力を身につけるという、先祖伝来の自己防衛手段を奪われていた。もちろん、地球に残った動物はそのまま自然の進化を経て、子孫である現在の動物は依然としてそのメカニズムを体内に持っているわけだ」

ハントは歩き回ることを止めてじっとダンチェッカーを見つめていたが、ふと何か別の考えが浮かんだか、ゆっくりと眉を寄せた。

「しかし、問題はそれだけじゃあないだろう？　自己免疫のメカニズムは脳の機能にも関係がある……きみは今わたしが解釈している通りの話をしているのかな……？」

「そのはずだと察しているがね。きみも知っての通り、自己免疫を獲得する過程で体内に蓄積される毒物は脳髄の発達を妨げるのだね。それと、もう一つ……これもテイサムの最近の研究で明らかにされたことだけれども、地球動物の進化形態がしからしめるところとして、暴虐性、攻撃性といった特質もまた、脳の発達と密接な関係にあるのだよ。というわけで、おそらく、ガニメアンはある段階で気がついたはずだよ。脳の発達を抑止する要因を除去せずして、ということはすなわち、極めて獰猛《どうもう》な性質を賦与《ふよ》することなく、なおかつ自分たちの目的に適《かな》う変種を作り出すことは不可能だったんだ。だとすれば、ガニメアンは本来のあの温厚な性質から言って、それ以上実験を先へ進める気持ちにはどうしてもなれなかったろう。情況がいかに切迫していようとも、自分たちにそんな陰険な性質を植えつけることは彼らの気持ちが許さなかった。問題外だったのだよ」

「結局、彼らはその企てを失敗だったとして放棄した。そうして、一からやり直した」ハントが結論を言った。

「おそらくね。しかし、あるいはそうでなかったかもしれない。われわれとしては何とも言いきれないよ。ガルースと彼の一党のためには、ガニメアンがそこで新規巻き直しを図ったと考えたいけれども」ダンチェッカーは深刻な表情でデスクに身を乗り出した。「まあ、その答がどちらであるにせよ、きみが最初に提起した疑問は文句なく解明されたわけだよ」

「というと？」

「だからさ、遺伝子工学を応用した壮大な計画が挫折《ざせつ》したとガニメアンが知った時のミネルヴァの情況を考えてみたまえ。彼らとしては、他の恒星系へ脱出するか、ミネルヴァに踏み留まって死を待つか、どちらか一つを採るしかなかった。いずれを選んだにせよ、ミネルヴァにおけるガニメアンの支配権はもう先が見えていたわけだ。そこで、ガニメアンの存在を引き算すると、後には何が残る？　二酸化炭素濃度の高い大気によく適応した二つの動物集団だよ。一方はミネルヴァ原産、今一方は地球から運ばれて人為的変異を加えられた動物の子孫だ。ガニメアンが去った後の惑星は、この特質を異にする二つの動物集団に占領されたのだね。ところで、この情況に加えて、もう一つ極めて重大な要因がある。これはゾラックが記憶する情報を掘り返してわたしが確認したことなのだがね、ミネルヴァ原産の動物は地球からやってきた肉食動物にとっては毒にならなかったはずなんだ。さあ、そうなると、どういう結論が出てくるかね？」

ハントははっと目を丸くした。

「クリス！　それじゃあ、惑星ミネルヴァでは殺し放題じゃないか」

「ああ、その通り。それまでミネルヴァはわたしらがピットヘッドの難破船の壁で見た、テクニカラー漫画のとぼけた動物たちの楽園だったのだよ……動物たちは外敵の危険から身を護ることを知らない。逃げたり隠れたりする知恵がない。生きるためには戦うか、逃げるかという切羽詰《せっぱつ》まった情況とは無縁だったからね。そこへ地球からやってきた肉食獣の代表株と言っていいような動物が野放しにされたんだ……いずれも何百万年という進化の過程で選び抜かれ、鍛え上げられた動物だよ。兇暴《きょうぼう》で、知恵があって、おまけに動作が速い。しかも、それまで抑止されていた脳の発達は手綱を放たれて加速がついている。それに比例して、本来の兇暴性はますます募る一方だ。想像するだけでもぞっとするじゃあないか」

凄《すさ》まじい光景を思い浮かべると背筋が寒くなるようで、ハントは嫌悪に眉《まゆ》を顰《ひそ》めた。

「ミネルヴァの動物が掻《か》き消すようにいなくなったのはそれか」彼は押し出すように言った。

「おめでたいミネルヴァの生きものはひとたまりもなかったろうな。ガニメアンが姿を消した後、何代も経ずに絶滅したとしても不思議はないね」

「それがまた新たな一つの結果を産んだのだよ」ダンチェッカーは言った。「地球から来た肉食獣どもは餌食を獲るのに苦労のない場所に集まった。ミネルヴァ原産の動物の分布に重なったということだね。そのために、地球から来た草食動物のほうは広い場所を与えられて大いに繁殖した。草食動物の王国を作り出してしまったのだよ。ミネルヴァの動物を食いつくして、肉食獣どもがやむなく昔に帰って足の速い地球の動物を追いかけるようになった頃には、数のバランスが取れて、ミネルヴァに地球型のエコロジーが確立されていた……」教授は何やら思い入れを込めて声を落とした。「そうして安定した状態がずっと……ルナリアンの時代まで続いたに違いないんだ」

「チャーリー……」ハントはダンチェッカーがいよいよ盛り上げてきた話の山場にかかろうとしていることを察した。「チャーリー……」彼は繰り返した。「きみはチャーリーも例の特殊な酵素を持っていたと言ったね？」

「そうだよ。ただ、かなり弱体化した形でね……消滅寸前と言っていいかもしれない。現代の地球人にはないことから考えて、あの酵素はいずれ消滅する性質のものだった。しかし、それは問題じゃあない。われわれにとって興味深いのは、きみが指摘した通り、チャーリーがその酵素を持っていたということ、つまり、ルナリアンがそれを持っていた事実だよ」

「しかも、その酵素の出所《でどころ》は唯ひとつ……」

「そういうことだ」

その事実の重みが胸にこたえて、ハントは思わず頭を抱えた。やがて、彼はゆっくりと顔を上げた。厳しい表情のダンチェッカーと目が合った。論理によってさらけ出された眼前の事実を拒もうとするかのように、ハントは強く眉を顰めて、手近の椅子の腕に力なく腰を下ろした。ダンチェッカーはハントが事実を繋《つな》ぎ合わせて自分の結論を出すのをじっと無言で待っていた。

「ミネルヴァの動物の標本中には、漸新世《ぜんしんせい》最後期の類人猿があった」ハントは考えをまとめながら話しはじめた。「おそらく、当時の地球では進化の最先端にあった種と言っていいだろう。しかも、この種はさらに大きく進歩する可能性を持っていた。ガニメアンがはからずも脳の発達を抑止する因子を除去したために……」彼は再び顔を上げた。ダンチェッカーは瞬《まばた》きもせずに彼を見つめていた。「進化は弾みがついて、坂を転げるボールのようだった。同時に、攻撃的な性質も歯止めをはずされてますます過激になっていった……解き放たれたミュータント集団……フランケンシュタインの心を持った怪物の大群が現われた……」

「そうだよ。それがルナリアンの前身だ」ダンチェッカーは陰《いん》に籠《こ》もった声で言った。「本来なら、彼らが生き延びることはあり得なかったのだよ。ガニメアンの科学者の理論も、モデルも、ルナリアンの自滅を予測した。実際、ルナリアンは自滅の一歩手前までいっているのだよ。彼らは惑星全体を一大要塞にしてしまった。技術文明が絶頂を極めた時には、ルナリアンは毎日戦争に明け暮れていたんだ。競争相手の国を残らず叩き潰そうという悲壮な決意で、互いに一歩も退かずに激しく攻撃し合った。ルナリアンたちにしてみれば、それ以外に決着の方法は考えられなかったのだね。結局、彼らは事実上自滅したばかりか、惑星ミネルヴァまでも破壊してしまった……いや、正確に言うならば、彼らの文明を破壊してしまったのだね。そこで彼らは完全に死に絶えても不思議はなかったのだよ。ところが、まさに百万に一つという僅《わず》かな偶然が働いて、彼らは死に絶えなかった……」ダンチェッカーは言葉を切って、あとはハントの理解に任せた。

しかし、ハントは茫然《ぼうぜん》として教授の顔を見返すばかりだった。最後に残ったルナリアンの二大強国が核兵器を動員して大量殺戮《さつりく》を繰り返し、ためにミネルヴァの月は永久に姿を変え、ミネルヴァ自体が木《こ》っ端《ぱ》微塵《みじん》と砕け散ってしまったのだ。月は太陽に引き寄せられ、やがて地球に捕獲された。その時月面にいた一握りの生残者たちは、最後の力をふり絞って決死の大冒険を敢行した。頭上の空にかかる未知の惑星を目指して飛び発ったのだ。彼らは地球に辿《たど》りつき、そこで子を産んだ。以後四万年にわたって彼らの子孫代々は地球の生存競争を生き延び、かつて祖先がミネルヴァを支配したと同様、地球上に並ぶ者なき強力な覇者となったのだ。

ややあって、ダンチェッカーは再び静かな声で話しはじめた。「わたしたちは以前からルナリアンが……ということは、つまり人類が、ミネルヴァに隔離された類人猿に生じた空前の変異の結果として出現したものと考えてきたね。それに、そうやって登場した人類はその後の進化の過程のどこかで、他の動物たちに共通な自己免疫のメカニズムを何故か放棄してしまったのだ、という考えも持っていた。今の話でそれが事実であることが明らかになったのみならず、その事実のよって来たるところの背景もすっかり説明できるわけだ。現実には、地球からたくさんの種類の動物がミネルヴァへ渡って同じ道を歩んだのだね。ところが、たった一つの種を除いて、動物たちはミネルヴァとともに死に絶えてしまった。唯一の生存者であった人類はルナリアンの姿で地球に帰ってきたのだよ」ダンチェッカーは言葉を切って深い吐息を洩《も》らした。「ミネルヴァで、事実、空前の変異が起こったんだ。ただし、それは自然の変異ではなかった。幸いにして現代人はルナリアンを自滅に駆り立てたあの激しさを持ってはいない。とは言うものの、人類の歴史を見渡せば祖先の遺産である過激な性向はそのまま活《い》きていることがわかる。人類の歴史は、すなわち戦争の歴史だと言えば言えるからね。ホモ・サピエンスは失敗に終わった一連のガニメアン遺伝学の実験の帰結なのだよ。

「ガニメアンたちは地球人が徐々にではあるが着実に、ルナリアンを亡《ほろ》ぼした情緒不安とやみ難《がた》い暴虐志向から脱皮しつつあるという観方をしている。本当にその通りであってほしいものだね」

二人はそれぞれの思いにふけり、長い沈黙の時が流れた。何と皮肉なことだろう。ガニメアンが何と言おうと、過去二千五百万年の間に起こったことはすべて、彼ら自身に直接の原因があったのだ。しかも、その後ミネルヴァで類人猿が霊長類《れいちょうるい》に進化し、ルナリアン文明が興隆して、やがて滅亡し、地球において人類五万年の歴史が展開される間を通じて〈シャピアロン〉号は不可思議な物理法則の働きによって時空の歪《ゆが》みの中に閉じ込められ、虚の宇宙をさまよっていたのである。

「失敗に終わった一連のガニメアン遺伝学の実験の帰結か」ハントはダンチェッカーの言葉を繰り返した。「すべては彼らが最初に火をつけたことなんだな。帰ってみると人間は宇宙船を乗り回したり、核融合プラントをこしらえたりしていた。あっという間の進歩に彼らは目を見張った。そもそも二千五百万年前に彼らが実験室でやりはじめて……しかも、失敗だと言って逃げ出したことが、予想外の結果を生んだんだ。考えてみるとおかしな話だね、クリス。何とも滑稽《こっけい》だよ。そのガニメアンももう二度と帰ってはこない。今こうしてわたしらが知っていることを、もし彼らが知っていたら、はたして何を考えただろうか?」

ダンチェッカーはすぐには答えず、頭に浮かんだことを口に出したものかどうかと思案する様子でじっとデスクを見つめていた。やがて彼はペンを手に取り、漫然ともてあそびながら話しはじめた。ハントの視線を避けて、彼は指の間に回転するペンの動きを目で追っていた。

「それなんだがねえ、ヴィック。出発前のここ数か月、ガニメアンたちは地球の生化学に非常な関心を示していたんだ。チャーリーやピットヘッドの漸新世の動物に関する情報も含めて、人類に関するすべてと、その人類が蓄積した知識を貪《むさぼ》るように吸収しようとしていた。彼らの好奇心は実に凄《すさ》まじいばかりだったよ。ゾラックの質問は際限がなかった。そういう状態がかなり長く続いたんだ。ところが、ひと月ばかり前、彼らは急に黙り込んでしまった。以来、彼らはあれほど夢中になっていた地球生化学のことを、おくびにも出さなくなったのだよ」

教授はここではじめて顔を上げ、真っ向からハントの目を覗き込んだ。

「わたしには何故だかわかっている」彼は声を落として言った。「言うまでもないことだね、ヴィック……彼らはちゃんと知っていたのだよ。彼らは知っていた。自分たちが、憐れむべき畸《き》型《けい》の生きものを、苛《か》酷《こく》な環境の中に置き去りにしてのたれ死するに任せたという自覚が彼らにはあったのだよ。ところが、帰ってみると、自分たちが見捨てた罪の子は宇宙が投げかける困難を呵《か》々《か》と笑って撥《は》ね返す、誇り高い征服者に育っていたんだ。それで彼らは身を退《ひ》いたのだよ。人類は自らの手で、自らの方法で築いたこの世界を、今後自由に完成させる正当な権利がある、と彼らは考えた。ガニメアンは人間の正体を知っている。人間がここまで来るのにどれだけ苦労したかを理解している。われわれ人類は過去の不当な干渉故に、もう充分すぎるほど辛い目を見たし、そういう重荷を負いながらも、何とかここまでやってきた。自分たちの運命と立派に対決できるのだということを、人類は身をもって証した。これがガニメアンたちの観方でもあり、また、将来の人類への期待でもあるのだよ」

ダンチェッカーはペンを投げ出し、顔を上げて話をしめくくった。

「何故かわたしは、人類が彼らの期待を裏切ることはないという気がするのだよ、ヴィック。もう最悪の段階は通り越したんだ」

エピローグ

月の裏側にある観測所の巨大なディスク・アンテナから発信された信号は太陽系のはずれを超えて果て知れぬ宇宙の深淵を突き進んだ。信号の微《かす》かな囁《ささや》きは悠久の過去から片時も休まず宇宙を監視していたある探査体のセンサーに触れた。探査ロボット内部の回路は信号に変換されたガニメアン暗号を理解してこれに感応した。

ロボット内部の今一つの装置が信号を、まだ人類が知らない物理法則によって力場の振動に変換して、時空に虚の影ばかりを落としているある存在領域に向けて中継した。虚の宇宙の別の一画に輝く恒星を、一つの惑星が軌道を描いて回っていた。光に満ちあふれた温暖な惑星であった。その惑星上のある装置が中継されたメッセージを受信した。

受信器を設置した者たちは報告を受け、そのメッセージの内容を知って驚異の目を見張った。

探査ロボットは宇宙のスーパーストラクチュアから彼らの応答を引き出し、これを電磁波に変換して、太陽系第三の惑星の衛星に向けて発信した。

月面観測所の天文学者たちは、受信器に接続された出力装置が繰り出す情報を見て茫然《ぼうぜん》自失した。周囲何光年の範囲を捜しても応答を返してよこす相手がいるはずはない。にもかかわらず、彼らが発信を開始してから僅《わず》か数時間後に応答があったのだ。UNSA当局も驚き呆《あき》れるばかりだった。科学者たちはゾラックのデータ・バンクから写し取った暗号表を繰り、さんざん苦労してガニメアン通信暗号をガニメアン語に反訳した。しかし、その平文を読解できる者はいなかった。

誰かがナヴコムのヴィクター・ハント博士の知恵を借りようと言い出した。ハントはすぐにドン・マドスンがガニメアン語を研究していたことを思い出し、平文を言語学班に回付した。マドスンと彼の助手は二日がかりでそれを英語に翻訳した。ゾラックの助けを求めることができなくなった今、彼らの能力をもってしても翻訳は並たいていの仕事ではなかった。が、幸いメッセージは簡潔明快であった。目を真っ赤に腫らせながらもマドスンは勝ち誇った様子で一枚の紙片をハントに手渡した。訳文がタイプされていた。

遙か昔、イスカリスへ向けて旅発《たびだ》った人々のことは、ミネルヴァから移り住んだわれわれの遠い祖先から代々語り継がれている。いかなる手段方法によろうとも、また、いかに長途の困難な旅を余儀なくせらるるとも、必ずわれわれを発見し、われわれのもとへ帰還せられたし。貴方がたの息子たり娘たるわれわれは貴方がたの帰来を心から待ち望んでいる。

他に数字や数学の記号があり、ナヴコムの専門家たちがそれを解読してメッセージの発信源を〈巨人たちの星〉と確認した。スペクトル型と、銀河系内で手近なところにあるパルサーとの位置関係からもこの事実は裏づけられた。いかなる科学的プロセスがこの情報伝達を可能にしたかはハントの想像すら遠くおよばぬことであった。しかし、今はそのような学術的な関心にかまけている場合ではなかった。ガニメアンたちにこの交信のことを伝えなくてはならない。しかし、〈シャピアロン〉号がメイン・ドライヴで飛行している間は通常の通信手段は用をなさない。残された唯一の方法はガニメデで接触の機会を捉えることだった。

〈巨人たちの星〉からのメッセージは急遽《きゆうきよ》ガルヴェストンのUNSA作戦本部司令部から通信軌道衛星に送られ、さらにレーザー・ビームでJ5に中継された。ハントとダンチェッカー、マドスン、コールドウェル以下ヒューストンの関係者全員がオープン・チャンネルを通じてガルヴェストンに何らかの連絡が入るのを今や遅しと待ちかねていた。長い長い数時間が過ぎて、スクリーンに火が入った。メッセージが表示された。

〈シャピアロン〉号は貴信着信十七分前に離陸。ディープ・スペースに向けて急加速する姿を最後に、すでにいっさいの交信は杜絶《とぜつ》。あしからず。

もはやどうすることもできなかった。

「少なくとも」ハントはコールドウェルのオフィスで悄然《しょうぜん》と声もない面々を大儀そうにふり返った。「彼らが向こうへ着けば苦労も無駄ではなかったということになるのがわかっただけでもいいじゃあないか。それに、旅路の果てに彼らを待っているのは愕然《がくぜん》とするような悲惨な現実じゃあないんだ」彼は今一度スクリーンに向き直ると、どこか遠くを見つめる目つきで言った。「彼らもそれを知っていたら、もっとよかっただろうがね」

訳者あとがき

これは先頃、近来稀《まれ》な本格的SFとして好評を博した『星を継ぐもの』（*Inherit the Stars*, 1977）の続編、*The Gentle Giants of Ganymede*, 1978 の全訳である。

月面で発見された五万年前の人体に話がはじまり、謎解きの趣向をまじえつつ、人類の起源が論証されるまでが前編の骨子だが、その終章で中心人物の一人、生物学者ダンチェッカーのふるう長広舌にこの続編の主題がそっくり、整然と提示されている。前作の結論がとりもなおさず第二作の最大の動機《モチーフ》であるという形でこの連作は書き継がれているわけだ。

ホーガンはここで現代科学の主要な課題の一つである遺伝子操作を巧みに織り込んで、前作から一歩進めたところで人類の起源に話を繋《つな》いでいる。そして本編の眼目は心優しい異星人の登場である。数あるSFのキャラクターの中でもこの巨人種の性格は特異なものに属すると言ってよかろうが、その性格の決定を進化論的に説明していくあたりや、罪の子である人類の成長を見守る異星人の視点に前作と同様、この一編にはいわゆるSFマニアの範囲を超えて読者を惹《ひ》きつける要素が潜んでいると思われる。とかく破滅指向の厭世観《えんせいかん》に傾きがちな現代の読者にとっては、ホーガンのやや古風な、しかし健康な楽天主義は愛すべき味わいであるかもしれない。

ダンチェッカーの論理はますます冴《さ》えて、二千五百万年前に遡《さかのぼ》る秘密が解明されるところで第二作は終わっている。が、賢明な読者はすでにこの解明が新たな主題を孕《はら》んでいることにお気づきのはずである。ホーガンはこのあと、地球を去った異星人たちを待ち受ける運命に視点を移して、一九八一年に第三作、*The Giants' Star* を書き下ろしている。『星を継ぐもの』から四年を経ているが、ホーガンの頭の中にははじめから連作の構想がまとまっていたことがわかる。それは、例えば第二作である本編においてほとんど描かれてはいない二千五百万年の空白の中のエピソードが、実に第一作の冒頭に置かれていることからも明らかである。

第三作『巨人たちの星』においてホーガンは、地球人とガニメアンの再会や〈シャピアロン〉号の一行さえ時代遅れになった新たな母星の情景を語りつつ、第二作までのハントやダンチェッカーの論理では覆いつくせなかった二千五百万年の空白を埋め、人類に新たな出発を用意している。これも本文庫に収録されている。

（編集部付記）『星を継ぐもの』に始まり、本書、『巨人たちの星』と続く《巨人たちの星》三部作に、その後、続編が発表された。『内なる宇宙』*Entoverse*（1991）がそれで、創元SF文庫に収録されている。さらに後年、第五部となる *Mission to Minerva*（2005）が発表され、こちらも創元SF文庫に収録予定である。

日本を愛し、日本のファンに愛された作家、J・P・ホーガン

堺《さかい》　三保《みつやす》

前作『星を継ぐもの』で、太古の太陽系に存在していたことが判明した謎の異星人種族ガニメアン。シリーズ第二作である本作ではなんと、その生き残りを乗せた宇宙船が、二千五百万年の時を越え現代の太陽系へと帰り着く。生きたガニメアンたちと対面することとなったハント、ダンチェッカーら地球の科学者たちは、ついに人類発祥の謎に迫っていく……。

J・P・ホーガンの代表作である《巨人たちの星》シリーズが新版となって発売されるため、その第二作『ガニメデの優しい巨人』の解説をという依頼を受け、今の若い読者の皆さんにこの稚気《ちき》に溢《あふ》れた快作を改めてご紹介できることに、筆者は大きな喜びを感じている。ホーガンとその初期作品群は今を去ること四十年前、一九八〇年代の日本SF界において絶大な人気を誇っており（ホーガンは『星を継ぐもの』、『創世記機械』、『内なる宇宙』で三度も星雲賞を受賞している）、筆者もまた新作が翻訳される度《たび》に夢中になって読んだファンの一人だったからだ。

では、なぜあれほどホーガンとその作品は日本のSFファンに愛されたのか。

それはもちろん、一九八〇年代という時代の気分も関係しているはずだ。当時の日本は第二次世界大戦の敗戦からの復興を遂げたどころか、高度経済成長時代を経て、世界でも有数の経済大国へと変貌していくところだった。そしてそれを支えていたのがさまざまな工業製品の輸出であり、自動車、コンピューター、テレビ、オーディオ機器他ありとあらゆる機械類において、「メイド・イン・ジャパン」こそが高性能と高品質の代名詞となりつつあった。七九年にアメリカの社会学者、エズラ・ヴォーゲルが書いた『ジャパン アズ ナンバーワン』などという日本的経営を高く評価した書籍がベストセラーになったりもした。日本は経済大国であるのみならず、科学技術大国であり、日本こそが「世界の未来」である。そんな認識が希望に満ちた楽天的な未来観を日本の人々に与えてくれた。そんな時代だったのだ。

一方でSFの世界では、相前後するようにサイバーパンクが六〇年代のニューウェーブに次ぐ新たな文学運動として台頭、ハイテクの進歩を軸に変貌を遂げていく社会を、ユートピアとディストピアの二元論ではないリアルな未来の姿として描く姿勢が、SFファンはもちろん、広く世間の注目を浴び、論争を呼んだ。

ただし、サイバーパンクの世間的な人気の広まりは、そのテーマ性よりも、サイバーパンク運動の提唱者の一人であるウィリアム・ギブスンの〈「クローム襲撃」〔一九八二年〕や

『ニューロマンサー』［一九八四年］といった）初期作品における、アウトローなハッカーたちの蠢《うごめ》く猥雑《わいざつ》かつハードボイルドな雰囲気の近未来世界の描写の、スタイリッシュな格好良さによるところが大きかったように記憶している。

これは、同時期のSF映画「ブレードランナー」（一九八二年）で提示された、やはり猥雑で陰鬱《いんうつ》な未来都市の描写と相乗効果を起こし、八〇年代以降の近未来描写の方向性を決定づけたと言ってもいいだろう。原作であるフィリップ・K・ディックの『アンドロイドは電気羊の夢を見るか？』（一九六八年）は、サイバーパンクと何の関係もない、「人間とは何か」をアンドロイドとの対比の中で描こうとするディックお得意のテーマを扱ったSFである。にもかかわらず、映画は今やサイバーパンクSFの始祖の一つとして捉えられるようになっているのは、やはりそのビジュアルの持つインパクトの大きさからだろう。

ここで注目しておきたいのは、『ニューロマンサー』で描かれた千葉市《チバシティ》にせよ、「ブレードランナー」で飛び交う日本語にせよ、日本とその文化が大きく作品内に盛り込まれている点だ。「日本的」なるものが、近未来を表す意匠として使われていたのである。これこそ、前述した「日本こそが『世界の未来』である」という時代の空気を端的に表していたものだろう。もちろん、それが当時の日本におけるサイバーパンクSFブームを後押ししていたことは間違いない。

だがその一方で、伝統的な科学小説としてのSFを尊《たっと》ぶ日本のファンの間からは、サイバーパンクに対する批判も噴出していた。

七〇年代、ようやくニューウェーブSF論争の波も退《ひ》き、アシモフ、クラーク、ハインライン、ポールら大御所が再び新作をコンスタントに発表するようになったことや、ラリー・ニーヴンら新世代のハードSF作家たちが登場してきたことを歓迎していたタイプのSFファンの目には、八〇年代半ばに日本に紹介されはじめたサイバーパンクSFもまた、伝統的なSFに対する反抗として映ったということもあったのだろう。「よくわからない」、「ただのハードボイルド小説」というような意見も散見された。

ホーガンは、そんな八〇年代において「SFらしいSF」を書き続けていたのだ。『星を継ぐもの』の巻末解説で鏡《かがみ》明《あきら》氏が書いているように、ホーガンの作品はサイエンスを、そしてアイデアを語ることを第一義に考えた、サイエンス・フィクションとしか呼べない小説なのだ。そこには、サイバーパンクにはない、明るい未来に対する絶対的な信頼があった。筆者を含め、ホーガンのファンはそのSF的な理想に対する純粋さに惚《ほ》れ込んだのだ。

ただし、ホーガンの作風には瑕瑾《かきん》も多い。

よく指摘されていることだが、反権威主義的な姿勢が強すぎて、既存の学説をひっくり返したがる傾向があり、それが時に強引すぎるSF的仮説の導入につながっているからだ。特に後年の作品は明確に疑似科学的な主張が混じりこみ、フィクションであるSFとはいえ、現実からの逸脱が過ぎることも確かだ。

この強引すぎる部分は、実は第一作である『星を継ぐもの』から一貫しており、アメリカでは一度もネビュラ賞はもちろんヒューゴー賞も受賞していないのは、そこに原因があるのかもしれない。

しかし、その瑕瑾をも越えて、日本のSFファンたちはホーガンの作品を愛した。それはホーガン作品が常に科学技術の進歩とそれによる世界のよりよい発展とを説き続けていたからだ。それこそ、八〇年代の日本人の多くが見ていた景色と合致する未来像だった。サイバーパンクの流行とはまた違う文脈で、ホーガンの作品は日本のSFファンの心を刺激したのだ。

最後に、これはほぼ余談だが、何よりもホーガンが日本のSFファンに愛されたのは、彼が一九八六年に来日したときの魅力的なふるまいという側面もあったからだと記憶している。ホーガンはこの年に大阪で開かれた第二十五回日本SF大会にゲストとして参加、さまざまな企画に姿を見せただけでなく、大会会場の外でも当時大阪にあったSFアイテムショップのゼネラルプロダクツに繰り出してみたりと、そのいかにもSFファンらしいふるまいで、ファンたちを魅了していたのだ。ホーガン本人もこのときの体験からか、日本での自著の人気からか、すっかり日本びいきになったのだった。プロとアマ、日本と世界といった壁が薄い、SFファンダムらしい良いエピソードではないか。
日本のファンに愛され、日本のファンを愛した作家、J・P・ホーガンの代表作《巨人たちの星》シリーズが、今回の新版で今また新たな日本のファンを獲得することを願ってやまない。

二〇二三年七月

検印
廃止

訳者紹介　1940年生まれ。国際基督教大学教養学部卒業。主な訳書、ドン・ペンドルトン「マフィアへの挑戦」シリーズ、アシモフ「黒後家蜘蛛の会」1～5、ニーヴン&パーネル「神の目の小さな塵」上・下、ホーガン「星を継ぐもの」など多数。

ガニメデの優しい巨人

1981年7月31日　初版
2022年8月31日　56版
新版　2023年8月10日　初版

著者　ジェイムズ・P・ホーガン

訳者　池《いけ》　央《ひろ》耿《あき》

発行所　（株）東京創元社
代表者　渋谷健太郎

162-0814/東京都新宿区新小川町1-5
電話　03・3268・8231-営業部
03・3268・8204-編集部
URL　http://www.tsogen.co.jp
DTP　工友会印刷
暁印刷・本間製本

乱丁・落丁本は、ご面倒ですが小社までご送付ください。送料小社負担にてお取替えいたします。

©池央耿　1981　Printed in Japan

ISBN978-4-488-66332-2　C0197

2018年星雲賞海外長編部門 受賞(『巨神計画』)

THE THEMIS FILES◆Sylvain Neuvel

巨神計画
巨神覚醒
巨神降臨

シルヴァン・ヌーヴェル　佐田千織 訳

カバーイラスト=加藤直之　創元SF文庫

◆

何者かが6000年前に地球に残していった
人型巨大ロボットの全パーツを発掘せよ！
前代未聞の極秘計画はやがて、
人類の存亡を賭けた戦いを巻き起こす。
デビュー作の持ち込み原稿から即映画化決定、
日本アニメに影響を受けた著者が描く
星雲賞受賞の巨大ロボットSF三部作！

第1位「SFが読みたい!」ベストSF1999／海外篇

QUARANTINE◆Greg Egan

宇宙消失

グレッグ・イーガン
山岸 真 訳

カバーイラスト＝岩郷重力+WONDER WORKZ。
創元SF文庫

◆

ある日、地球の夜空から一夜にして星々が消えた。
正体不明の暗黒の球体が太陽系を包み込んだのだ。
世界を恐慌が襲い、
球体についてさまざまな仮説が乱れ飛ぶが、
決着を見ないまま33年が過ぎた……。
元警官ニックは、
病院から消えた女性の捜索依頼を受ける。
だがそれが、
人類を震撼させる真実につながろうとは！
ナノテクと量子論が織りなす、戦慄のハードSF。
著者の記念すべきデビュー長編。

前人未踏、3年連続ヒューゴー賞受賞の破滅SF

THE FIFTH SEASON◆N. K. Jemisin

第五の季節

N・K・ジェミシン
小野田和子 訳
カバーイラスト＝K, Kanehira
創元SF文庫

◆

数百年ごとに〈第五の季節〉と呼ばれる天変地異が勃発し、
そのつど文明を滅ぼす歴史がくりかえされてきた
超大陸スティルネス。
この世界には、地球と通じる特別な能力を持つがゆえに
激しく差別され、苛酷な人生を運命づけられた
“オロジェン”と呼ばれる人々がいた。
いま、あらたな〈季節〉が到来しようとする中、
息子を殺し娘を連れ去った夫を追う
オロジェン・エッスンの旅がはじまる。
前人未踏、３年連続で三部作すべてが
ヒューゴー賞長編部門受賞のシリーズ開幕編！

『ニューロマンサー』を超える7冠制覇

ANCILLARY JUSTICE◆Ann Leckie

叛逆航路

アン・レッキー
赤尾秀子 訳
カバーイラスト＝鈴木康士
創元SF文庫

◆

宇宙戦艦のAIであり、その人格を
4000人の肉体に転写して共有する生体兵器
“属躰《アンシラリー》”を操る存在だった“わたし”。
だが最後の任務中に裏切りに遭い、
艦も大切な人も失ってしまう。
ただひとりの属躰となって生き延びた“わたし”は
復讐を誓い、極寒の辺境惑星に降り立つ……。
デビュー長編にしてヒューゴー賞、ネビュラ賞、
ローカス賞、クラーク賞、英国SF協会賞など
『ニューロマンサー』を超える７冠制覇、
本格宇宙SFのニュー・スタンダード登場！

SF作品として初の第7回日本翻訳大賞受賞

THE MURDERBOT DIARIES◆Martha Wells

マーダーボット・ダイアリー

上 下

マーサ・ウェルズ◎中原尚哉 訳

カバーイラスト＝安倍吉俊　創元SF文庫

◆

「冷徹な殺人機械のはずなのに、
弊機はひどい欠陥品です」
かつて重大事件を起こしたがその記憶を消された
人型警備ユニットの“弊機”は
密かに自らをハックして自由になったが、
連続ドラマの視聴を趣味としつつ、
保険会社の所有物として任務を続けている……。
ヒューゴー賞・ネビュラ賞・ローカス賞3冠
＆2年連続ヒューゴー賞・ローカス賞受賞作！

破滅SFの金字塔、完全新訳

THE DAY OF THE TRIFFIDS◆John Wyndham

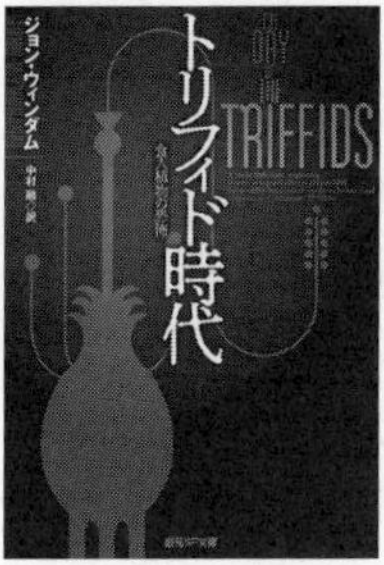

トリフィド時代
食人植物の恐怖

ジョン・ウィンダム
中村 融 訳 トリフィド図案原案＝日下 弘
創元SF文庫

◆

その夜、地球が緑色の大流星群のなかを通過し、
だれもが世紀の景観を見上げた。
ところが翌朝、
流星を見た者は全員が視力を失ってしまう。
世界を狂乱と混沌が襲い、
いまや流星を見なかったわずかな人々だけが
文明の担い手だった。
だが折も折、植物油採取のために栽培されていた
トリフィドという三本足の動く植物が野放しとなり、
人間を襲いはじめた！
人類の生き延びる道は？

これこそ、SFだけが流すことのできる涙

ON THE BEACH◆Nevil Shute

渚にて
人類最後の日

ネヴィル・シュート
佐藤龍雄 訳 カバーイラスト＝加藤直之
創元SF文庫

◆

●小松左京氏推薦――「未だ終わらない核の恐怖。
21世紀を生きる若者たちに、ぜひ読んでほしい作品だ」

第三次世界大戦が勃発、放射能に覆われた
北半球の諸国は次々と死滅していった。
かろうじて生き残った合衆国原潜〈スコーピオン〉は
汚染帯を避けオーストラリアに退避してきた。
だが放射性物質は確実に南下している。
そんななか合衆国から断片的なモールス信号が届く。
生存者がいるのだろうか？
一縷の望みを胸に〈スコーピオン〉は出航する。

ヴァーチャル・リアリティSFの先駆的傑作

REALTIME INTERRUPT◆James P. Hogan

仮想空間計画

ジェイムズ・P・ホーガン
大島 豊 訳　カバーイラスト＝加藤直之
創元SF文庫

◆

科学者ジョー・コリガンは、
見知らぬ病院で目を覚ました。
彼は現実に限りなく近い
ヴァーチャル・リアリティの開発に従事していたが、
テストとして自ら神経接合した後の記憶は失われている。
計画は失敗し、放棄されたらしい。
だが、ある女が現われて言う。
二人ともまだ、シミュレーション内に
取り残されているのだ、と……。
『星を継ぐもの』の著者が放つ
傑作仮想現実SF！

土星で進化した機械生物。ホーガンSFの真髄

CODE OF THE LIFEMAKER◆James P. Hogan

造物主《ライフメーカー》の掟

ジェイムズ・P・ホーガン

小隅 黎 訳　カバーイラスト＝加藤直之

創元SF文庫

◆

百万年の昔、故障を起こした異星の宇宙船が

土星の衛星タイタンに着陸し、

自動工場を建設しはじめた。

だが、衛星の資源を使ってつくった製品を

母星に送り出すはずのロボットたちは、

故障のため

独自の進化の道をたどりはじめたのだ。

いま、タイタンを訪れた地球人を見て、

彼ら機械生物は？

ホーガンＳＦの真髄！

訳者あとがき＝小隅黎

ハードSFの巨星が緻密に描く、大胆不敵な時間SF

THRICE UPON A TIME◆James P. Hogan

未来からのホットライン

ジェイムズ・P・ホーガン

小隅 黎 訳　カバーイラスト＝加藤直之

創元SF文庫

◆

スコットランドの寒村の古城で暮らす
ノーベル賞物理学者が開発したのは、
60秒過去の自分へ、
６文字までのメッセージを送るプログラムだった。
孫たちとともに実験を続けるうち、
彼らは届いたメッセージを
60秒経っても送信しないという選択をしたが、
何も起こらなかった。
だがメッセージは手元にある。
では送信者は誰？
ハードSFの巨星が緻密に描き上げた、
大胆不敵な時間SF。

創元SF文庫を代表する一冊

INHERIT THE STARS◆James P. Hogan

星を継ぐもの

ジェイムズ・P・ホーガン

池 央耿 訳　カバーイラスト＝加藤直之

創元SF文庫

◆

月面で発見された、真紅の宇宙服をまとった死体。
綿密な調査の結果、驚くべき事実が判明する。
死体はどの月面基地の所属でもないだけでなく、
この世界の住人でさえなかった。
彼は５万年前に死亡していたのだ！
いったい彼の正体は？
調査チームに招集されたハント博士は壮大なる謎に挑む。
現代ハードSFの巨匠ジェイムズ・P・ホーガンの
デビュー長編にして、不朽の名作！
第12回星雲賞海外長編部門受賞作。